무림에 떨어진 현대인

무림에 떨어진 현대인 7

초판 1쇄 인쇄일 2021년 08월 19일 | **초판 1쇄 발행일** 2021년 08월 24일

지은이 청루연 | **펴낸이** 곽동현 | **담당편집 팀장** 이범수
편집부 정요한 최훈영 조혜진

펴낸곳 (주)조은세상 | 출판등록 제2002-23호
주소 서울특별시 동작구 동작대로1길 27 5층
TEL 02)587-2966 | FAX 02)587-2922
E-mail bukdu@comics21c.co.kr

ISBN 979-11-391-0057-0 | ISBN 979-11-6591-687-9(set)
값 8,000원

무림에 떨어진
청루연 신무협 장편소설
현대인
7
북두
(주)조은세상

청루연 신무협 장편소설

NEO ORIENTAL FANTASY STORY

CONTENTS

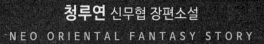

45 章.

45 章.

그 모든 광경을 지켜본 의천혈옥 속 세 가문의 존자들은 어이가 없다 못해 헛웃음이 터져 나올 지경이었다.

가장 격한 반응이 터져 나온 쪽은 검신의 조가가 아니라 오히려 사마가문 쪽.

-아니 뭐 저런 미친놈이!

-뻔히 제 사부가 보고 있거늘 저런 천하의 망종을 보았나!

-사부의 유지를 감히 돈으로 팔겠다는 것이냐!

아니 엄밀히 따진다면 검총의 검흔은 검신 어른의 것도 아니다.

잘 알지도 못하면서 떠들기는 확!

때 아닌 사마 존자들의 소란에 조휘가 짜증 섞은 투로 뇌까리려는 그때.

조휘의 기억을 살펴본 사마의가 또다시 경악했다.

-이런! 미, 미친 놈!

결국 그도 보고 만 것이다.

달랑 불알 두 쪽 차고 중원에 도착한 조휘가 어떻게 철방을 키웠고 무슨 수로 남궁의 조력을 얻었는지를.

대상회(大商會)로 몸집을 키워 합비의 상계를 먹어 치운 후, 강서의 흑천련을 몰락시킨 그 과정은 진정 악랄하고 치밀하기 짝이 없었다.

지닌 귀계와 전술이 제갈무후와 비견된다는 사마의였지만 그런 그에게도 조휘의 계략은 도무지 같은 인간으로 보이지 않을 정도.

두 개의 성(省)에 걸친 상권을 차지한 상계의 절대자.

거기에 검신의 제자라는 강호에서의 막강한 영향력.

게다가 뭐? 십만 교도의 생사여탈권을 지닌 천마(天魔)?

아무리 기연이 있었다고 해도 이 모든 것을 채 십 년도 안 되는 기간 동안에 이뤘다는 것을 도무지 믿을 수가 없었다.

할 수만 있다면 현 세대의 사마를 책임지고 있는 사마강에게 지금이라도 당장 외치고 싶었다.

이 미친놈에게 절대로 맞서지 말라고.

이런 엄청난 놈과 적이 된다면 사마세가의 존립을 장담할 수가 없다.

다른 사마의 존자들도 조휘의 기억을 모두 살펴보았는지 여기저기서 탄성을 지르거나 허탈한 웃음을 흘리고 있었다.

-허허허……!

-실로 미친놈이로다!

사부의 심처를 관광지로 만들겠다는 방금 전 조휘의 선언은 지금까지 그의 행보를 비춰 볼 때 빙산의 일각에 불과한 것이었다.

절대경의 무공으로 흑천련의 창고만 골라 모조리 부수고, 그 와중에 철저하게 남궁세가의 무공만을 사용하여 모든 시선을 창천검협에게 돌려 버린다.

검령(劍靈)의 무공을 활용해 적으로 하여금 무형지독으로 오인하게끔 하더니 평소 먹던 자양강장제를 내어 주며 해약으로 믿게 만든다.

그 고고한 당가의 고수들을 휘어잡는 언변이며 산전수전 수라장을 겪어 온 무림맹 최상층부의 권력자 감찰교위를 바보로 만들어 버리는 밀도 높은 심계까지!

사람을 옭아매는 그 방식이 도무지 이 세상의 것이 아닌 것 같았다.

순간순간 놀랍도록 뛰어난 임기응변과 능수능란한 화술, 그 와중에 정교하게 구사하는 심리전은 그야말로 책략과 지략의 교본을 보는 듯하다.

조금 심하게 표현하자면 조휘만 빼고 그 주위의 인간들이 모조리 바보 같아 보일 정도.

어찌 저렇게 조휘의 앞에만 섰다 하면 죄다 병신처럼 당하기만 하는지 당황스러울 지경이었다.

그리고 그 바보 중에 최강의 바보가 다시 입을 열고 있었다.

"허면 그 수익금은 죄다 조가대상회가 가져가는가?"

갑자기 무황이 훅 하고 들어오자 조휘의 두 눈에 잠시 당황해하는 빛이 어렸으나 이내 평정을 회복했다.

"수익금의 이 할을 맹에 드리죠."

조휘를 바라보는 무황의 눈빛이 더없이 투명해진다.

과연 오 할에 가까운 중원 무림의 영역을 운영하고 또 지배하는 자.

"사, 삼 할! 그 이상은 안 됩니다. 넉넉하지 못한 강호인들의 주머니 사정을 헤아려야죠. 관람료를 최대한 적게 받을 겁니다."

"오 할."

조휘가 기겁을 한 표정을 했다.

이런 도둑놈 심보를 봤나!

개고생은 조가대상회가 다 할 텐데 거기에 반씩이나 숟가락을 얹겠다고?

"거 너무하십니다? 양심 어디?"

무황이 피식하고 미소 짓더니 예의 굵은 목소리로 말했다.

"상인이 양심을 운운하다니 주정뱅이가 학사 나무라는 격이로군. 내가 세상에서 가장 믿지 않는 말이 뭔 줄 아는가? 남는 게 하나도 없다는 장사치의 말이라네."

"……."

과연 무황은 결코 만만치 않았다.

한데 뜬금없이 조휘가 화사하게 미소 짓더니 넙죽 무황의 요구를 받아 버린다.

"좋습니다 오 할. 드리죠 맹에."

"음?"

이렇게 싱겁게 협상이 마무리될 거라고는 생각하지 못했는지 무황의 얼굴에는 당황하는 기색이 역력했다.

"오 할을 준다고?"

누가 봐도 무리한 요구.

찔러나 보자는 심산으로 질렀는데 그걸 받는다고?

무황으로서는 조휘가 무슨 꿍꿍이인지 알 길이 없었다.

"무려 무림맹, 아니 무황님의 요청인데 힘없는 상회 따위가 뭘 할 수 있겠습니까. 협조를 하는 수밖에요."

그런 조휘의 대답에 무황은 참을 수 없을 만큼 찜찜함이 몰아쳤다.

"어쩔 수 없이 저희는 뭐 이런저런 잡다한 원가를 다 빼면 이문을 얼마 남겨 먹지도 못하니 협력 상단으로만 이름을 올리겠습니다. 사업 소득의 절반이나 가져가시는 맹이 주축이

시니 관람권표(觀覽券票)에 맹의 인장을 찍으십쇼."

그제야 조휘의 의중을 알아챈 무황의 얼굴이 보기 좋게 일그러졌다.

사업 소득을 오 할이나 처반을 거면 검신의 무덤을 유적지로 만들고 은자를 받고 관람시키는, 이 모든 일의 운영 주체를 확실하게 무림맹이 가져가라는 뜻.

하지만 당최 무림맹이 어떤 곳인가?

정도 무림의 하늘, 무림 정의의 수호자라 불리는 맹(盟)이다.

그런 고고한 무림맹이 전대고수의 무덤을 돈 받고 판다는 소문에 휩싸인다?

"허허……."

무황은 이 조휘라는 눈앞의 청년이 결코 만만치 않은 사내라는 것을 인정할 수밖에 없었다.

"이 할만 받도록 하지."

조휘가 이미 예상이라도 했다는 듯 흔쾌히 고개를 끄덕였다.

"알겠습니다."

그때, 씁쓸하게 입맛을 다시며 인상을 찌푸리는 무황에게로 감찰교위 단백우가 서둘러 다가와 귀엣말을 건넸다.

단백우가 건넨 귀엣말을 모두 들은 무황이 휘둥그레 뜬 눈으로 사마세가의 행렬을 바라보았다.

웅성웅성.

뭔가 소란이 일어난 모양.

이내 심각하게 얼굴을 굳힌 무황이 조휘를 향해 입을 열었다.

"이곳에 북해의 후예가 당도해 있는가?"

"아!"

사마세가와 한설현 사이에 무슨 일이 일어났는지, 조휘는 보지 않아도 알 수 있었다.

사마세가와 북해빙궁은 같은 하늘을 이고 살아갈 수 없는 원수지간!

아니나 다를까.

사마세가의 선두에서 급속도로 의념이 응축되는 기운이 느껴졌다.

분노로 가득한 그 의념의 기운은 사마강의 그것이었다.

"저 새끼가."

조휘의 신형이 푹 하고 꺼지자 무황과 자하검성의 신형도 동시에 흐릿해졌다.

순식간에 사마강의 전면에 나타난 조휘가 의념의 장막을 풀며 강렬한 눈빛을 빛냈다.

"지금 뭐 하자는 거죠?"

사마강이 주먹에 맺힌 의념을 여전히 풀지 않은 채로 짓씹듯 말했다.

"중원에 빙백여제의 후예를 들이다니 네놈이야말로 무슨 짓이지?"

"빙백여제의 후손인지 내 알 바 아니고요. 그녀는 우리 조가대상회의 한 과장일 뿐입니다. 살의(殺意)를 거두시지요."

사마강이 황당하다는 듯 눈을 크게 뜬다.

"네놈은 중원인이 아니더냐? 아무리 평화로운 세월이 흘렀다 하나 북해와 중원 간에 무슨 일이 있었는지 진정 모른단 말이냐!"

"아, 여인을 벌거벗겨 정주 대로변에 개처럼 묶어 굶어 죽게 만든 것을 말씀하시는지? 그것도 아니면 무공을 모르는 북해인까지 몰살시킨 일을 다시 되새기자는 건지요?"

"놈! 새외가 중원에 일으킨 살겁(殺劫)을 먼저 말하지 않는 것을 보니 네놈도 새외의 끄나풀인가 보구나!"

조휘는 피식하고 웃음을 터뜨렸다.

사마강은 자신이 접한 절대경의 무인들 중 인품도 성정도 가장 덜떨어진 자였다.

그 흑천련의 사악한 흑천대살조차도 그래도 품위는 있었다.

근데 이 사마강이란 사내는 무황과 비등한 경지의 절대이면서도 동시에 매사의 행동이 그야말로 아이와 같았다.

이래서 방구석 여포가 무섭다.

수백 년간 가문의 울타리에 갇힌 채, 우리 가문이 중원에서 최고야 우리가 새외대전을 종식시킨 무신의 후예야 세뇌받으며 자라 왔을 것을 생각하니 조휘는 소름이 다 돋았다.

결국 조휘는 준비한 카드를 꺼내 들 수밖에 없었다.

"조가대상회에서 나가 주시죠."

"……그게 무슨?"

"조가대상회의 초대장을 받지 못한 자가 왜 아직 내 눈앞에 있는 겁니까?"

지금 사마(司馬)의 이름 앞에서 초대장을 운운하고 있단 말인가?

교묘하게 큰 소리로 외치고 있는 것을 보니 일부러 강호의 명숙들이 모인 자리에서 창피를 주려는 태가 역력했다.

삽시간에 분노가 일어나 사마강의 전신에서 막강한 기세가 피어날 무렵, 도저히 곁에서 이를 지켜볼 수 없었던 자하검성이 결국 한 입 거들었다.

"무량수불, 사마 가주께서는 어서 기세를 거두시구려."

그런 천하제일인의 엄중한 경고에 사마강은 가득 인상을 구길 수밖에 없었다.

그는 지금 이 자리에서 장막을 헤치고 그 본질을 헤아릴 수 없는 유일한 고수였다.

하나 자신은 사마(司馬)다.

천년화산이 아무리 대단하다 할지라도 무신의 이름은 결코 숙여질 종류가 아니었다.

"화산 역시 중원의 검종(劍宗)인바 감히 새외의 편에 서시겠다는 뜻이오?"

자하검성 단천양이 한숨을 내쉬었다.

"무량수불, 그런 뜻이 아니외다. 본 도는 지금 사마세가의 안위를 살피고 있는 것이오."

"사마세가의 안위?"

자신의 중재를 받아들이지 않으면 뭐 화산이 사마를 치기라도 하겠다는 건가?

그렇게 사마강이 거칠게 노성을 지를 찰나, 그의 귓가에 고절한 의념이 깃든 전음성이 들려왔다.

〈외견(外見)만 살피고 그 본질을 놓치는 우를 범하지 마시오. 그는 진정한 검신의 경지, 자연검(自然劍)을 이룩한 지고의 선인(仙人)이외다.〉

뭐라? 자연경이라고?

그리고 뭐 선인?

사마강이 소스라치게 놀란 얼굴로 조휘를 쳐다본다.

아무리 살펴봐도 의심할 여지없는 절대다.

무조(武祖)의 경지를 고스란히 접해 본 그로서는 도저히 받아들일 수 없는 말이었다.

절대경의 초입에 머무르고 있던 자신.

무조께서 보여 주신 초절한 의념의 환상, 장장 삼 개월 동안 이어졌던 그 깨달음의 홍수가 아니었다면 무량(無量)은 꿈도 꿔 보지 못할 경지였다.

무신의 무공을 익힌 몸으로 그런 엄청난 기연까지 얻은 자신조차도 도달하지 못한 경지를 저 새파랗게 어린놈이?

한데 자하검성의 이어지는 전음이 더욱 가관이었다.

〈무량수불, 부디 재고하시오. 그는 단 일 검에 화산(華山)의 터를 모두 지워 버릴 수 있는 존재요. 그래도 그와 적이 되고 싶다면 더 이상 말리지 않겠소이다.〉

화산의 너른 터는 구파의 으뜸.

그런 화산을 일 검에 지우는 검초?

도무지 상상도 할 수 없는 경지의 자연검이다.

사마강이 믿을 수 없다는 듯한 눈으로 자하검성을 다시금 쳐다보았으나, 그는 두 눈을 반개한 채 나직이 고개를 끄덕일 뿐이었다.

"무량수불……."

무려 천하제일인 자하검성의 공언.

결국 사마강은 그 위대한 칭호에 담긴 권위를 믿어 보기로 했다.

"중천수호가! 철수한다!"

때 아닌 사마강의 선언에 이를 지켜보던 모든 강호명숙들이 기경했다.

설마하니 저 고고한 사마세가가 꺼지라는 조휘의 한마디에 정말 꺼진다고?

그야말로 사상 초유의 일!

그렇게 거대한 백호기가 움직이자 사마의 행렬이 기다랗게 회전하며 왔던 길을 되돌아갔다.

그제야 현실을 인지한 듯 중인들의 신음 소리가 여기저기서 들려왔다.

"허…… 저 사마세가가……."

"아미타불……."

힘의 논리가 지배하는 이 비정한 무림의 세계에서 한 번이라도 고개를 조아린다는 것이 어떤 의미인지 강호인들은 모르지 않았다.

이제 앞으로 사마세가는 조가대상회의 깃발 아래에서는 결코 그 도도함을 내세울 수 없었다.

한데 그때.

무황이 딱딱하게 굳은 얼굴로 조휘를 응시하고 있었다.

"맹(盟) 역시 북해를 용인할 수 없네."

그를 향해 홱 하니 돌아간 조휘의 얼굴에는 짜증이 가득 서려 있었다.

"아니 맹주님은 또 왜요?"

무황이 더없이 진중한 눈빛을 빛냈다.

"저 여인을 북해로 추방하거나 맹으로 압송하는 것. 조가대상회가 그 둘 중 하나를 결정짓지 못한다면 맹과의 동맹은 없었던 것으로 하지."

"하……."

길게 한숨을 내쉬고 있는 조휘.

이 꽉 막힌 정파의 노땅들은 남의 개파대전 행사에 찾아와서 처음부터 지금까지 온갖 어깃장만 들어 놓기만 한다.

도대체 축하를 해 주러 온 것인지 시비를 걸기 위해 온 것인지 분간이 안 될 지경.

강철의 맨탈을 자부하는 조휘였지만 이쯤 되면 슬슬 정신이 가루가 되기 시작한다.

"그쯤하시죠. 진짜 화나려고 합니다. 자꾸 그러시면 저 안 참아요."

한데 무황은 이 문제만큼은 결코 물러설 생각이 없는 듯 보였다.

"지나친 자신감이로군."

"아니 이건 자신감 문제가 아니지 않습니까? 맹의 행사가 어찌 그리 가볍습니까? 동맹을 약조해 놓고 이깟 문제로 파기라고요?"

"허어, 이깟 문제라니? 아무리 맹이 자비롭기로서니 북해(北海)마저 용인할 거라 생각했는가? 새외대전의 상처는 아직 중원에게 깊다네."

조휘가 버럭 짜증을 냈다.

"하! 그럼 방법을 말씀해 주시죠. 저는 한 소저가 반드시 필요합니다. 제가 뭘 어떻게 해야 맹이 용인할 수 있겠습니까?"

조휘의 그런 반응에 그제야 무황이 본색을 드러냈다.

"맹의 처마 아래로 들어오게."

동등한 지위의 동맹을 포기하고 맹에 복속되라는 의미.

지금 무황은 단백우와 담판을 지었던 모든 협상을 뒤엎으려 하고 있는 것이었다.

조휘의 이글거리는 시선이 단백우에게 향했다.

"교위님과 제가 협상하고 합의한 내용을 맹주님께 전달하지 않은 겁니까?"

대답은 무황이 했다.

"그 내용은 잘 전달받았네. 하지만 맹으로서는 너무나 불리한 내용이더군."

"하……."

"공식적으로는 본 맹과 조가대상회 사이에 오간 친서가 아무것도 없지 않은가? 애초에 공식적인 합의 내용이 없는 마당에 합의의 파기 운운하는 것부터가 부적절한 처사지."

조휘와 단백우 사이에 오간 합의가 밀실에서 이루어진 구두 합의라는 맹점을 날카롭게 파고들고 있는 것.

하지만 무려 무림맹 감찰교위의 언행이었다. 감찰교위라는 직책의 무게는 결코 가볍지 않은 것이다.

"수하를 바보 취급하시는군요. 좋습니다. 그럼 왜 무림맹밖에 모르는 저 감찰교위님께서 그런 합의를 할 수밖에 없었는지 제가 보여 드리는 수밖에요."

이미 조휘와의 대담을 모두 감찰교위에게 보고받은 상황.

무황이 진득한 눈을 빛냈다.

"무림맹과 쟁(爭)이라도 불사하겠다는 뜻인가."

조휘는 틀림없이 맹과 잡았던 손을 뿌리치고 또 다른 삼패천인 사천회(邪天會)와 함께하겠다는 뜻을 내비칠 것이다.

그것도 아니라면 검신의 이름으로 중원의 검종들을 모두 모으고 그렇게 영향력을 키워 정파를 둘로 쪼갤 것이라 선언하거나.

한데 그런 조휘의 망동을 무림맹이 가만히 두고 볼 리가 있겠는가?

허나 조휘의 대답은 전혀 예상 밖이었다.

"아뇨. 무림맹의 힘이 이토록 온 천하를 진동하는데 제가 미쳤다고 맹과 전쟁을 벌이겠습니까?"

"사천회와 손을 잡겠다는 뜻이 아닌가?"

조휘가 씨익 웃었다.

"조가대상회가 사천회와 손을 잡았다는 증거는요? 맹이 과연 찾을 수 있겠습니까?"

무황의 눈살이 찌푸려졌다.

"그게 무슨…… 아니 설마 자네?"

"양지에서 절 내치시겠다면 하는 수 없이 음지로 숨어들 수밖에요."

순간 무황은 전신에 소름이 돋았다.

능수능란한 수완과 엄청난 계략으로 십 년도 채 지나지 않아 안휘와 강서를 먹어 치운 상계의 절대자가 지금 무림맹주의 앞에서 암상(暗商)의 길을 천명한 것이다.

일반적인 상인과 암상은 그 결이 다르다.

암상은 철저한 비밀 조직.

저 엄청난 심계를 가진 놈이 조가대상회의 외견을 모두 정리하고 지하상계(地下商界)로 숨어들기 시작한다면…….

필시 암중으로 천하를 조종할 놈이다.

무황은 그런 상상만으로도 오싹해졌다.

"개파대전부터 없었던 것으로 하죠. 강호명숙 여러분! 조가대상회의 개파대전은 취소되었…… 읍!"

무황이 벼락같이 보법을 밟아 조휘의 입부터 틀어막고 있었다.

"이, 이놈이!"

조휘가 발광하듯 무황의 손을 뿌리쳤다.

"와 씨. 이제 아예 놈놈 하기로 한 겁니까?"

무황, 청운진인.

그는 도가의 영예로운 최고 칭호인 진인(眞人)의 반열에 오른 후로 사람을 미워하지 않으려 최대한 노력하며 살아왔다.

한데 오늘에 이르러서야 그 고절한 다짐이 모조리 무너지는 기분이었다.

저 조휘가 너무나 얄밉고 죽이고 싶었기 때문이다.

무황이 다소 음침해진 눈으로 조휘를 죽일 듯이 노려봤다.

이어 조휘의 귓가로 날아든 낮게 가라앉은 목소리.

"……그럼 도대체 나보고 어쩌라는 것이냐? 이 내가 북해를 용인한다면 저들이 맹을 따를 것 같으냐? 북해를 포용할 명분이 없지 않느냐! 명분!"

과연 무황에게도 나름대로 난처한 입장이 있었던 것.

조휘에게만 들리도록 읊조리듯 작게 말한 무황이었지만 바로 곁에 있었던 자하검성 단천양에게는 천둥처럼 들리는 목소리였다.

"무량수불…… 도조시여. 혹 그 옛날 무림의 공적이었던 호조마녀(狐爪魔女)가 어찌 강호의 은원을 벗었는지 알고 계십니까."

"호조마녀요?"

조휘도 얼핏 강호풍운록에서 본 기억이 있었다.

수많은 정파 고수들을 무참히 살해한 사파의 괴녀(怪女).

그녀의 진신무공인 귀호마조(鬼狐魔爪)는 당시의 무림에서도 그 적수를 찾기가 힘들었다.

온갖 원한으로 얼룩진 그녀의 인생을 구한 것은 다름 아닌 정협군(正俠君) 사위영.

본디 그는 호조마녀를 추살하는 임무를 지닌 무림맹 척사대(斥邪隊)의 일원이었다.

하지만 그녀를 추적하면 추적할수록 그녀의 딱하고 한스

런 과거를 이해하게 되었고 마침내 그녀와 사랑에 빠지고 말았다.

결국 정협군은 강호를 향해 호조마녀가 자신의 처가 되었음을 선언하고 오른팔을 잘라 자신의 각오를 드러내었다.

아무리 강호가 비정하다 하나 집안의 일을 묻지 않는 것은 불문율.

더욱이 적수공권이 주특기였던 그가 스스로 팔을 잘라 각오를 드러냈으니 정파인들은 그를 인정할 수밖에 없었던 것이다.

그렇게 곰곰이 생각해 보던 조휘가 놀란 듯 눈을 크게 떴다.

"설마…… 저더러 그녀와의 혼인을 선언하고 스스로 팔을 자르라는 건 아니겠죠?"

"무량수불…… 여인이 혼인을 한다는 것은 가문의 성을 잊고 지아비의 가문에 귀속된다는 뜻입니다."

그제야 조휘의 두 눈에 이채가 발했다.

한설현과의 혼인.

그 이후에 강호인들이 그녀에게 칼을 겨눈다면 그것은 북해를 향해 겨누는 것이 아니게 된다.

바로 '소검신의 처'를 향해 칼을 겨누게 된다는 뜻.

이미 지아비를 섬기고 그 가문에 종속된 아녀자에게, 본가의 수백 년 전의 원한을 왈가왈부한다면 명분과 이치에 맞지 않는 것이다.

약자를 핍박하는 모양새가 되거나 억지스럽다고 손가락질을 받을 만한 행동이 되는 것.

조휘가 천천히 고개를 돌려 한설현을 지그시 응시하고 있었다.

동시에 마주친 시선.

이 소란스러운 와중에 이쪽의 대화를 그녀가 들었을 리 만무했지만 그녀 역시 조휘의 눈빛에서 어떤 뜨거운 감정을 느낀 듯 상기된 표정을 하고 있었다.

그 순간, 엄청난 의념이 가미된 사자후(獅子吼)가 조휘의 입에서 터져 나왔다.

-조가(曹家)의 이십삼 대손! 순(順)의 차남 휘(輝)! 북해(北海) 설풍한가(雪風寒家)의 설현(雪賢) 소저께 정식으로 청혼하는 바이오!

꾸르르르릉!

총단 전체를 휘감고 있는 조휘의 충격적인 선언에 의해, 구파의 명숙들은 하나같이 멍하게 굳어질 수밖에 없었다.

그런 모두의 시선이 일제히 한설현에게 향하고 있었다.

"……."

한설현은 머릿속이 새하얗게 변하고 말았다.

이 수백 수천 명이 보는 앞에서 난데없이 청혼이라니!

한 번도 상상해 보지 못한 일이 닥치자 어쩔 줄을 몰라 사고가 마비된 것이다.

한데 모두가 자신의 입만 바라보고 있었다.

"아…… 아아…… 모르겠어요? 아, 아니아니…… 저는…… 저는……."

횡설수설.

도대체 지금 내가 무슨 말을 하고 있는 건지.

그렇게 그녀가 떨리고 놀란 가슴, 긴장되며 부끄러운 감정을 도무지 주체하지 못하고 있을 때.

촤아아아악!

기다란 채찍을 휘두르며 놀라운 속도로 경공을 시전해 다가오는 진가희가 그녀의 시야에 들어왔다.

"야 이년아! 당연히 거절해야지! 당장 거절하라고! 끼아아아아악!"

창백한 악귀처럼 변한 소름 돋는 진가희의 얼굴을 바라보자 오히려 한설현은 이성이 되돌아왔다.

"……하겠어요!"

웅성이던 좌중이 또다시 침묵에 휩싸이자.

"그 청혼을 승낙하겠어요!"

벼락같이 짓쳐 달려오고 있던 진가희가 화폭처럼 멈춰 선다.

"……씨발! 씨바아아아알년아!"

이어 그 자리에 주저앉아 펑펑 우는 진가희.

"으흑흑! 으흑흑흑흑!"

그렇게 진가희가 고개를 푹 숙인 채 기다란 머리칼을 늘어뜨리며 귀곡성과 같은 울음소리를 내자.

오한이 치민 듯 장내의 모든 중인들이 몸을 부르르 떨었다.

그 광경을 바라보던 조휘도 소름 돋은 얼굴로 팔뚝에 치민 닭살을 매만지더니 무황을 힐끔 쳐다보았다.

"좋아하시는 그 명분. 드렸습니다."

무황도 얼이 빠진 얼굴로 멍하게 굳어 있다가 이내 목청을 터뜨렸다.

-북해의 후예가 비로소 소검신(小劍神)의 처가 된바, 이는 그녀가 이제 조가의 사람이 되었음이오. 이에 맹은 더 이상 그녀와의 은원을 거론치 않겠소이다.

"흑흑……!"

무황의 그 한마디에 그간 마음고생이 심했던지 한설현이 나직이 울음을 터뜨리고 있었다.

빙가지명을 이은 후손으로서 어찌 북해인임을 부정할 수가 있으며, 어찌 선대의 유지를 거짓되게 고할 수 있었겠는가.

하지만 자신의 그런 행동은 조휘의 행보에 방해가 될 수밖에 없었으니 그간 복잡한 심경을 가눌 길이 없었던 것이다.

하지만 모든 일이 이렇게 순조롭게 끝난 마당에 그녀의 머릿속에는 또 다른 고민이 자리 잡을 수밖에 없었다.

정말로 진심인 걸까?

아니면 그의 임기응변에 불과한 것일까?

그렇게 자신에게 호기롭게 청혼을 했던 사내는, 야속하게도 이미 저만치 나아가 준비된 단상으로 오르고 있었다.

단상 위에 오연히 선 조휘가 좌중을 훑어보며 다시 거친 일갈을 토해 냈다.

-무력(武曆) 일천이백육십이 년! 이 조 모가 감히 천하의 동도들 앞에서 조가대상회의 개파(開派)를 선언합니다!

중원을 살아가는 백성이 제국의 오롯한 역법(曆法)을 쓰지 않고 사사로이 다른 역법을 쓴다는 것은 대역죄에 해당된다.

하지만 유일한 예외가 있었으니 그것은 바로 무림의 무력(武曆).

그리고 감히 그런 무력을 언급할 수 있는 존재는 세력의 종주가 유일했다.

방금 조휘는 그런 종주로서의 위엄을 만천하에 드러낸 것이다.

뿌우우우우우우-

나팔 소리가 기다랗게 울려 퍼지자 조가대상회의 무력단 조가천무대(曹家天武隊)가 입장하기 시작한다.

척척척척!

절도 있는 걸음으로 들어서고 있는 조가천무대의 위용은 가히 장난이 아니었다.

휘황찬란한 광휘로 번쩍이는 용린갑!

거기에 철호완과 우갑각반, 조가철검 등 그야말로 완벽한 무장이 아닐 수 없었다.

그들의 요대에도 각종 보조 무기, 신호탄, 연막탄 등 한눈에 보기에도 값비싼 물건들이 주렁주렁 매달려 있었다.

그 뒤를 이어 조가대상회가 자랑하는 상품들이 기다란 수레의 행렬을 이루어 입장하고 있었다.

안휘철방이 자랑하는 개천운차를 필두로 값싸고 질 좋은 병장기들, 인력차, 설화신주와 한빙주, 냉차와 흑청수, 육겹면포 등 그야말로 조가대상회를 총망라하는 상품들이 보기 좋게 진열되어 있는 것.

그런 조가대상회의 행렬이 정해진 동선을 모두 돌자 조휘가 불끈 쥔 주먹을 하늘을 향해 높이 치켜세웠다.

-조가대상회! 이 조휘가! 강호를 한번 이롭게 만들어 보겠습니다! 상도(商道)에도 협의지도 못지않은 대도(大道)가 있음을 반드시 증명해 보이겠습니다!

그렇게 조휘가 조가대상회라는 새로운 세력의 개파를 선

언하고 종주로서의 신념을 밝히자.

수백여 명의 시비들이 준비된 술상과 음식들을 총단의 마당에 차례대로 늘어뜨리기 시작했다.

그와 동시에 강호의 경사를 알리는 수많은 축포가 하늘에 수놓아졌다.

퍼퍼퍼펑!

퍼퍼퍼퍼펑!

개파대전이라는 성대한 축제가 마침내 열린 것이다.

◆ ◈ ◆

꺼어억!

꺼어어어억!

사방에서 들려오는 트림 소리!

흑청수를 맛본 강호의 명숙들은 하나같이 놀란 토끼 눈으로 믿을 수 없다는 얼굴을 하고 있었다.

정수리부터 발끝까지 관통하는 듯한 미친 소화감!

상상도 할 수 없었던 그런 청량한 쾌감이 몰아치자 모두들 정신을 차리지 못하고 있는 것이다.

육겹면포(肉袷面包)를 씹은 후 벌떡 일어나 눈물을 흘리고 있는 용권문주 막여평!

설화신주가 담긴 술잔을 입안에 털어 넣더니 아으아으 괴이한 비명만 흘리고 있는 곤륜검노!

독째로 한빙주를 벌컥벌컥 들이켜고 있는 무극도왕 팽율천까지!

그야말로 광란의 도가니에 다름이 아니었다.

사태가 이 지경에 이르자 개파대전의 엄숙한 분위기는 온데간데없이 사라지고 온통 흥분의 비명 소리와 감탄성만이 난무했다.

이 와중에 가장 당황해하고 있는 것은 소림과 무당.

화산과 곤륜으로 대표되는 중용(中庸)의 도가들은 이미 오래전부터 제자들에게 육식과 술을 허용했다.

하지만 소림과 무당은 지금까지도 계율과 법도로써 엄중히 금하고 있었다.

그러다 보니 그들이 사실상 맛볼 수 있는 것은 달랑 냉차와 흑청수뿐이었던 것.

특히나 소림의 화상(和尙)들은 먹음직스럽게 놓여 있는 육겹면포를 앞에 두고 도무지 시선을 거두지 못하고 있었다.

조휘는 흡족한 얼굴로 그런 장내를 살피다 이내 두 눈에 이채를 발했다.

'어? 저 중은?'

조휘의 눈을 사로잡은 사내는 과거 소림사에서 보았던 그 땅딸보 무승이었다.

기차 화통을 삶아 먹은 듯한 엄청난 기합성의 무승!

그대로만 성장한다면 반드시 소림칠십이종절예 중 사자후를 익힐 자였다.

그야말로 전도유망한 무림 최강의 확성기!

그런 그가 육겹면포를 앞에 두고 연신 침만 꿀꺽 삼키고 있는 것이다.

조휘가 은근슬쩍 그에게 다가갔다.

"안녕하세요. 저 본 적 있으시죠?"

확성기(?) 무승은 한 손으로 합장하며 푸근하게 웃고 있는 조휘를 발견하고는 한껏 당황해했다.

"아, 아미타불! 소검신을 뵙습니다!"

무려 검신의 유지를 이은 자!

더욱이 그가 엄청난 신위로 사마세가에 맞서는 모습을 똑똑히 지켜본 마당이라 무승의 얼굴에는 경이로 가득 차 있었다.

"혹시 법명이……?"

"아, 제 법명은 혜웅(慧雄)이라 합니다!"

마치 이등병처럼 대답하는 그의 모습에 조휘는 왠지 모를 귀여움을 느꼈다.

저 반짝반짝 대머리를 한 번 쓰다듬고 싶을 지경.

"혹시 속세로 탁발수행하실 때가 안 되셨는지?"

소림의 무승들은 정해진 시기가 되면 반드시 속세로 수행을 나가게 된다.

그런 소림의 탁발수행은 강호를 경험시키려는 것도 있었

지만 중생의 어려움을 살피고 불법을 설파하는 포교의 목적이 더욱 강했다.

"아! 저는 금년이 지나면 탁발수행을 나갈 수 있습니다!"

"오오!"

조휘가 한껏 기분이 좋아진 얼굴을 하다가 두 눈을 가느다랗게 떴다.

"혹시 그때가 되면 알바…… 아니, 단기로 일을 해 보실 생각이 있으신지?"

"일이라시면?"

조휘가 한껏 푸근하게 웃었다.

"탁발이라는 것이 말만 그럴싸하지 사실 집집마다 돌아다니며 밥 얻어먹는 행위가 아니겠습니까? 공양을 받는 것이 어디 쉬운 일도 아니고……."

"아미타불! 불경합니다!"

걸식하여 얻은 음식을 발우(鉢盂:승려의 밥그릇)에 담는다는 것은 불자의 목숨을 발우에 기탁한다는 의미다.

그 엄숙한 불자의 행위를 고작 밥 얻어먹는 행위라고 폄하하다니!

감히 소림의 행자승을 개방도와 동급으로 묶는단 말인가!

"아니 불경이라뇨? 따지고 보면 사실이 아닙니까? 소림의 이름 높은 무승이 밥덩이 하나 얻으려고 집들을 온통 헤매는 게 말이나 됩니까?"

"……."

묘하게 띄워 주는 것 같지만 이상하게도 가슴 한구석이 아리다.

평소 소림사의 무승으로서 자부심이 하늘에 닿아 있었지만 왠지 오늘에 이르러서야 걸인 취급을 당하는 기묘한 기분.

조휘가 혜웅의 어깨에 팔을 걸치더니 목소리를 낮게 깔았다.

"좀 조용한 곳으로 가시죠."

"시, 시주?"

"호오? 역시 몸이 보통이 아니네요? 소림사의 외공이 천하일절이라더니!"

"헤."

띄워 줄 때는 확실히 띄워 주는 조휘의 능수능란한 화술에 눈 뜨고 코 베이듯 조휘를 따라나서는 혜웅.

어느덧, 한 전각 아래의 음습한 그늘로 혜웅을 데려간 조휘가 두 눈을 반짝였다.

"불심을 마음에 새기고 계율을 닦는 수련승의 기간만 삼 년, 법명을 받고 무승(武僧)의 위에 오르기까지는 칠 년, 본격적으로 소림진산기예를 익힐 수 있는 나한(羅漢)에 이르는 것은 아예 기약도 없죠. 이게 제가 알고 있는 소림인데 혹시 틀렸습니까?"

"……."

두 눈만 껌뻑이고 있는 혜웅.

"게다가 그렇게 어렵게 나한이 되어 나한전에 입성한다 해도 뭐? 나한기공? 나하안기공?"

"나, 나한기공이 어때서 그러십니까?"

조휘가 두 눈을 부라렸다.

"아니, 수음(手淫)도 안 된다면서? 그렇게 개고생을 해서 겨우 받는다는 것이 정(精)을 잃으면 모든 것이 끝장나는 동자공(童子功)이라고? 거 너무 잔인한 것 아니요!"

"……."

소림의 제자가 된 후로 저런 생각은 한 번도 해 보지 못했다.

어차피 법명을 받고 소림의 계율에 속한 이상 여인과의 혼인을 생각할 수 없었기 때문이다.

한데 조휘가 저토록 소림의 무승들을 대변해서 열변을 토해 주니 왠지 혜웅은 고개가 끄덕여지며 묘하게 억울한 심정이 되었다.

"아니, 아무리 동자공이 내공을 모으는 데 탁월한 효과가 있다고 해도 그건 제자들을 지옥으로 내모는 처사죠. 막말로 지들은 한 번도 안 쳤답니까?"

"……치다니요?"

아아, 정말 아무것도 모르는 눈이다.

조휘는 그 순진한 눈망울을 바라보고 있자니 마치 눈물이 또르륵 흘러내릴 것만 같았다.

"됐고. 그렇게 십수 년을 절차탁마 소림무공에 매진하다 겨우 강호에 나왔는데 밥덩이나 구걸하러 다니라니? 오히려 고생했다고 여비를 챙겨 줘도 모자랄 판국이거늘! 천하제일 소림은 개뿔이!"

혜웅이 놀란 토끼 눈으로 주위를 두리번거리며 기겁을 했다.

"모, 목소리를 낮춰 주십시오 시주!"

"왜요! 제가 뭐 틀린 말이라도 했습니까?"

"아미타불, 시주 제발!"

조휘가 화가 잔뜩 난 얼굴로 앞섶을 뒤져 한빙주가 담긴 호리병을 꺼냈다.

꿀꺽꿀꺽!

이내 거침없이 한 모금 들이켜더니 혜웅에게 호리병을 건네는 조휘.

"크으. 쭉 드십쇼."

"예?"

"아니 열도 안 받습니까? 한 잔 쭉 드시지요."

꿀꺽.

분명 침은 넘어가는데 머리는 거부하고 있었다.

간혹 민간의 땡중들 중에서 무슨 곡차(穀茶) 운운하며 술을 즐기는 자들도 있다고는 하나 천하의 소림승으로서는 결코 있을 수 없는 일이었다.

계율의 엄정함을 늘 가슴에 새겨야 할 소림의 무승이 어찌 술을 맛볼 수 있겠는가.

"으, 음주는 불가합니다!"

"여긴 아무도 없는데?"

혜웅이 엄숙한 얼굴로 눈을 부라렸다.

"불존의 가르침이 이 소승의 마음속 깊이 자리 잡고 있는데, 누가 보지 않는다 하여 어찌 불자로서 참람한 일을 저지를 수 있겠습니까?"

"참람? 허, 술도 음식이거든요? 그 계율부터가 문제 있는 것이 아닙니까? 이 술을 무슨 고기로 만들었냐고요. 쌀로 만든 거라고요, 쌀! 소림은 낫으로 벼를 베는 것도 살생(殺生)으로 치나 보죠?"

기가 차는 조휘의 논리에 혜웅이 한껏 당황해하며 불호를 뇌까릴 그때.

조휘가 그의 입에 호리병의 주둥이를 냅다 꽂아 버렸다.

"아, 아미타…… 꺽!"

꿀꺽꿀꺽!

청량한 기운의 곡차(?)가 그의 식도를 거침없이 내달리자.

혜웅의 두 눈이 더 이상 크게 뜨여질 수 없을 정도로 동그랗게 변했다.

아아, 그것은 가히 태어나 처음 맞이하는 기묘한 맛.

그토록 시원하고 청량한 기운이 배 속에 당도하자 용암처럼 뜨겁게 변하여 온몸을 후끈 데우기 시작한다.

그 뜨거운 기운은 순식간에 취기가 되어 온몸을 짜릿하게 만들어 갔다.

취기가 오른 인간은 대담해진다.

결국 혜웅은 조휘의 호리병을 받아 들더니 마치 팽가의 근육 사내들처럼 호탕하게 앞섶을 적시며 들이켰다.

꿀꺽꿀꺽!

"크으……!"

한껏 들이마신 혜웅.

"자, 여기 안주!"

조휘가 꺼내 든 것은 육겹면포!

이미 취기가 달아오를 대로 오른 혜웅은 이성이 마비되고 말았다.

덥석!

와구와구!

육겹면포를 씹고 있던 혜웅이 그대로 눈물을 쏟아 냈다.

소림의 소채(蔬菜)는 소금 간 외에는 아무런 양념도 하지 않는다.

그런 자연적인 사찰 음식을 누군가는 천하의 진미라고 칭송하나 그거 다 실없는 개소리였다.

실로 미친 단짠의 조화!

육즙으로 가득한 풍미의 향연!

씹자마자 기절할 것만 같은 맛의 폭풍이 몰아친다.

그것은 가히 맛의 기적.

왜 다른 문파의 고수들이 육겹면포를 처음 맛보고 눈물을 흘릴 수밖에 없었는지 이제야 혜웅은 알 것 같았다.

그동안의 삶이 억울했던 것이다.

평생 산중에 처박혀, 오로지 소금만이 느낄 수 있는 맛의 전부인 줄 알았던 불쌍한 중과 도사들.

조휘가 그런 혜웅을 바라보며 회심의 미소를 짓고 있었다.

"탁발수행을 나오면 저희 조가대상회에 바로 찾아오시죠. 혜웅 스님께서 편안하게 수행할 수 있도록 최선을 다해 제가 도와 드리겠습니다."

"제 수행을요?"

조휘가 호탕하게 고개를 끄덕였다.

"예, 육겹면포와 흑청수, 한빙주를 무한으로 대접하겠습니다. 대신."

"대신?"

"저희 조가홍보과에 자리가 하나 남는데 탁발 기간 동안만 맡아 주시면 됩니다."

싱긋.

혜웅은 걸어 다니는 인간 확성기다.

그저 좌판 하나 깔고 목청을 터뜨리기 시작하면 그야말로 완판은 따 놓은 당상.

혜웅이 곤혹스러운 표정으로 고개를 도리질했다.

"아미타불, 저는 소림승…… 무욕의 계율에 매인 몸입니다. 상업 활동을 할 수 없습니다."

"허어, 가발(假髮)과 인피면구(人皮面具)면 해결될 일을 뭘 그리 복잡하게 생각하시는지?"

"가, 가발과 인피면구요?"

"당연하죠. 저희가 유통하는 인피면구는 정교하기 이를 데가 없습니다. 아무리 경험 많은 강호의 노고수일지라도 쉽게 알아차릴 수가 없지요. 더욱이 수행자라면 많은 경험을 해 보는 것에 그 목적이 있지 않겠습니까?"

"아, 아미타불……."

이쯤 되면 다 넘어온 것이나 마찬가지.

조휘는 벌써부터 침 발라 놓은 상계의 재목을 결코 놓칠 수 없었다.

그런 그가 앞섶에서 예의 근로계약서를 꺼내 들었다.

"월봉도 섭섭하지 않게 쳐 드리겠습니다. 여기하고 여기 사인, 아니 서명 부탁드리겠습니다."

"아, 알겠습니다. 딸꾹!"

혜웅은 조휘가 푸근하게 웃으며 건네고 있는 목탄을 멍하게 응시하다 결국은 건네받고야 말았다.

스스슥.

꼼꼼하게 서명을 살피던 조휘의 얼굴이 이내 화색으로 밝아졌다.

"하하하, 혜 대리!"

"혜, 혜 대리라뇨?"

"차차 알게 될 겁니다! 그럼 나중에 뵙겠습니다!"

벌써 보법을 밟아 저만치 사라져 가는 조휘.

멍한 얼굴로 자신을 쳐다보고 있는 혜 대리(?)를 뒤로한 조휘는 그 후로도 계속 인재 줍줍에 나섰다.

능력 있는 정파의 후기지수들이 이렇게 많이 모인 자리는 소룡대연회가 아니고서야 거의 찾을 수 없었다.

더욱이 제 발로 조가대상회에 모두 모여든 마당이니 이번 기회에 최대한 인재들을 끌어모아야 했다.

그렇지 않아도 조가대상회는 심각한 인력난으로 몸살을 겪고 있는 상황.

나이가 차 소룡대연회에 참여할 수 없게 된 조휘로서는 이 천금과도 같은 기회를 결코 놓칠 수가 없었다.

이미 동료들 중에서 수완과 입심이 가장 좋은 장일룡과 제갈운도 후기지수들을 포섭하기 위해 은밀히 움직이고 있었다.

그렇게 강호의 명숙들이 홍청망청 술을 퍼마시고 있는 개파대전의 축제 속에서 조가대상회의 수많은 사원과 대리들이 탄생하고 있는 것이다.

46 章.

46 章.

광기 어린 개파대전의 첫날은 인시(寅時)가 거의 끝날 때쯤에서야 모든 소란이 잦아들었다.

조휘는 어지럽게 널브러져 코를 골고 있는 근육 팽가들을 바라보다 피식 웃음이 터져 나오고 말았다.

온갖 은원으로 얽힌 강호를 누군가는 비정한 세상이라 손가락질하겠지만 이렇듯 한편으로는 평범한 사내들, 사람들이 살아가는 곳이다.

절차탁마 무공을 익히고 서로 명성을 경쟁한들 우리네 사람살이가 어디 다를 수 있겠는가.

조휘는 왠지 그렇게 초연한 마음이 되어 조가별원의 후원으로 길을 나섰다.

강호명숙들이 건네는 축하주를 모두 마다 않고 마셨더니 그 마음에 약간의 감상적인 기분이 일어난 것.

후원에 도착한 조휘가 교교한 월광 아래에 오연히 서서 천천히 조가철검을 뽑아 들었다.

또다시 피식 웃음이 터져 나오고 마는 조휘.

'이런 엄청난 진검(眞劍)이라니…….'

현대인들이 평생을 살아도 영화에서나 볼 법한 예리한 장검이다.

무림이라는 세계에 떨어지고 난 후 십 년에 가까운 시간이 흘러 온갖 우여곡절 끝에 검신과 마신의 진전을 이은 자신이었다.

그럼에도 이 흔한 철검조차 아직 낯설기만 했다.

조휘는 그런 복잡한 심경으로 야공(夜空)을 올려다보았다.

현대의 도시에서 바라본 밤하늘과는 비교조차 할 수 없었다.

도시의 불야성 아래에서는 아무리 별빛을 살피려 해 봤자 그 광활한 은하수조차 눈에 들어오지 않았다.

한데 이곳 중원의 별빛.

그야말로 모든 별이 자신에게로 쏟아질 것만 같았다.

저 광활한 우주, 저 위대한 자연 아래 사람이란 한낱 미물과도 같은 것.

아무리 아등바등 날뛰어 봐야 술에 잔뜩 취해 얽히고설켜 잠들어 있는 저치들과 자신은 똑같이 사람인 것을.

-네놈답지 않게 웬 청승이냐? 안 어울리느니라.

무뚝뚝한 검신 어른의 목소리였지만 그 속에는 걱정이 잔뜩 묻어 나와 있었다.

조휘가 피식 웃으며 다시 야공을 올려다보았다.

"제가 그렇게 좋습니까?"

-흰소리 그만하고 어서 잠이나 자거라.

심마(心魔)라는 것은, 꼭 악독한 마음이나 지독한 살심같이 거창한 것에서 비롯되는 것이 아니다.

오히려 가벼운 자기모순, 단순한 허무감으로 시작되는 자기파괴가 더욱 무서운 법.

그러므로 무인, 아니 검수에게 있어서 맑은 정신과 올곧은 평정을 유지하는 것은 무엇보다 중요했다.

이런 공허한 마음은 심력을 허투루 소모하는 지름길.

자신에게 육신이라도 있었으면 부드럽게 수혈(睡穴)을 짚어 주고 싶었으나 검신은 그럴 수 없는 현실이 한스러웠다.

한데 그때 누군가의 인기척이 들려왔다.

사르르르르.

미끄러지는 듯한 저 음유한 보법은 화산의 암향표(暗香飄).

특히나 의념의 기운이 깃들어 있어 그 보법 속에 지극한 현묘함을 품을 수 있는 자는 오직 자하검성이 유일할 것이다.

그렇게 그윽한 암향을 품은 채 표표히 흩날리는 매화처럼 다가온 자하검성 단천양이 지그시 반개한 눈으로 조휘를 응시하고 있었다.

"도조이시여."

순간 조휘는 크게 웃음이 터져 나올 뻔했다.

도조(道祖)는 무슨.

난 그냥 칠 년 낙방 공시생일 뿐이라구.

"흐, 제가 좀 많이 취했네요. 지금은 혼자 있고 싶습니다."

단천양이 곤혹스러운 얼굴이 되어 나지막한 목소리로 말했다.

"무량수불, 방원 이백 장을 의념으로 모두 살펴 그 어떤 기척도 없음을 미리 살폈습니다. 도조께서도 분명 이를 알고 계실 텐데 어찌 저를 이리도 황망하게 만드십니까."

아직도 단천양은 자신의 영혼마저 정화되는 듯한 도조의 가르침을 잊을 수가 없었다.

한 줄기 옥수(玉水)와 같았던 그의 가르침, 그 진면목을 다시금 대할 수만 있다면 자신의 목숨이라도 내놓고 싶은 심정이었다.

"무량수불, 지금까지 도조께서 아무리 세속적인 행동을 보이셔도 저는 감히 헤아리려 들지 않고 궁금증을 참아 왔습니다. 한데 제가 살펴본바 도조님의 조가대상회는 강호에, 아니 세상에 많은 영향을 끼칠 위력을 지니고 있었습니다."

이어 공손하게 고개를 조아리는 단천양.

"도조께서는 이 미욱한 자를 도우(道友)로 여기시고 가르침을 베풀어 주셨으니, 이번에도 그 뜻을 헤아릴 수 있도록 저를 납득시켜 주소서."

그의 진솔하고 기특한 마음, 사심 없는 그런 행동에 이를 지켜보던 검신의 마음이 끝내 움직이고야 말았다.

"아, 안 돼! 검신 어른……!"

화아아아악!

그렇게 조휘의 육체에 현신한 검신이 고아하게 웃으며 단천양을 바라본다.

그 순간 단천양이 전율하며 털썩 무릎을 꿇었다. 그의 바뀐 기질을 한눈에 알아본 것이다.

"아아, 도조이시여!"

검신은 이내 아련한 표정이 되어 단천양에게 다가가 마주 앉았다.

"……아이야."

그런 검신의 자애로운 한마디에 단천양의 온 마음이 불에 닿은 듯한 격정으로 치달았다.

화산의 종주, 그 엄청난 삶의 무게 속에서 끝끝내 감출 수밖에 없었던 한 인간의 나약한 마음이 모조리 드러나는 기분.

그런 위로받고 싶은 마음이 그의 뺨으로 목으로 흘러 이내 앞섶을 적셨다.

"삼라만상(森羅萬象)의 인과(因果)란 쉴 새 없이 돌고 돌아

결국은 제자리로 돌아오는 정(正)이라 하였다. 무엇이 그리 조급했더냐?"

"무량수불…… 저는…… 저는……."

검신은 그런 단천양의 얼굴에서 어떤 아련한 감정, 그리움을 발견했다.

"정이 많은 아이로구나. 화산의 사존들이 그리웠더냐?"

천하제일좌, 혹은 천하제일인이라 불리며 뭇 강호인들의 오롯한 존경을 받고 있는 자하검성이었지만, 사실 그의 본 모습은 평생토록 화산의 너른 품에서 수양만을 힘써 온 일개 도사였다.

화산검종의 종주라는 허울만 없었다면 언제나 사부님만을 한없이 그리워하는 화산의 제자일 뿐.

"허허! 내게서 과거를 느꼈구나. 그래, 천하의 화산검종이란 자가 다시금 응석받이 수련 도사가 되고 싶은 것이냐?"

"그, 그런 것이……."

단천양은 부정하려 했지만 그러지 못했다.

지천명(知天命:50세)에 이르렀을 때 자신은 화산 최고의 매화검수가 되었다.

당시에는 사부님이 살아 계셨지만 그 어떤 가르침도 내려주지 않으셨다.

그도 그럴 것이, 이미 제자의 경지가 제 사부를 초월했기에 가르칠 것이 없었기 때문이다.

그 후 단천양은 수십 년이 지나도록 홀로 외로이 일로정진(一路精進)했다.

고독한 검도(劍道).

그런 지독한 외로움이 이제는 무뎌졌다고 생각했을 무렵.

그때 도조께서 나타났다.

기운만으로 자신의 전 내공을 무력화시키며 단 일 검으로 화산을 지워 버렸던 검의 신.

그런 그가 자신의 수십 년 자하의 적공(積功)을 포기하라 꾸짖더니, 한 수의 초절한 환상을 통해 단숨에 진정한 암향매화를 깨닫게 해 주었다.

단천양이 가득 입술을 깨물었다.

"부정하지 않겠습니다."

"허허……."

검신이 어이가 없다는 듯 웃고 말았다.

저 당대의 천하제일인이, 저 자하검성이란 천고의 도사가, 한없이 몸을 낮추고서 가르침을 청하고 있는 것이다.

검신이 아무렇게나 바닥에 주저앉으며 두 눈을 반개한다.

"그래, 한번 펼쳐 보거라. 나도 네 검을 보고 싶구나."

그 한마디에 단천양의 얼굴이 금방 상기됐다.

차아아아앙-

적막한 후원의 한복판에 울려 퍼지는 자하검성의 발검 소리.

기수식도 아닌 단지 가벼운 발검이었지만 그 한 수만으로도 그의 고절한 경지를 느끼기에는 충분했다.

사르르르르-

그의 검이 느릿하게 움직이기 시작한다.

그것은 한 올의 내공도 의념도 섞이지 않은 순수한 검로(劒路) 그 자체였다.

기이하게도 그런 단천양이 펼쳐 내고 있는 검초는 화산파가 자랑하는 이십사수매화검법이 아니라 육합검.

육합검은 삼재검보다는 좀 더 수준이 높았지만 흔히 배울 수 있는 강호의 일반적인 검법이었다.

그 이름에서부터 알 수 있듯이 공간을 이해하고 선점하며 먼저 장악하는 검법.

느릿하게 나아가며 앞(前)을 헤집다가, 돌아서서 후방(後)을 정교히 방비한다.

호쾌하게 뻗은 궤적으로 좌변(左)을 파고들다가 동시에 우변(右)으로 짓쳐 나아가며 하늘(乾)과 대지(坤) 아래 굳건하게 자리 잡는다.

이것이 육합(六合).

이 여섯 방위를 완벽하게 지배할 수만 있다면 천하의 그 어떤 공격도 두렵지 않다.

이 육방을 잘게 쪼개 삼십육방으로 나누고, 그 속에 더욱 현묘한 묘리를 담아낸 검이 종남의 천하삼십육검(天下三十六劒).

비록 육합검이 흔한 검법이라 할지라도 그 속에 내포된 극의(極意)만큼은 결코 가볍게 치부할 수 없었다.

한데 이것은 화산검종의 검의가 아니었다.

"그만. 그만하거라."

모든 초식을 펼쳐 내기도 전에 그만하라고 하자 단천양이 의아한 얼굴로 검신을 바라보았다.

허나 검신은 두 눈을 감은 채 굳게 입을 다물고 있을 뿐.

결국 검을 거둔 단천양이 공손하게 그의 앞에 다가가 마주 앉았다.

한참이나 그렇게 생각을 정리하던 검신이 마침내 다문 입을 열었다.

"……화산의 검종이 어찌 내 검이나 흉내 내고 있느냐?"

"……."

그런 검신의 한마디에 마치 폐부가 찔리는 듯한 느낌이 드는 단천양.

하지만 자신의 결의를 어찌 그리 단순하게 말할 수 있는가.

"무량수불, 화산의 검종이라는 신분을 떠나 저는 검수입니다. 검수로서 신(神)의 공부를 좇는 것은 당연한 일. 이런 검수의 의지를 어찌 그릇된 것이라 말하십니까?"

"갈(喝)!"

검신이 두 눈을 크게 뜨며 목청을 터뜨렸다.

"너는 중원검종을 대표하는 검수다! 어찌 이방인의 검이나 좇으려 하느냐! 그렇게 경지에 오른다 한들 감히 스스로 떳떳할 수 있겠느냐!"

단천양이 황망해했다.

"무량수불, 이방인의 검이라니요?"

검신은 오랫동안 자신을 짓눌러 왔던 허망한 심정을 가감 없이 드러내고 있었다.

"감히 후배에게 부탁하노니 삼신(三神)의 허망한 길을 좇지 말고 부디 중원의 무공을 꽃피워 주길 바라네."

아니 무려 삼신의 무공이 허망한 것이라니 이 무슨 천하가 비웃을 소린가!

"본 좌의 공(空)은 화산검종의 그것과 어울리지 않아."

이미 단천양은 알고 있었다.

육방과 삼십육방을 넘어 그 모든 공간의 장악을 무색하게 만드는 진정한 공간검의 최고 경지는 공(空)이라는 것을.

그것이 자신이 직접 경험한 검신의 검공.

단 일 검에 화산을 지워 버린 절대적인 자연검이었다.

"화산의 검은 겨우내 홀로 견디며 가장 먼저 꽃을 피워 내는 매화요, 만물이 창생하는 봄이다. 또한 천하에 흐드러진 암향의 생령(生靈)이자 삼라만상을 소생시키는 활인검이다."

지그시 두 눈을 반개하는 단천양.

"이 모자란 녀석아. 네가 공부하고 정진해야 하는 검은 본좌의 공(空)이 아니라 활(活)과 생(生)이거늘 그 단순한 이치를 아직도 깨우치지 못했단 말이냐?"

"……."

커다란 대못이 정수리로부터 꽂혀 드는 그야말로 정문일침과 같은 꾸짖음이었다.

우우우우우웅-

포양호에 드리워진 생령의 기운이 급속도로 단천양에게 모여들기 시작하자.

암향매화의 향기가 더욱 만개하여 온 후원을 휘감았다.

그제야 얼굴이 환해진 검신이 천천히 자리에서 일어났다.

"나도 아직 모른다네. 이 아이의 운명 속에 어떤 천명이 자리 잡고 있는지를."

검신이 교교한 달빛을 응시했다.

"한 인간이 어찌 모든 겁난을 홀로 감당할 수 있겠는가."

아무리 조휘가 고금의 기재요, 그 행보에 숙명적인 인과율이 함께한다고 하나 그의 말대로 한 명의 인간에 불과했다.

신좌라는 엄청난 존재가 본격적으로 핍박한다면 홀로 대적한다는 것은 사실상 불가능할 것이다.

"때가 차면 이 아이를 도와주시게. 중원의 검종으로서 화산의 검수로서 내게 약속해 줄 수 있겠는가?"

암향매화의 생령이 그득히 피어난 그 자리에서 단천양이 검신을 하염없이 올려다보고 있었다.

칠채서기로 반짝이는 그의 두 눈이 검신의 시선을 좇아 교교한 달을 향했다.

"도조이시여. 이 단 모의 매화신검을 걸고 그리하겠습니다."

그렇게 단천양은 일신에 아로새겨진 육신통(六神通)으로 인해 깨달을 수 있었다.

지금 이 순간이 그와의 마지막 순간이라는 것을.

검신이 혈옥의 영계로 돌아가자 조휘가 술기운이 확 달아난 얼굴로 거칠게 인상을 구겼다.

"아니, 이 노인네가 더 이상 무슨 힘이 남아 있다고 또 강신(降神)하고 지랄이야 지랄이!"

검신에게는 정말이지 남은 영력이 얼마 없었다.

영계에서 존자들의 와글와글 떠드는 소리들 중에서 검신의 목소리만 희미하게 잦아든 채 들리는 것이 이제는 사태의 심각성을 여실히 느낄 수 있을 정도.

눈물이 그득 고이기 시작한 조휘가 소매로 눈가를 훔치며 발악하듯 다시 외쳤다.

"아니 그렇게 뒈지고 싶으세요? 영력을 모두 잃어 존재력이 사라지면 다시는 환생도 못 한다며! 에잇 싯팔!"

그때, 더욱 잦아들어 희미해진 검신의 목소리가 조휘의 머릿속에서 울려 퍼졌다.

-……그와 대무(對武)하거라.

아니, 이 와중에 이건 또 무슨 말인가.

조휘가 황당하게 일그러진 얼굴로 또다시 뭐라 항변하려

는 찰나.

-그의 자연경은 이제 화영(化永)에 이르렀다. 그만한 자연경의 고수를 만나는 것이 어디 쉬운 일이더냐?

무혼, 무령, 무극, 무량으로 나뉘는 절대경과 비슷하게 자연경 역시 세 단계의 경지로 구분된다.

화오(化悟), 화영(化永), 화신(化神).

진정한 신의 경지를 단 한 단계만 남겨 둔 단천양을 상대하는 것은 조휘에게 있어서 엄청난 기연이 아닐 수 없는 것이다.

-겁난이 다가올 때까지 네 녀석은 반드시 자연경을 이루어야 한다. 그와의 대무는 네게 큰 깨달음을 줄 것이니 속히 그에게 대무를 청하거라.

조휘는 말문이 막히고 말았다.

본인이 존재력을 다 잃어 가고 있는 이 처참한 와중에도 제자를 먼저 걱정한단 말인가.

조휘가 금방 음울한 표정이 되어 대답했다.

"삼신(三神)마저도 당해 내지 못한 신좌의 무리들을 제가 무슨 수로 막을 수 있습니까?"

그것은 조휘의 마음을 납덩이처럼 짓누르고 있는 근본적인 의문이었다.

그들의 엄청난 무공과 법력을 직접 경험하기까지 했으니 무력감에 휩싸이는 것은 어찌 보면 당연한 일이었다.

-네놈은 우리와 다르다!

강건하게 외치는 목소리는 마신이었다.

그 엄청난 금천종(金天宗)과 소동들을 단지 내뿜는 기세만으로 쫓아내 버리는 조휘를 똑똑히 지켜본 마당이었다.

그런 조휘의 능력은 무공이나 법력, 도술 등 그 무엇으로도 설명할 수 없는 종류의 힘.

그들 영혼의 본질, 그 허실을 구분할 수 있는 조휘의 신안(神眼)은 지금까지 그 어떤 기인도 구사하지 못한 기이한 능력이었다.

"무량수불, 허허…… 그랬군. 그랬어. 그 목걸이 속에 수많은 영령들이 깃들어 있었구려. 참으로 엄청난 기물이로고."

화영의 경지를 이루어 그 영격 또한 존자에 근접한 단천양은 이제 초보적인 육신통(六神通)을 구사할 수가 있었다.

때문에 조휘와 존자들의 대화를 희미하게나마 엿들을 수 있었던 것이다.

"……무량수불, 설마하니 삼신(三神)의 영령이 그대의 영혼과 연결되어 있었던 것이었소?"

"……."

그렇게 단천양이 육신통으로 혈옥 속 존자들의 영격을 하나하나 살피더니 더욱 기경한 얼굴을 했다.

"허어! 다른 영령들의 기질과 기운, 그 격(格) 역시 삼신과 비등하거나 오히려 그 이상이구려. 구전되는 강호의 전설 속에 수많은 기연들이 존재했지만 이런 광세의 기연은 도무지

듣지도 보지도 못했소."

그제야 단천양은 왜 그토록 조휘가 검신의 적전제자라 자신 있게 말할 수 있었는지 이해하게 되었다.

조휘가 가늘게 한숨을 내쉬며 입을 열었다.

"검신 어른께서 저더러 검성님과 붙어 보라는데요."

단번에 검신의 뜻을 살핀 단천양이 침중한 얼굴로 고개를 끄덕였다.

어찌 보면 자신 역시 위대한 검신의 무기명제자라 할 수 있었다.

사제지간으로서 서로 동문수학하는 것은 당연한 일.

"무량수불, 좋소."

조휘가 허리춤에 패용하고 있는 철검을 꺼내 들며 두 눈을 빛냈다.

"전력을 다해도 되겠습니까?"

단천양이 이내 푸근하게 웃으며 매화신검을 천지간에 굳건하게 세웠다.

"무량수불, 가진 모든 것을 토해 내도 괜찮소이다."

그런 단천양의 선언에 조휘는 호승심이 치밀었다.

대무(對武)로써 무인의 모든 것을 토해 낼 기회는 결코 흔치 않은 일.

"그럼 부탁드리겠습니다."

순간.

조휘의 두 눈이 눈부신 백안으로 물들자 그 기질이 일변했다.

무극에 이른 절대의 무혼을 한 올도 남김없이 모두 끌어올린다.

콰콰콰콰콰콰콰콰-

의념의 폭풍이 몰아쳤다.

용권풍과도 같은 조휘의 거대한 무혼이 순식간에 총단 전체를 휘감자.

누구보다도 기운에 민감한 무인들이 파리한 안색으로 하나둘씩 깨어났다.

감히 상상도 해 보지 못한 광대무변한 기운!

곧이어 무황을 비롯한 구파의 명숙들, 오대세가의 가주들, 조휘의 동료들 등 수많은 고수들이 조휘와 단천양이 대무하는 후원으로 경공을 펼치며 나타났다.

"……회장님!"

기겁한 얼굴로 자신을 바라보는 제갈운을 향해 조휘가 한쪽 눈을 찡그리며 화답해 주었다.

"걱정 마세요. 대무일 뿐입니다."

제갈운이 어처구니가 없다는 듯한 얼굴로 굳어졌다.

지금까지 조휘의 무혼을 수차례 경험해 보았지만 단연코 오늘이 최강이었다.

그야말로 총단 전체를 짓누르고 있는 아득한 위력 때문에 제대로 서 있기조차 힘들 정도로 현기증이 치미는데 이게 고작 대무라고?

"……허!"

한껏 수척해진 얼굴로 장탄식을 터뜨리며 장내에 등장한 인물은 놀랍게도 흑천대살.

조휘의 동료들을 제외한다면 그는 이 자리에서 조휘의 진실된 경지를 경험한 유일한 무인이었지만 그런 그에게도 지금 조휘의 무혼은 놀라운 것이었다.

피가 나도록 가득 이를 깨무는 흑천대살.

저 사내의 이런 엄청난 경지를 미리 알았더라면 흑천련은 결코 그를 향해 먼저 도발하지 않았을 터였다.

하지만 후회는 아무리 빨라도 늦은 법.

그때, 조휘가 여전히 자신의 광대무변한 무혼을 사방에 드리운 채로 오연히 말했다.

"가겠습니다."

우우우우우웅-

조휘의 철검에서 엄청난 의념의 기운이 터져 나왔다.

천검류(天劍流) 제팔식(第八式).

천하공공도(天下空空道).

공(空)의 검으로 대표되는 검신의 검초가 드디어 전 강호가 보는 앞에서 그 실체를 드러냈다.

츠츠츠츠츠츠-

단천양의 전면 허공에서 수없이 많은 칙칙한 점들이 나타났다.

그 수많은 점들이 이내 공간을 집어삼키며 세(勢)를 불려 나가는 광경을 지켜보며 무황이 꿀꺽하고 침을 삼켰다.

"허어……!"

무황은 그 고절하고도 놀라운 위력을 단숨에 느낄 수 있었다.

의념으로 공간을 집어삼키다니!

저런 식이라면 상대가 움직일 수 있는 모든 방위를 한순간에 장악할 수 있었다.

하지만 자하검성은 과연 화산 그 자체.

단천양의 검이 가볍게 흔들거린다.

그러자 순식간에 그윽한 향이 일어나 천지를 적셨다.

그 순간 무황은 화산의 오랜 전설이 재림했다는 것을 깨달았다.

매화의 그윽한 향이 천지를 뒤덮나니(梅香密密).

비로소 화산 혼의 재림이요, 생령의 암향이로다(華魂暗香).

암향매화검(暗香梅花劍).

제일식(第一式).

암향천망하(暗香天網霞).

그것은 천하를 집어삼킬 듯한 강맹한 기운이 아니었다.

그저 부드럽고 음유했으며 한없이 자연스러운 검.

그윽한 암향과 함께 일어난 단천양의 검력은, 마치 삼라만상을 치유할 것처럼 부드럽게 나아가더니 조휘의 천하공공도와 한 몸처럼 어울렸다.

스으으으으.

공(空)의 검에 의해 찢겨 상처 입은 모든 공간이 서서히 아문다.

그렇게 천하공공도의 점(點)들이 모두 사그라지자 조휘의 얼굴이 전에 없는 당혹감으로 물들었다.

자신의 천하공공도는 신좌의 법력이 서려 있던 술법의 핵까지 파괴한 절대적인 검초.

비록 마신공(魔神功)의 공능을 일으키지 않았다곤 하나 이런 식으로 파훼되리라고는 단 한 번도 생각해 보지 못한 것이다.

그제야 조휘는 천검류의 공공력이 화산의 활생력(活生力)과 상극이라는 것을 뼈저리게 깨달을 수밖에 없었다.

-허허, 보았느냐? 저것이 중원의 검종(劍宗)이니라.

뿌듯한 감정이 그득 느껴지는 검신 어른의 목소리.

아니, 이 노인네는 도대체 누구 편이야?

이건 분명 자신의 경지가 모자라서다!

자연경에 이른 검신 어른의 공공력이라면 전혀 다른 결과에 이르렀을 터!

그렇게 뿌득 이를 깨물던 조휘는 조용히 검을 거둔 채 장고에 시달렸다.

지금 수준의 공공력으로는 결코 암향매화의 활생력을 상대할 수가 없었다.

자신이 지니고 있는 최강의 패를 꺼내 들고 싶었지만 정파의 명숙들이 모두 보고 있는 앞에서 어찌 그럴 수 있겠는가?

그때 조휘의 귓가에 단천양의 전음이 파고들었다.

〈마신(魔神)의 공부를 펼칠 요량이라면 소란은 본 도가 잠재워 드리겠소이다.〉

호오?

무려 천하제일인의 호언장담이니 조휘는 그를 믿어 보기로 했다.

순간.

조휘의 두 눈에서 처절한 암자색의 귀화(鬼火)가 타올랐다.

화르르르르르.

그렇게 조휘의 몸에서 마신공의 마화가 피어나자 그렇지 않아도 전 내공을 일으켜 조휘의 기운에 겨우 맞서며 구경하던 강호의 명숙들이 기겁하며 후원의 바깥으로 물러났다.

호신강기(護身罡氣)를 일신에 두를 수 있는 화경의 고수들조차도 감히 서 있을 수 없을 지경!

"허어! 이건 대체!"

무황의 두 눈이 찢어질 듯 부릅떠져 있었다.

무극을 넘어 무량의 경지에 이른 무황조차도 무혼을 몸에 두르지 않는다면 피부가 저릿할 정도로 광대무변한 기운!

조휘의 마신공은 본래 마신의 그것과는 완전히 결이 다른 신공이었다.

검천대신공의 무리(武理)와 합일하여 그 위력이 몇 배나 상승된 지고의 신공.

"무량수불, 과연 검신의 제자답게 그 경지가 고절하기 그지없소이다. 화산의 자하를 이리 자유자재로 구사하다니."

자하(紫霞)?

순간 조휘는 고개가 갸웃거렸지만 이내 단천양의 의도를 알아차리고는 흐릿하게 미소 지었다.

그때 조휘의 철검에서 칠흑의 기운이 서리기 시작했다.

그것은 온 천하를 집어삼킬 만큼의 흉포한 마(魔)의 기운이었다.

조휘가 자신의 능력으로 펼칠 수 있는 최강의 검초를 심상으로 떠올렸다.

그것은 구유에서 피어오르는 멸망의 기운.

그렇게 조휘의 전신에서 피어오른 암흑(暗黑)으로 인해 천하를 너르게 비추던 달빛이 일순간에 그 빛을 잃었다.

검신의 무공이 공(空)이라면 마신의 무공은 세상을 파괴하는 멸(滅).

화산의 활생과는 그야말로 절대상극이라 할 수 있는 공능이었다.

조휘의 철검이 구유의 어둠 속에서 억겁을 거니는 천마의 신위를 드러냈다.

쿠구구구구구-

조가대상회의 총단을 넘어 포양호 전체가 지진을 만난 듯 한 진동에 휩싸인다.

천마삼검(天魔三劒).

제이식(第二式).

천마파멸혼(天魔破滅魂).

그 순간.

그 흔한 파공음도 충격파도 없이 단천양이 서 있던 자리가 그대로 세상에서 '지워'졌다.

너무나도 순식간에 일어난 일이라 이를 지켜보던 자들은 하나같이 놀라지도 못하고 있는 상황!

한데 단천양만 사라진 것이 아니라 그의 주변 풍광까지도 함께 사라져 어디에도 존재하지 않았다.

"……저럴 수가!"

무황의 사고가 정지되어 버렸다.

도저히 받아들일 수 없는 현상!

풍광이란 것은 엄연히 원근(遠近)이 있게 마련인데, 어떻게 저런 현상이 일어날 수가 있는 거지?

무슨 도술이나 법력도 아니고 저게 정말 인간이 펼친 무공이 맞는 건가?

그렇게 모두가 얼이 빠져 멍하게 굳어 있을 때.

ㅊㅊㅊㅊㅊㅊ.

모든 원근의 풍광이 사라져 오로지 암흑만이 그득한 그 자리에서 균열이 일어나고 있었다.

"음?"

무황의 두 눈이 동그랗게 떠졌다.

칙칙한 어둠 속에서 한 자루의 검이 툭 하고 튀어나온 것이다.

"매화신검!"

그것이 단천양의 검이란 것을 확인하고는 무황의 얼굴이 환해졌다.

가가가각!

엄청난 불꽃이 일어나며 정확히 세로로 찢어지고 있는 공간!

이내 어둠을 모조리 찢어 버린 단천양이 무덤덤한 얼굴로 그런 암흑의 공간의 밖으로 나오고 있었다.

"허허, 그야말로 재밌는 검이로군."

인자한 얼굴로 자신을 바라보는 단천양.

조휘는 쓰게 웃을 수밖에 없었다.

천마파멸혼(天魔破滅魂).

그런 조휘의 검을 보자마자 마신은 크게 감탄했다.

오로지 광기와 파멸만이 전부였던 자신의 그것과는 전혀 궤가 다른 조휘의 검혼.

그것은 검신의 공(空)이 완벽히 융합되어 있는 또 다른 차원의 파멸이었다.

그제야 깨닫는 바가 있는 마신.

자신과 마찬가지로, 검신 역시 현대인이 남긴 흔적을 통해 깨달음을 얻은 터였다.

자신은 현대인의 석판 속에서 '멸(滅)'을 깨우쳤으나 검신은 검총의 검흔을 통해 '공(空)'을 깨달은 것.

같은 것을 보고도 해석에 따라 깨달은 바가 서로 달랐던 것이다.

하지만 그 두 깨달음 속에서 오직 조휘만이 그 동질성과 연속성을 엿볼 수 있었다.

검총과 석판을 남긴 현대인처럼 그 역시 같은 현대인이었기 때문이다.

그러므로 고대의 현대인이 지향했던 본래의 오롯한 무리(武理)가 지금 저 조휘의 천마파멸혼일지도 모른다.

그 때문에 마신은 묘하게 가슴이 뛰고 있었다.

그때, 단천향이 매화신검을 비스듬히 내리며 엄정한 얼굴로 입을 열었다.

"그대의 무혼(武魂)은 잘 보았소."

같은 검수로서 조휘를 향해 정중히 예를 다하고 있었으나, 그것은 한편으로 더는 볼 것이 없다는 자하검성의 선언이었다.

다른 이였다면 오만한 행동처럼 느껴졌겠지만 그는 다름

아닌 천하제일인.

이에 조휘 역시 철검을 거둔 채 진득한 눈을 빛냈다.

방금 전의 천마파멸혼이 자신이 펼칠 수 있는 최고의 무혼이라는 것을 이미 단천양은 간파하고 있는 것이었다.

어찌 보면 더 이상 볼 가치도 없다는 의미였기에 조휘는 묘하게 오기가 치밀었다.

무극의 경지에 이른 후로는 단 한 번도 경험하지 못한 상황.

허나 천마파멸혼이 막힌 마당에 무슨 수로?

'하…….'

어떻게 시공간마저 비틀어 왜곡시켜 놓은 파멸의 공간을 한낱 검으로 찢고 나올 수가 있는 거지?

천마파멸혼은 천마멸겁무를 압축한 버전.

수백 장에 미치던 파멸의 기운을 초절한 의념의 통제를 통해 한 사람에게만 미치도록 압축시켜 놓았으니 순간적인 파괴력만 따진다면 시간을 왜곡할 정도로 강력했다.

그 물리적인 압력, 그 밀도는 상상을 불허하는 것.

한데 단천양은 그런 마신의 파멸을 별 힘도 들이지 않고 자연스럽게 양단했다.

아무리 자연경이 대단한 경지라지만 너무 가벼운 한 수로 막아 내 버리니 조휘는 그저 허탈한 마음만 일어날 뿐이었다.

한데 이어지는 단천양의 말은 더욱 충격적이었다.

"무량수불, 그대는 앞으로 결코 자연경에 이르지 못할 것이오."

그런 단천양의 선언에 이를 지켜보던 무황이 크게 놀란 얼굴을 했다.

조휘는 아직 이립(而立:30세)에도 이르지 않은 연배로 무극의 경지를 아로새긴, 그야말로 무림의 길고 긴 역사 속에서 그 예를 찾기 힘든 검수다.

위대한 삼신(三神)조차도 대부분 인생의 말년에 이르러서야 그 신위를 드러낸 마당.

때문에 조휘는 가장 높은 확률로 자연경의 경지를 이룰 다음 세대의 후보일 것이다.

틀림없이 단천양도 조휘가 이룬 신위가 가벼운 것이 아니라는 것을 알고 있을 터.

그럼에도 저런 단정적인 선언이라니?

하지만 조휘와 검을 섞은 것은 그였다.

그가 그렇게 말했다면 그에 상응하는 이유가 있을 것이다.

무황은 더 지켜보기로 했다.

"하……."

무엇보다 당사자인 조휘가 가장 놀라며 얼굴을 구기고 있었다.

처음에는 막연하기만 했으나 이제는 자신에게도 자연경을 이룩하는 것은 삶의 거대한 목표 중 하나였다.

무엇보다 그것은 검신 어른의 뜻.

아니 아마도 모든 존자들이 바라고 있는 비원(悲願)일 것이다.

한데 '아마도'도 아니고 '결코' 이루지 못할 것이라니?

조휘는 전에 없는 심각한 표정이 되어 황망한 마음을 토해냈다.

"아니 창창한 젊은이의 앞길을 막아도 유분수지 무슨 근거로 그런 단정적인 말씀을 하시는 겁니까?"

한눈에 봐도 언짢아하는 기색이 가득한 조휘의 표정.

하지만 단천양의 얼굴은 얄미우리만치 평화로웠다.

"허허…… 무량수불, 분명 그대의 무혼은 길고 긴 무림사에 전무후무한 강력한 의념절공일 것이오. 하지만 반대로 그 무혼 외에는 무엇이 있소이까?"

"음?"

무혼(武魂).

혹은 의념지도(意念之道).

이들 단어만큼 절대경의 경지를 이룩한 무인을 오롯이 나타내는 단어는 없을 것이다.

그만큼 절대경 무인의 모든 것이라 할 수 있는 것이 무혼.

절대경의 무인에게 무혼 말고 무엇이 더 있을 수 있단 말인가?

쉽게 이해하지 못하고 있는 조휘에게로 또다시 단천양의 음성이 날아들었다.

"무량수불, 그대의 몸에는 투로(鬪路)가 존재하지 않소. 자신만의 투로를 새기지 못한 무인이란 본디 존재할 수가 없는 법. 이는 심각한 것으로 후일 큰 문제가 될 소지가 있소이다. 아니 오히려 그런 모순된 무인이 절대경에 이르렀다는 자체가 신의 장난이 아니고 무엇이겠소?"

무인이란 본디 고된 육체 수련과 정신 수양, 처절한 실전 등 그런 모든 경험을 겪으며 무엇과도 맞바꿀 수 없는 자신만의 본질을 갖게 된다.

누군가는 이런 숙련적인 무인의 삶을 구도(求道)라고 말할 정도로, 그것은 단순한 무공의 경지로는 설명하기 힘든, 그야말로 무인의 정체성이라 할 수 있었다.

그런 무인의 본질을 단천양은 '투로(鬪路)'라고 뭉뚱그려 말하고 있었지만 사실은 수많은 단어로 다양하게 표현될 수 있는 말이었다.

'투로라…….'

조휘는 한껏 진지해져 있었다.

한글로는 싸움 길.

고상하게 표현한다고 해도 전투 동선(?) 정도로밖에 이해되지 않는다.

그런 투로란 조휘에게 있어서 오로지 검천전능지체의 백안(白眼)을 통해 전해져 오는 물리학적 정보일 뿐이었다.

최적의 움직임을 수학적으로 가상화시키고 이를 육체나

심상, 혹은 의념으로 구현해 내는 것.

"그대의 무혼은 한 무인의 일생을 통해 오연히 드러난 자아(自我)라기보단 뭐랄까. 그래, 기술(技術)에 가깝소이다."

그제야 조휘는 왜 단천양이 그런 느낌의 감상을 늘어놓는지 이해할 수 있었다.

하지만 어쩔 수 없는 것이, 자신이 검총에서 깨달은 검천전능지체의 특성이 원래 그랬기 때문이다.

현대의 수학, 즉 물리학의 연산 능력을 중원 무공에 접목시켰기 때문에, 자연히 인공적인 혹은 부자연스러운 느낌을 받을 수밖에 없는 것이다.

조휘로서는 억울한 일이었다.

물리학의 연산 능력이 가미된 자신의 무공이 중원인들에게 낯선 것은 그들이 수학을 모르기에 일어나는 현상이다.

조휘가 단천양을 바라보며 날카로운 눈빛을 발했다.

"이 소검신이 투로조차 없는 무인이라…… 왜 그렇게 느끼셨는지 모르는 바는 아니나 그런 확언은 조금, 아니 많이 이르셨습니다."

단천양의 얼굴에도 점점 노한 기색이 서렸다.

"무량수불, 허허…… 본 도가 비록 한 사람의 범부라 하나, 이 너른 강호에서 검성(劍聖)이라 불리는 자외다. 본 도의 안목을 가벼이 여기지 마시오."

조휘가 다시 철검을 치켜세웠다.

"아무런 의념과 내공력 없이 순수한 초식만으로 다시 저와 대무해 보시겠습니까?"

조휘의 도발.

이에 천하제일인의 얼굴이 딱딱하게 굳어진다.

감히 화산을 대표하는 검종(劍宗)에게 순수한 초수를 겨루자니?

화산파가 어떤 문파인가?

그야말로 중원제일의 환검(幻劍)을 구사하는 검파다.

매화검수가 되기 위한 입문 시험만 하더라도, 현천궁의 용마루 끄트머리에서 한 아름 퍼부어 떨어뜨리는 매화꽃잎들을 단 일 초(一初) 만에 모두 잘라 내는 것이었다.

그것은 이십사수매화검법의 최후 초식 천화만개(千華滿開)를 최소 팔 성 이상 익혀야만 가능한 경지.

그렇게 화산의 검수들은, 정교하고 화려한 초식을 구사하기 위해 그야말로 평생토록 눈물겹고 필사적인 노력을 한다.

그런 매화검수의 정점에 서 있는 자에게 순수하게 초수를 겨루자?

화산을 조금이라도 안다면 결코 할 수 없는 망발.

그야말로 섶을 지고 불구덩이에 뛰어드는 격이다.

저 무황조차도 결코 함부로 할 수 없는 도발일 터!

"무량수불, 좋소이다."

차아아앙.

단천양의 매화신검이 또다시 눈부신 검신(劍身)을 드러내자.

조휘의 신형이 기다렸다는 듯 그대로 전방으로 쏘아졌다.

차아아악!

조휘의 철검이 길게 뻗어 호선을 그리자.

단천양이 한 호흡 만에 가볍게 물러나며 매화분분(梅花芬芬)으로 받아쳤다.

분명 한 올의 내공도 없이 펼친 검초였으나, 그의 매화신검은 눈부신 환영을 일으키다 종내에는 화려한 매화의 파도가 되어 조휘의 전신을 압박해 갔다.

한데 놀라운 일이 벌어졌다.

채채채채채채챙!

단천양의 두 눈이 부릅떠졌다.

자신의 투로를 따라 모든 검극으로부터 조휘의 철검이 부딪쳐 왔기 때문이다.

매화분분의 초식이 순간적으로 펼쳐 내는 방위는 백이십팔 방(方).

그 엄청난 속도의 환검에 일일이 검극을 맞댄다는 것, 그것이 뜻하는 바는 단 하나밖에 없었다.

마지막으로 조휘의 철검을 걷어 낸 단천양이 믿을 수 없다는 얼굴로 매화신검을 거뒀다.

"그대가 이십사수매화검법을 어찌……?"

조휘는 입만 아프다는 듯 침묵하며 피식 웃고 있었다.

남궁의 제왕검도 단 한 번 본 것만으로 따라 할 수 있게 만들어 주는 것이 검천전능지체의 공능이다.

화산의 환검이라고 다를 수가 없는 것이다.

일반인들의 눈에는 화려한 환검처럼 보이겠지만 오히려 물리학적인 정보가 더욱 많이 쏟아져 나와 대응이 더 쉬울 지경이었다.

최고점으로 치달으려 하는 움직임은 사잇각으로 비틀고.

연직(鉛直)하는 방위는 변위 거리를 넓혀 힘을 잃게 만들며.

가변적인 속도(速度)는 날카롭게 파고들어 가속을 방해한다.

그렇게 자신의 뇌리에 끊임없이 전달되는 매화분분의 벡터값들을 모두 0으로 만들어 버리게끔 교차되는 식으로 맞대응하면 그만인 것이다.

한데 이런 검천전능지체의 능력이 중원인들에게는 소위 말하는 파해식으로 느껴질 수밖에 없는 것.

하지만 한 문파의 검식에 대한 파해식을 완성할 수 있다는 것은, 그 문파의 검식을 완벽히 이해하는 것으로부터 출발하는 법이다.

그렇게 의문 가득한 얼굴로 굳어진 단천양을 향해 조휘가 마치 선언하듯 말했다.

"감히 사부이신 검신의 위명을 빌어 말씀드리겠습니다. 저는 오늘 검성님의 검초를 단연코 처음 접했습니다."

그런 조휘의 말에 더욱 석상처럼 굳어져 버리는 단천양.

소검신(小劒神)이라는 자가 감히 검신의 이름을 입에 올리며 거짓을 말하진 않을 것이다.

그럼 저 말은 틀림없는 진실이라는 뜻인데, 그럼 방금 전의 그와 같은 파해식이 가당키나 한 일인가?

문답무용(問答無用).

더 이상의 말은 필요가 없었다.

검수에게 해명이란 오로지 그 검초뿐인 것을.

이번에는 단천양이 먼저 선공을 펼쳤다.

이십사수매화검(二十四手梅花劒).

낙매난홍(落梅亂紅).

낙매난홍은 화산의 검초 중 가장 흉흉한 검초로, 그 사이함 때문에 간혹 사파의 검초로 오해받을 정도로 위력적인 검초였다.

내공 없이 펼쳐 내고 있는 낙매난홍이었지만 이를 지켜보고 있던 무황의 얼굴은 더없이 무겁게 가라앉아 있었다.

환상처럼 일어난 수십 자루의 매화신검이 동시에 바람을 가르며 조휘에게 짓쳐 드는 그 모습에는 검성으로 불리는 자의 평생 적공(積功)이 녹아 있었다.

지켜보는 것만으로 가슴이 서늘해질 정도!

하지만 이어지는 조휘의 움직임은 지나치게 깔끔하고 또

가벼웠다.

창창창창!

이번에도 검날이 아닌 검극이었다.

쏟아지는 모든 공세를 검날이 아닌 검극으로 일일이 맞대응한다는 것은 그 동선과 움직임을 예측하지 않고서는 도저히 불가능 한 일!

다분히 의도적인 그런 조휘의 행동에 단천양의 얼굴이 극도로 붉어졌다.

"감히!"

이어진 천향밀밀(千香密密)과 난화부영(亂花浮英)!

칠매단심(七梅斷心)로부터 천화만개(千化滿開)에 이르기까지!

그야말로 사즉필생의 각오로 펼친 이십사수매화검법의 정수였다.

하지만 조휘는 단천양의 그 모든 초수를 모두 검극으로 맞서 깔끔하게 막아 버렸다.

미간의 중심에 철검을 치켜세운 채 양쪽으로 투명한 눈을 빛내고 있는 조휘를 바라보며, 단천양은 그대로 얼어붙고야 말았다.

"도대체…… 이게……."

그 옛날 화산을 배신하고 천마교에 투신한 화산마검(華山魔劍)조차도 화산검식을 파해하기 위해 평생을 노력했지만,

그 악랄한 일념의 파해검도 이 정도는 아니었다.

조휘가 철검을 내려 허리춤에 패용하며 슬며시 미소 지었다.

"이래도 제게 무인의 투로가 없습니까?"

"……."

단천양은 인정할 수밖에 없었다.

그에게 투로가 없었던 것이 아니라 자신이 보지 못했다는 것을.

두 눈을 깊게 감은 채 조휘의 모든 검초를 다시금 되새겨 보는 단천양.

매화분분(梅花芬芬).

천향밀밀(千香密密)

난화부영(亂花浮英).

낙매난홍(落梅亂紅).

칠매단심(七梅斷心).

부운적하(浮雲赤霞).

자혼일로(紫魂一路).

천화만개(天華滿開).

단천양이 펼친 초식은 이십사수매화검법상의 여덟 검초였다.

조휘는 이 초식들을 모두 검극으로 맞받아쳤다.

이는 단순히 화산의 검초를 어찌 미리 알고 있었는지 조휘를 추궁할 문제가 아니었다.

같은 난화부영을 펼치더라도 매화검수마다 그 검로가 모두 조금씩 다를 수밖에 없기 때문.

인간의 팔다리는 모두 그 길이가 다르다.

다리가 짧은 자와 긴 자가 서로 보법이 같을 수는 없는 노릇.

더욱이 팔의 길이에 따라 미세한 버릇의 차이는 반드시 나타나게 마련이며, 이는 화산의 일천 검수가 모두 다른 검로(劍路)를 지녔다는 방증이었다.

더욱이 같은 검법 속에서도 얻는 심득이 저마다 다른 법이기에, 각자의 변초 운용 역시 개성적일 수밖에 없는 터.

그래서 무림은, 일신의 무위가 고절한 경지에 이르러 천하에 위명을 떨치는 무인이 나타나면 그를 일컬어 종사라 칭한다.

종사(宗師).

스스로 뿌리가 될 만한 무인이란 뜻.

당연히 화산의 검종(劍宗)이라 불리는 단천양은 종사라 불리는 자였고, 이는 그의 이십사수매화검법 또한 그 누구도 쉽게 따라할 수 없는 검초임을 뜻하는 것이었다.

한데 이를 모두 검극으로 되받아쳤다는 것.

이는 단순히 매화검법을 알고 있는 수준이 아니었다.

'설마 본 도의 모든 검초를 즉흥적으로 되받아쳤다는 말인가?'

화산의 검은 극도의 환검(幻劍).

내공 없이 펼친 초식이라고 해도 수없는 잔상을 남기며 검화를 피우는 검이다.

그런 화려함의 극치라 할 수 있는 화산의 환검을 어찌 그 긴박한 대무 속에서 일일이 검극으로 되받아칠 수 있단 말인가?

엄연히 인간의 시계(視界)와 두뇌의 연산력에는 한계가 있는 법이거늘!

이런 투로가 진정 가능하다면 눈앞의 조휘는 중원 검종의 모든 파해식을 알고 있는 것이나 마찬가지.

'인간의 무재(武才)로 어찌 그런 것이 가능하단 말인가?'

단천양에게 이것은 조휘가 이립에 이르지 않은 나이로 절대경에 이룬 것보다 더욱 기함할 일이었다.

이제 확실히 알 수 있었다.

소검신의 무혼은 불가해(不可解)다.

천하제일인이라 불리는 자신조차도 읽을 수 없는 재능.

무심한 조휘의 눈을 바라보고 있자니, 이제 놀랍기보다는 두려움이 치밀 정도였다.

그때 단천양이 조휘를 향해 공손하게 두 손을 모아 읍을 했다.

"무량수불, 도조이시여. 저는 그에게 가르침을 내릴 자격이 없사옵니다."

그런 그의 공손한 예는 조휘가 아닌 그 내면의 검신을 향한 것.

-그래…… 수고하였다.

왠지 모를 씁쓸한 뒷맛이 감도는 검신의 음성.

삼신처럼 이방인의 흔적을 좇아 경지를 이룬 것이 아닌 순수한 중원의 실력으로 자연경에 이른 단천양에게 희망을 걸었었다.

하지만 그런 그조차도 현대인이 남긴 불가해적인 무리(武理)를 이해하거나 넘어서지 못했다.

같은 중원인으로서의 신화를 향한 짙은 패배감.

이를 지켜보던 마신 역시 비슷한 감정을 느낀 듯 영계의 구석으로 사라져 버렸다.

단천양은 복잡한 심경을 그 얼굴에 그득 나타내다가 이내 조휘에게 다시 인사를 건넸다.

"무량수불, 본 도는 이만 물러가겠소."

정중하게 포권하는 조휘.

"고생하셨습니다."

고개를 끄덕이다 발길을 옮기려던 단천양이 문득 멈춰 섰다.

"스스로 살필 수 없다 하여 감히 상대의 경지를 부정하는 우(愚)를 범했소. 화산의 무례를 용서하시게."

처음은 같은 검수로서의 경의를 표하는 것이었고, 마지막은 화산 검종으로서의 그릇된 처신을 후배에게 정중히 사과하는 것이었다.

조휘의 두 눈이 이채를 머금었다.

강호의 노고수들은 대부분 옹골차다.

저렇게 곧바로 자신의 잘잘못을 스스로 비평하며 되새기

는 사람은 흔치 않은 법.

그런 단천양의 담백한 사과에는 일파의 종주다운 품위가 그득했다.

검성(劍聖)이라 불리는 그의 명성이, 단순히 그의 무공에서만 비롯된 것이 아님을 조휘는 인정할 수밖에 없었던 것이다.

창천검협 이후 한 사람의 무인에게 존경의 마음이 일어나게 된 것은 이번이 두 번째.

조휘가 전에 없는 예(禮)로 정중하게 몸을 낮췄다.

"화산검종의 가르침에 감사드립니다."

"무량수불……."

그제야 단천양의 얼굴이 화사하게 밝아졌다.

드높은 경지 때문에 사람들이 잠시 잊고 있을 뿐, 어쨌든 그의 본질은 강호의 후기지수다.

그런 후배의 호협한 기개를, 어찌 선배 된 자로서 기껍지 아니할 수 있겠는가.

"무량수불, 언제고 화산(華山)에서 기다리고 있겠네."

흐뭇하게 웃고 있는 단천양을 향해 조휘도 마주 미소를 건넸다.

"감사합니다. 제가 제안드린 거래제의를 수락하신 것으로 알아들으면 되겠습니까? 조만간 계약서를 들고 찾아뵙도록 하겠습니다."

"……."

순간 멍하게 굳어 버리는 단천양.

대무의 홍 때문에 잠시 잊고 있었다.

저놈은 사부의 심처를 관광지로 만들겠다는 말도 서슴없이 하는, 그야말로 장사치의 화신 같은 놈이라는 것을.

그렇게 자하검성이 씁쓸한 얼굴로 장내를 벗어나자 조휘의 동료들과 무황, 구파의 명숙들, 오대세가의 가주들이 다가와 하나같이 호들갑을 떨어 댔다.

"하하하하! 회장님!"

뿌듯한 얼굴의 제갈운.

강호는 명성으로 살아가는 곳이다.

자하검성과의 대등(?)한 대무 소식은 이제 전 강호로 퍼질 것이고, 이에 소검신의 위명이 하늘을 찌르는 것은 자명한 일인 것이다.

"허허……."

검극으로 화산의 매화검법을 모두 맞받아치는 괴물 같은 조휘의 초수를 무황이라고 충격적이지 않겠는가.

그런 조휘의 무공에 대해 무황이 온갖 궁금증을 토해 내려는 찰나.

조휘가 대뜸 품 안의 서류를 꺼내며 눈을 번뜩였다.

"이제 저희 조가대상회와의 동맹수결(同盟手決)을 끝내고, 또 방금 전에 말씀드린 섬서 감천현의 사업허가서(事業許可書)를 작성하시죠."

무림맹주의 얄팍한(?) 성정을 파악한 조휘는 이제 더는 서류 공증을 미룰 수 없었다.

구두로 아무리 협상해 본들 제대로 증거를 남겨 놓지 않는다면 하루아침에 말을 뒤집을 위인.

"동맹은 그렇다 치고, 감천현의 '그 일'을 정말로 진행할 참인가?"

조휘가 눈을 희번덕거렸다.

"아니 제가 무슨 실없는 농담이나 해 대는 방구석 한량입니까? 저 조가대상회의 회장입니다."

"허어. 이 모진 인사가 정말로!"

"아니, 제게 개천운차를 받기로 한 시점부터 합의는 끝난 것 아닙니까? 거참 무림맹주라는 분이 허구한 날 말을 뒤집는 고약한 취미가 있으시네요."

"허어!"

"아미타불!"

이를 지켜보던 중인들이 한결같이 마른기침을 해 댔다.

무려 무림맹주 무황이다.

새파랗기 그지없는 놈이 그런 무황의 면전에다 대놓고 거침없이 욕을 해 대다니!

조휘는 사람들의 비난 섞인 탄식에도 아랑곳하지 않으며 예의 목탄을 슥슥 휘갈겼다.

"자, 읽어 보시고 수결해 주십쇼."

멍한 얼굴로 조휘가 내민 동맹체결서와 사업계약서를 확인하던 무황이 인상을 찌푸렸다.

"이건 뭔 뜬금없는 내용인가?"

"어딜 말씀하시는지?"

"사업계약서의 제오 항 말일세!"

제오 항(第五項)

무림맹(武林盟)은 북해의 후예인 한설현(寒雪賢)이 죽음에 이를 때까지 다시는 무림공적(武林公敵)으로 거론하지 않는다.

이를 어길 시, 무림맹은 조가대상회에게 황금 일만 관(一萬貫), 혹은 그에 준하는 재물을 헌상(獻上)한다.

섬서 감천현의 관광 단지 개발(?)과는 전혀 상관없는 조항이 계약서에 깨알처럼 작은 글씨로 적혀 있는 것!

"거 눈도 밝으시네."

씁쓸하게 웃으며 음습한 눈을 빛내고 있는 조휘를 향해 무황이 버럭 소리쳤다.

"이 일은 이미 이곳에 모인 모든 강호 명숙들이 보는 앞에서 이 무황이 확언해 주지 않았는가? 자네는 무림맹주의 권위마저 부정할 요량인가?"

"뭐든 확실히 하는 것이 좋죠. 특히 무황님과는 더욱 그래야 하고요."

"……."

무황과는 더욱 그래야 한다?

그것은 충분히 욕으로 들리는 말이었다.

무황의 말은 콩으로 메주를 쓴다 해도 못 믿겠다는 뜻이었기 때문!

이에 심사가 뒤틀릴 대로 뒤틀린 무황이 이를 악다물며 사사건건 시비를 가리고 나섰다.

"무림맹이 조가대상회에게 헌상? 이 내가 헌상이라는 단어의 뜻을 잘못 알고 있는 건 아닐 테지?"

헌상(獻上).

물건을 삼가 올린다는 뜻이다.

보통은 낮은 자리에 있는 자가 높은 자리의 귀인에게 선물을 바칠 때나 쓰이는 단어.

"아니 무림맹과 저희는 동맹이잖아요? 당연히 서로 대등한 위치에서 하는 것이 동맹이고, 그런 동등한 위치에서는 서로 존경하는 의미로 모든 서류에 존어(尊語)를 쓰는 것은 당연한 것이 아닙니까?"

"……."

틀린 말은 아니었기에 뭐라 반박은 못 하겠고 다만 인상을 구기며 다시 시비를 가리고 나선 무황이었다.

"그래 그건 그렇다 치세. 도대체 황금 일만 관이 얼마나 큰

돈인지 알고나 이런 말도 안 되는 조항을 집어넣은 겐가?"

조휘가 오히려 황당하다는 얼굴로 되물었다.

"제가 오히려 되묻고 싶네요. 애초에 그 고절한 사자후로 선언하신 말씀만 뒤집지 않으신다면 황금 일만 관은커녕 한 냥도 저희한테 줄 이유가 없는 노릇이 아니겠습니까? 한데 지금 그 말씀은 무황께서 한 입으로 두말하겠다는 말이나 진배없지 않습니까?"

"뭐, 뭣이!"

무황이 뒷목을 잡고 뒤로 나자빠지자 수하들이 화들짝 놀라며 그를 부축하고 나섰다.

"맹주님!"

이를 지켜보던 제갈운이 혀를 내둘렀다.

조휘가 무서운 점은 어쩌면 그 가공할 무위보다 저 세 치 혀 때문일 것이다.

장강 이북의 절대자인 저 무황을 저리도 들었다 놨다 하다니!

머리끝까지 치밀어 오른 노기를 주체할 수 없었는지 무황이 거칠게 노성을 내질렀다.

"놔라! 이거 놓으시게!"

맹의 간부들을 뿌리치며 다시 조휘에게 다가온 무황이 진득한 눈을 빛냈다.

"좋아! 어디 한번 해보자꾸나!"

슥슥.

무황이 서명을 마치자 금세 흡족한 얼굴이 된 조휘.

그런 조휘가 혹시라도 상대가 무를세라 서둘러 계약서들을 품에 넣으며 시시덕거렸다.

"헤헤, 좋은 결정 하셨습니다."

"커험!"

무황이 한 차례 크게 헛기침을 하더니 거칠게 미간을 구겼다.

"분명 수익금의 이 할이라고 했네! 내 주기적으로 조사관을 파견할 테니 모든 장부를 낱낱이 공개토록 하게! 감찰교위!"

감찰교위 단백우가 엄정히 예를 갖췄다.

"충!"

"조가대상회의 장부는 감찰원에서 파악토록 하라!"

"맹주님의 명을 받듭니다."

조휘가 단백우를 향해 눈을 찡긋거렸다.

"이제 우리 자주 보겠네요?"

하지만 그런 호기로운 무황의 경고에도 조휘는 아무런 타격감이 없었다.

이미 조가대상회의 주요 산법수(算法手)들은 조휘에게 현대의 아라비아 숫자를 배운 마당.

죄다 한문투성이인 장부를 보기가 너무 복잡하고 어지러워, 한 달 전부터 모든 장부에 아라비아 숫자로 기입할 것을 명한 것이다.

감찰원의 조사관들이 아무리 살피려 들어 봤자 죄다 읽지 못하는 꼬부랑글씨만 그득할 것이었다.

무황은 무엇이 그리 좋은지 연신 씨익 웃고 있는 조휘를 바라보고 있자니 속에서 천불이 터져 나왔다.

"가세!"

감찰교위 단백우가 곤혹스런 얼굴로 조심스럽게 묻는다.

"맹주님, 혹시 어디를 가시겠다는 말씀이신지……."

"어디긴! 맹이지!"

"예?"

아니, 으슬으슬한 야밤에 그 먼 길을 나서자니?

"매, 맹주님. 아직 준비가 되지 않았습니다. 곯아떨어져 있는 수하들도 많습니다."

"그럼 나중에 오시게! 난 먼저 가 볼 테니 말이야!"

내일도 저 조휘의 희멀건 낯짝을 보는 것은 무황에게 고역 중의 고역.

조휘가 푸근하게 웃으며 저 멀리 장일룡을 향해 소리쳤다.

"장 부장! 손님 살펴 가신단다! 개천운차 한 대 내어 드려라!"

"알겠수 형님!"

조휘가 예의 얄미운 미소를 풀지 않은 채 무황을 향해 정중히 포권했다.

"그럼 살펴 가십쇼."

47 章.

강호를 일대 파란으로 몰아넣은 충격적인 조가대상회의 개파대전.

그 위대한 사마세가는 봉문을 풀고 출도하자마자 꺼지라는 소검신의 한마디에 진짜로 꺼져 버렸고.

천하제일인 자하검성과 소검신의 팽팽한 대무 소식은 강호의 모든 검수들을 전율케 했으며.

아무리 세력을 선언했다 하나 상단의 외견을 두른 조가대상회와 무림맹과의 그 놀라운 동맹 소식은 천하에 발 빠르게 퍼져 나가고 있었다.

무엇보다 강호인들에게 가장 충격적으로 다가간 것은 조

가대상회의 선진적인 신문물.

막연히 소문으로 접하던 조가대상회의 문물을 직접 겪어 보니 가히 세상을 놀라게 할 만한 신문물의 향연 그 자체였던 것이다.

이에 강호의 수많은 문파들과 그에 소속된 상단들이 앞을 다투어 조가대상회로 몰려들었다.

때문에 조가대상회가 자랑하는 운차 시리즈와 한빙주, 흑청수 등은 앞으로 삼 년 치의 생산 분량까지 모두 계약으로 완판되었다.

공급량을 늘릴 혁신적인 해결 방안이 나오지 않는 한 이제는 시장에 더 풀릴 물건이 없는 것이다.

그런 절망적인 상황 속에서 그야말로 수많은 상인들이 허탈한 얼굴로 터덜터덜 되돌아갈 수밖에 없었다.

하지만 조가대상회의 개파대전이 강호인들에게 꼭 허탈함만 남긴 것은 아니었다.

검총(劍塚)!

조가대상회의 소검신이 천하에 공표한 신의 흔적!

그것은 무려 삼신(三神)의 으뜸이라는 검신의 성지를 온 천하에 드러낸 것이었고, 뿐만 아니라 칼 찬 정파인이라면 누구든지 검총을 자유롭게 드나들 수 있도록 그 출입을 허(許)한다는 뜻을 천명한 것이었다.

처음에 사람들은 반신반의했으나 이어 무림맹의 공증으로

확약(確約)되었으니, 검을 찬 검수들이라면 너 나 할 것 없이 모두 환호성을 내질렀다.

삼 개월이 지나 그런 축제와 같은 분위기가 한껏 무르익을 무렵, 드디어 조가대상회가 검총의 개장을 온 천하에 공표했다.

◆ ◈ ◆

섬서(陝西) 감천현(甘泉縣).

추회곡(秋回谷).

그렇게 검총으로 향하는 길의 초입에 서서, 마치 화폭처럼 굳어져 감동의 얼굴을 하고 있는 사내가 있었다.

그는 바로 산동이 자랑하는 일대기재로 쌍호검문의 소문주인 악자량(岳自量).

쌍호검문(雙護劍門)은 정파의 몇 안 되는 쌍수무도를 구사하는 문파로, 그 독특한 검법으로 인해 강호에 제법 명성을 떨치는 문파였다.

악자량은 두근거리는 가슴을 주체할 수 없었다.

그 운명에 검(劍)을 이고 살아가는 자들에게 있어서 검신은 고금제일의 신화.

이제 저 추회곡만 지나면 그 위대한 실체를 목도할 수 있다고 생각하니, 가히 정신을 차릴 수 없을 정도로 격정적인 감정이 몰아쳤다.

이런 북받치는 감정이 어찌 자신 하나뿐이겠는가.

기다랗게 줄을 선 채 검총의 입장을 기다리고 있는 저 수많은 검수들 또한 마찬가지일 터.

그렇게 악자량이 한껏 상기된 얼굴로 입장 행렬의 맨 뒷줄에 자리를 잡았다.

수군수군.

한데 검수들의 반응이 왠지 심상치가 않았다.

다름 아닌 저 멀리 추회곡의 입구에서 연신 실랑이가 이어지고 있었기 때문.

"아, 아니! 금자 열 냥? 그, 그렇게나 많이?"

한 검수가 놀라 나자빠질 정도로 경악하자, 탁자를 펼치고 앉아 비대한 가슴 근육을 드러낸 사내 장일룡이 거칠게 고함쳤다.

"거참! 무려 검신의 유산이우! 고금제일 검수의 흔적이 남아 있는 동굴이란 말이우!"

"아, 아무리 그래도 이건 너무 비싸지 않소!"

장일룡이 눈을 부라리며 봉우리의 절벽을 응시했다.

"아니 눈 뜬 장님이우? 저걸 보고도 그런 소리가 나오슈?"

그의 시선이 향한 곳에는 끝도 보이지 않을 정도로 솟아오른 봉우리에 위태롭게 매달린 일종의 승강기(昇降機).

그런 승강기 아래에는 수십여 명의 도르래꾼들(흑천련 잔당)이 하나같이 핼쑥해진 얼굴로 순번을 기다리고 있었다.

"당최 당신들은 저런 걸 본 적이나 있수? 무려 제갈세가의 기관지술로 설계한 '승강기'라는 것이우! 저 엄청난 기관을 구름 위까지 치솟아 있는 봉우리에 매다는 것이 얼마나 어렵겠수? 설치하는 데만 장장 삼 개월이 걸렸단 말씀!"

어느덧 장일룡의 시선이 도르래꾼들을 향했다.

"게다가 하나같이 눈이 퀭한 저놈들 좀 보시우. 불쌍하지도 않수?"

"아니, 아무리 그래도 금화 열 냥은……."

"어허! 저 엄청난 무게의 도르래를 무공을 모르는 일반인들이 당기기가 가능할 것 같수? 이래 봬도 저 도르래 꾼 한 명 한 명이 모두 절정의 경지에 이른 고수들이우! 낭인 시장에서 절정고수 하나를 고용하는 데 얼마나 큰돈이 드는지 당신들도 잘 알지 않수!"

그런 소란스러운 와중에 한 검수가 또 다른 궁금증을 드러냈다.

"그럼 나는 저 승강기라는 것을 타지 않겠소. 내 힘으로 올라가겠소이다."

장일룡이 또다시 버럭 노성을 내지른다.

"하이고! 벽호공이 신의 경지에 이르렀나 보오? 그러다 절벽에서 떨어지면 그 송장은 또 누구보고 치우라고? 일 없수다. 입장료를 내지 않으면 통과 불가요."

"……."

하기야 저 높은 봉우리에 어중이떠중이들이 몰려들어 오르기 시작한다면 낙상자가 수도 없이 발생할 것이고, 그렇다고 장일룡이 일일이 무공을 시험할 수도 없는 노릇이었다.

하지만 금화 열 냥이면 은자 백 냥에 이르는 엄청난 거금.

대문파의 검수들에게는 모르겠으나 평범한 검수들에게는 너무나 큰돈이었다.

과장을 보탠다면 집을 장만할 수 있을 정도의 거금!

허나 이 먼 곳까지 와서 아무런 수확도 없이 되돌아갈 수는 없었기에, 하는 수 없이 몇몇 검수들이 실랑이를 포기하고 전낭을 꺼내 들었다.

이런 광경을 모두 지켜보고 있던 악자량은 금방 곤혹스러운 얼굴이 되었다.

'그, 금화 열 냥이라니…….'

되돌아갈 때의 여비를 남겨 두지 않고 모두 탈탈 털어 셈한다 하더라도 금화 열 냥은커녕 두세 냥도 되지 않았다.

그렇다고 이 먼 섬서까지 와서 허탕을 치고 되돌아간다?

위대한 검신의 흔적을 목전에 두고 되돌아왔으니 최소 한 달 동안은 잠도 이루지 못할 것이다.

미리 알았다면 준비라도 할 것을!

사무치는 불안감에 손톱을 잘근잘근 깨물며 궁리하던 악자량에게 어느새 순번이 다가왔다.

도무지 연배를 추측할 수 없는 거한이 그 광활한 가슴을 씰

룩이며 무료하게 말했다.

"금화 열 냥이우. 당신이 참가한다면 이번 조(組)의 마지막이 되는 것이우. 스무 명이 차서 한 번 승강기가 올라가면 한참을 더 기다려야 하니 잘 결정하시우. 일 없으면 다음!"

"자, 잠깐!"

장일룡을 부르는 악자량의 목소리에는 다급함으로 가득했다.

"흠, 금화는 없어 보이는데?"

수많은 검수들과 수도 없이 실랑이를 벌인 마당이라 장일룡은 이제 그 인상착의만 봐도 손님(?)의 유무를 판별하는 경지에 이르러 있었다.

"호, 혹시 귀물(貴物)도 받소이까?"

그제야 무료했던 장일룡의 두 눈이 번뜩였다.

금방 탁자 위에 있던 서류를 펼쳐 드는 장일룡.

이내 그가 목차를 읊기 시작했다.

"허용되는 물품을 말해 주겠소. 보검(寶劍)류, 보석(寶石)류, 중원삼대전장에서 발행한 전표(傳票), 마지막으로 구파일방과 오대세가, 혹은 그에 준하는 문파에 속한 제자라는 것을 증명할 수 있는 징표를 소지했다면 외상이 가능하우."

외상이 가능하다는 장일룡의 말에 악자량의 얼굴에 금방 화색이 돌았다.

"혹 산동 쌍호검문의 제자라면 가능하겠소?"

장일룡이 회장 조휘가 직접 작성한 문파 서열표를 살펴보다가 미간을 찌푸렸다.

"흠…… 조금 애매한데……."

산동 쌍호검문은 조휘의 문파 서열표에 의하면 이급 문파다.

장일룡이 잠시 그렇게 고민하더니 결정한 듯 일그러뜨린 표정을 풀었다.

"좋소. 반만 외상을 해 드리도록 하지. 금화 다섯 냥만 받겠소."

"허!"

아니 해 줄 거면 다 해 주지 반만 해 주는 건 또 무슨 경우란 말인가!

가지고 있는 모든 은자를 탈탈 털어 봐야 금화 두세 냥.

그렇게 악자량이 곤혹스러운 얼굴로 굳어져 있을 때 장일룡이 그의 등에 매달려 있는 쌍검을 눈짓으로 가리켰다.

"거 그 검들 말이우. 꽤 그럴싸해 보이는데."

"아, 아니 이 양반이!"

화들짝 놀라며 뒤로 물러나는 악자량!

이 한 쌍의 쌍호벽검(雙護碧劍)은 쌍호검문의 후계자를 상징하는 보검이었다.

감히 함부로 가치를 매길 수 없는 문파의 보물인 것이다.

"거 뭘 그리 놀란단 말이우? 일단 맡겨 놓고 나중에 금화를 가지고 와 찾아가면 될 것을."

"금저당(金抵當)?"

"그렇수. 그것도 가능하외다."

입술을 가득 깨물며 장고에 빠진 악자량.

하지만 결국은 등에 매달린 쌍호벽검을 내려놓고야 말았다.

검신(劒神)이라는 이름의 마력은 그만큼 엄청난 것이었다.

"빠른 시일 내로 내 반드시 찾으러 올 테니 부디 잘 보관해 주시오."

장일룡이 쌍검을 받아 들며 흡족한 듯 웃었다.

"허헛! 좋은 결정하셨수! 부디 검총에서 극고의 깨달음을 얻어 쌍검신이 되어 나오시우!"

쌍검신(雙劒神)!

그런 장일룡의 덕담 한마디에 다시금 악자량의 가슴이 두근거린다.

흥분으로 발그레해진 얼굴을 한 채 악자량이 마지막으로 승강기에 올라타자.

겨우 숨을 몰아쉬고 있던 도르래꾼들이 또다시 죽을상이 되어 젖 먹던 힘까지 도르래 밧줄을 잡아당겼다.

"영차! 영차!"

"영…… 에잇 싯팔!"

"으아아아! 쌍!"

승강기에 탑승한 스무 명의 검총 고객들은 왠지 모를 미안함이 밀려와 그들에게 향했던 시선을 거두었다.

그렇게 도르래꾼들의 온갖 거친 욕설이 희미하게 들려올 무렵.

드디어 승강기가 검총의 입구에 당도했다.

드르르륵!

덜컹!

승강기를 고정시키는 장치가 체결되자 스무 명의 검수들이 일제히 흥분한 얼굴로 검총을 바라보았다.

동굴의 입구에 붉은 칠로 음각된 검총(劍塚)이라는 글귀를 바라보자마자 모두 탄성을 내지른다.

"아아……!"

"위대한 검신이시여……!"

감격으로 뜨거운 눈물을 흘리는 자, 무릎을 꿇고 크게 절을 하는 자, 심지어 중얼중얼 헛소리를 뇌까리는 자들까지!

그렇게 그들이 온갖 인간 군상이 되어 감격하고 있을 때, 먼저 입장했던 조가 터덜터덜 걸어 나오고 있었다.

그들의 모습이 기이하여 악자량이 고개를 갸웃거렸다.

"음?"

그들의 양손에 주렁주렁 매달려 있는 것들.

화려한 검들과 장신구, 화폭족자, 노리개 등 난전이나 장터에서 살 만한 것들이 그들의 손에 잔뜩 쥐어져 있는 것이었다.

더욱 특이한 점은 하나같이 괴이한 가죽 옷(?)을 걸치고 있다는 것.

한데 경이와 찬탄으로 가득 물들어 있어야 할 그들의 얼굴이 한결같이 정신이 나간 것처럼 허탈한 기색을 내뿜고 있었다.

그때 저 멀리 검총의 입구 근처에서 엄청난 굉음(?)이 들려왔다.

-어서 옵쇼!

어쩌면 불문의 사자후(獅子吼)를 능가할 것만 같은 강대한 음성!

스무 명의 조원들이 모두 귀를 틀어막으며 황망한 눈을 하고 있을 때.

한눈에 봐도 가발(假髮)을 쓴 태가 역력한 오 척 단신(?)의 사내가 또다시 강렬한 고함을 토해 냈다.

-위대한 검신의 생전 모습을 그대로 화폭에 담아 놓은 검신신위도(劍神神位圖)가 단돈 은자 닷 냥! 생전의 검신께서 즐겨 쓰셨던 검을 그대로 본떠 제작한 검신지검(劍神之劍)은 은자 스무 냥!

흥분하고 감격하고 있던 악자량 일행이 모두 황망한 얼굴로 굳어 버린다.

-게다가 검신께서 생전에 좋아하셨던 노리개와 장신구까지 모두 이곳에 있습니다! 어서 이리 와서 구경들 해 보세요!

그렇게 악자량 일행은 조휘가 개발한 '검신 굿즈'를 쳐다보며 석상처럼 굳어져 있었다.

검총(劍塚)의 입구 근처.

암벽에 등을 기댄 채 흐뭇하게 웃고 있던 조휘가 팔짱을 풀며 고객(?)들에게 다가간다.

"먼 길 오시느라 고생 많으셨습니다. 일단 한 잔씩들 하시지요."

조휘가 눈짓하자 그의 곁에 시립해 있던 시비들이 준비된 흑청수를 쟁반에 담아 고객들에게 일일이 나눠 줬다.

"소문은 들어 보셨겠지요? 그것이 바로 조가대상회의 흑청수입니다."

"오오!"

"이것이 흑청수!"

어색하게 굳어 있던 악자량과 조원들이 반색했다.

흑청수라면 한빙주와 더불어 조가대상회의 신문물 중 가장 유명세를 타고 있는 신비의 차(?)다.

그런 진귀한 것을 맛볼 수 있다고 생각하니 또다시 가슴이 부풀어 오른 것.

"쭉, 쭉 들이켜시지요."

"아, 알겠소!"

가장 먼저 악자량이 흑청수를 꿀꺽꿀꺽 마시자 조원들도 허겁지겁 따라 마셨다.

곧이어.

"꺼어어어!"

"꺼어어어억!"

그 엄청난 청량함에 각양각색으로 놀라는 표정들!

실로 미친 소화감, 머리끝까지 치미는 그런 통렬한 맛은 그들로서는 일평생 경험하지 못한 것이었다.

이건 도저히 단순한 차(茶)라고 부를 수 없는 무엇이었다.

가히 정신이 달아날 지경!

그런 정신없는 와중에 별안간 조휘가 검신신위도의 족자를 좌악 펼쳐 바로 옆의 나무걸개에 보기 좋게 걸어 놓았다.

그렇게 검신의 젊은 시절이 생생히 드러난다.

긴 장검을 허리에 차고서 저 멀리 석양을 바라보며 풍류를 음미하고 있는 검의 신.

늠름하고 헌앙한 기도, 그런 신(神)의 위용에 좌중의 모든 이들이 한결같이 감탄한 얼굴을 했다.

"아아! 검신이시여!"

"허어! 실로 영웅의 기상!"

조휘가 의미심장하게 웃으며 악자량에게 물었다.

"느껴지십니까?"

"음? 무슨……."

갑자기 버럭 인상을 구기는 조휘.

"어허! 강서 제일의 화백이라는 남조영 화백께서 친히 남기신 필생의 역작을 대하시고도 아무런 감홍이 없단 말입니까?"

"가, 강서 제일의 화백?"

"흥! 식견이 이리 모자라서야!"

일견 모욕적으로 들리는 말이었기에 욱하고 열이 치밀어 오른 악자량이 뭐라고 항변을 하려는 찰나.

"검수(劍手)의 집 안에 이런 검신의 생전 모습이 떡하니 걸려 있다고 생각해 보십시오. 그 좋은 기운이 다 어디로 가겠습니까?"

"조, 좋은 기운?"

"무려 검신의 오롯하신 생전 모습입니다. 그 고명한 기운이 집 안의 모든 곳에 두루 미치지 않겠습니까?"

문득 조휘가 한 중년인을 바라보았다.

"집안에 아드님이 계시지요?"

"그, 그렇소."

조휘가 어깨를 너르게 펴며 몽롱한 얼굴로 검신신위도를 다시 응시했다.

"소년 검수가 검신의 신위를 바라보며 그런 호연지기로 어린 시절을 보낼 수만 있다면 후일 얼마나 늠름한 검수가 되겠습니까?"

"아아!"

조휘가 다시 고객들을 응시했다.

"여러분은 단돈 은자 닷 냥으로 본인이 됐든 자식이 됐든 한 사람의 검수, 그 인생을 바꿀 수 있는 겁니다. 무엇보다 믿기십니까? 강서 제일의 고명한 화백이 남긴 화폭을 단돈 은자 닷 냥에 만나 보실 수 있다는 것을?"

"으음!"

"험!"

이 그림은 분명 강서 제일 화백이 그린 것이 맞긴 맞았다.

하지만 그것은 처음의 단 한 점뿐.

나머지는 모두 평범한 화공(畵工)들이 따라 그린 모작(模作)!

화공 집단이 대량으로 그린 이런 모작들은 그 가격이 은자 한 냥 근처였다.

닷 냥에 팔면 그 이문이 무려 네 냥.

조휘가 검신신위도의 판매에 이토록 집착하는 데는 다 그만한 이유가 있었던 것이다.

물론 모작을 허락하는 대가로 강서 제일 화백 남조영에게 거금 금화 오십 냥을 주었지만 이미 팔아 치운 양만으로도 충분히 본전을 뽑고 남음이었다.

결국 조휘의 호객에 마음이 동한 몇몇 검수들이 전낭꾸러미를 꺼내 뒤적거렸다.

"한 점 주시오!"

"나도 한 점 주시오!"

위대한 검신의 기운이 집안에 두루 미친다 생각하니 은자 닷 냥 정도는 충분히 투자할 만했던 것이다.

"하하! 탁월한 결정이십니다!"

악자량 일행은 그 외에도 검총 입구의 여기저기를 둘러보며 소위 '검신 굿즈'를 잔뜩 구매하고 나섰다.

조휘가 한껏 흡족한 얼굴을 했다.

한눈에 봐도 지금까지 검총에 올라왔던 조들 중에서 최고의 매출!

마침내 그들이 조가피혁점의 가죽 점퍼까지 경쟁적으로 구매하기 시작하자 조휘의 음침한 두 눈이 번뜩 빛을 발했다.

더 이상 벗겨 먹을 것이 남아 있지 않으니 이제 남은 것은 속도!

"자자! 이제 그만 다시 모여 주십쇼! 지금부터 검총의 관람을 시작하겠습니다. 관람 시간은 일각입니다!"

"이, 일각? 말도 안 되오!"

"그럴 수가!"

아니 미친!

무려 금화 열 냥이나 투자했는데 고작 관람 시간이 일각(一刻:15분)밖에 되지 않는다고?

조휘의 얼굴에는 처음의 친절함은 싹 가시고 없었다.

어느새 그는 현자타임 중인 사내마냥 귀찮고 무료하다는

듯한 얼굴을 하고 있었다.

"자자, 다른 조들도 예외 없이 모두 일각이었습니다. 추회곡에 얼마나 많은 사람들이 몰려 있는지 잘 알 거 아닙니까?"

"아무리 그래도!"

사람들의 강력한 반발에도, 조휘는 그저 예의 권태로운 얼굴을 유지한 채 탁자 위에 있던 사루계(沙漏計:모래시계)를 뒤집을 뿐이었다.

"자, 관람 시작!"

"히익!"

두 눈을 커다랗게 뜨며 화들짝 놀라는 검수들!

마침내 그들은 경쟁적으로 검총 내부로 들어가기 시작했다.

얼빠진 얼굴로 검총 내부로 들어온 악자량.

타오르는 횃불이 이곳저곳 설치되어 있어 검총의 내부는 그야말로 대낮처럼 밝았다.

한데…….

"이, 이게 다 뭐란 말이오?"

악자량이 동굴의 이곳저곳을 살피다가 잔뜩 얼굴을 찌그러뜨리고 있었다.

"아니 뭐 이런……."

"허……."

하나같이 멍청한 표정이 되어 장승처럼 굳어져 버린 악자량 일행들.

무려 검의 신(神)이 남긴 흔적이라기에 지난 시간 각자 다양한 모습으로 검총을 상상해 왔다.

한데 그 수많은 상상 속에서도 단연코 이런 광경은 존재하지 않았다.

인간은 그렇게 상상의 동물이기에 현실이란 때론 잔인한 법.

아마도 그들에게는 지금이 그 인생에서 가장 잔인한 시간일 것이다.

검신의 비급(秘笈)이나 검식도해(劍式圖解) 따위가 동굴에 남아 있을 것이라 상상해 왔던 것과는 달리.

그들에 눈에 들어온 것은 오직 온통 사방에 거미줄처럼 새겨져 있는 검흔(劍痕)뿐이었다.

그 검흔들은 너무나 서로 난마처럼 얽혀 있어 무엇이 선초이고 어떤 것이 후초인지 분간조차 하기 힘들 지경.

간혹 글자로 보이는 것들이 깨알처럼 새겨져 있긴 하였으나, 자신들의 견문으로는 해석은커녕 어떤 시대의 무슨 왕조의 문자인지조차 파악하기 힘들었다.

하지만 특출한 자는 어디서나 존재하는 법.

이미 예상이라도 했다는 듯 벼루와 커다란 종이를 꺼내 드는 사내가 있었으니.

이런 경우를 예상하고 탁본을 뜨기 위해 미리 준비를 해 온 것이었다.

앞선 조에서도 저런 뛰어난 준비성을 지닌 자들이 있었는지, 동굴의 벽면에는 온갖 먹 자국의 얼룩으로 가득했다.

"비켜 주시오!"

다급해진 악자량이 탁본의 사내에게 황급히 입을 열었다.

"대협! 내게 종이와 먹을 빌려줄 수 있겠소?"

탁본의 사내가 악자량을 향해 홱 하고 돌아보더니 퉁명한 투로 말했다.

"얼마나 있소이까?"

"예?"

"은자 말이오!"

지금까지 검총을 겪으며 그 팍팍함에 전염이라도 된 듯, 이들에게도 강호의 도의는 온데간데없었다.

오로지 상인의 얄팍한 셈만 가득할 뿐이니 이미 이곳은 상계지옥!

악자량이 허겁지겁 소매를 뒤져 모든 은자를 꺼내 놓았다.

"이, 이게 전부요!"

본전을 찾고자 하는 사람의 마음이란 이렇게 무섭다.

이미 금화 열 냥이란 거금을 투자한 마당이라 도저히 헛되이 돌아갈 수가 없는 것이다.

"나도 좀 주시오! 저자보다 은자를 더 주겠소!"

"이보게! 차례를 지키라고!"

그렇게 금세 동굴 내부가 아수라장으로 변하자 탁본의 사내가 거칠게 고함쳤다.

"두 명만! 두 명만 받겠소! 이 엄청난 검흔들을 모두 탁본 뜨려면 한시라도 빨리 서둘러야 하오!"

"내게 그 기회를 주시오!"

"금화! 난 금화를 치르겠소!"

사람들이 아우성치며 탁본 사내에게 몰려들더니 이내 몸싸움을 벌이자, 악자량도 다급했는지 그 아수라장에 뛰어들고야 말했다.

"내, 내가 가장 먼저 그에게 부탁했소! 저리들 비키시오!"

그때 한 중년인이, 탁본 사내가 쥐고 있던 종이 뭉치를 억지로 부여잡다가 그대로 뒤로 나자빠지고 말았다.

"으악!"

찌이이이이이익!

"……."

"……."

소란스러웠던 동굴 내부가 찬물을 뒤집어쓴 듯한 충격적인 적막에 휩싸였다.

세로로 찢어졌다면 살릴 수 있는 종이가 정확히 사선으로 찢어져 삼각형이 되어 버렸다.

저래서는 탁본이 힘들…….

아니 불가능하다.

"아아……."

망연자실한 얼굴로 그대로 주저앉고 마는 사람들.

그렇게 멍해진 동공으로 동굴의 벽면만을 하염없이 바라보던 그들에게로, 끝내 관람의 끝을 알리는 종음(鐘音)이 날아들고 말았다.

딸랑딸랑.

악자량은 그 소리를 듣자마자 마치 자신의 인생이 끝나는 것만 같아 덜컥 가슴이 주저앉았다.

"자, 좋은 관람 시간 되셨는지요? 동굴이 무척 좁으니 질서를 유지하여 빠져나오시기 바랍니다."

푸근하게 웃고 있는 그런 조휘의 낯짝에 있는 대로 화가 치밀어 오른 악자량!

곧 그가 붉으락푸르락해진 얼굴이 되어 거칠게 주먹을 움켜쥐었다.

"순 사기꾼 새끼!"

조휘가 홱 하고 몸을 돌리며 그를 무심히 응시한다.

"……사기꾼?"

악자량의 두 눈썹이 역팔자로 휘어졌다.

"내가 고작 이따위 검흔이나 보자고 이 먼 곳을 온 줄 아느냐! 금화 열 냥? 감히 이 많은 강호의 검수들을 모아 놓고 이런 대담한 사기를 치다니! 간이 배 밖으로 나온 상인 놈이구나!"

피식.

묘하게 웃고 있는 조휘.

이런 놈들 때문에 조휘는 검총에서 자리를 비우지 못했다.

강호인들의 특성상 무력으로 깽판을 치기 시작하면 평범한 간부들로서는 감당이 되지 않았던 것.

우우우우웅.

나직한 검명(劍鳴)이 울려 퍼지자 조휘의 철검이 허공에서 너울거린다.

그는 분명 팔짱을 끼고 있으니 저것은 이른바 허공섭물(虛空攝物).

탓.

말없이 철검에 올라타 투명한 시선으로 악자량 일행을 바라보고 있는 조휘.

경악으로 얼룩진 악자량이 신음 비슷한 음성을 내뱉는다.

"소…… 검신(小劍神)?"

당대의 중원무림에서 검을 타고 강호를 누비는 자는 오로지 조가대상회의 회장, 소검신뿐이었다.

"이따위 검흔이라고?"

검총에는 고대 현대인이 남긴 검흔이 대부분이었지만 검신 어른께서 수련하며 손수 남기신 검흔도 일부 존재한다.

조휘의 두 눈에 서릿발 같은 노기가 어리기 시작했다.

"그 말 책임질 수 있겠지?"

상상도 할 수 없는 상대의 신위에 악자량이 황급히 허리를 숙이며 포권했다.

"감히 불경을 범했소! 사과드리겠소!"

조휘가 굳은 얼굴로 묵묵히 악자량 일행을 응시하다가 천천히 입을 열었다.

"분명히 말하지만 여러분의 눈앞에 서 있는 이 내가 바로 증거입니다. 저는 분명 삼 년간 이곳에서 검신의 검초를 완성할 수 있었습니다."

"아아!"

그제야 악자량은 자신이 무슨 실수를 저질렀는지 실감했다.

이곳이 검신의 유적이라는 것은 무려 무림맹주 무황의 인장으로 공증된 사안.

더욱이 검신의 적전제자라는 소검신의 위명을 까마득히 잊고 있었던 것이다.

"이제 모두 나가시지요."

"예? 예! 알겠습니다."

조휘의 진득한 기세에 기겁을 하며 서둘러 동굴의 바깥으로 발걸음을 옮기는 악자량 일행.

황망한 얼굴로 밖으로 나온 그들을 맞이한 것은, 승강기 위에서 한껏 희망과 기대로 부풀어 오른 채 검총을 바라보고 있는 후속 조였다.

문득 악자량이 자신의 조원들을 살폈다.

마치 나라 잃은 표정, 모두가 그런 초점 없는 동공으로 먼 산만 바라보고 있었다.

그제야 악자량은 깨닫는다.

저들이 지금 이쪽을 바라보며 무슨 생각을 하고 있을지를.

자신도 얼마 전까지 저기에 서 있었으니까.

그래 니들도 당해 봐라.

호구 왔는가.

◆ ◈ ◆

검신께서 몸져누우셨다.

과장이 아니라 정말로 그는 영계 한구석에 누워서 꼼짝도 하지 않고 있었다.

그렇지 않아도 영력이 쇠한 양반을 주화입마(?)에 빠뜨렸으니 존자들의 모든 원망이 조휘에게 향했지만 오히려 조휘는 당당하게 눈만 부라릴 뿐.

-아니 무슨 검신의 명성이란 것이 닳아 없어집니까? 이왕지사 일이 이렇게 흐른 마당에 은자라도 실컷 벌어야죠! 멀리 봅시다, 멀리!

말이나 못하면 밉지나 않지.

존자들은 그렇게 조휘를 맹렬하게 힐난하면서도 내심으로는 그 경이로운 사업 수완에 혀를 내두를 수밖에 없었다.

조휘가 개발한 소위 '검신 굿즈'는 그야말로 불티나게 팔리고 있었다.

검신신위도의 하루 판매량만 해도 거의 일천 족자.

그 판매 대금이 무려 금화 오백 냥이다.

달랑 검신신위도 하나로 하루에 금화 오백 냥을 앉은 자리에서 벌어들이고 있는 것.

거기에 또 다른 굿즈들인 검신표 노리개, 장신구, 검신지검, 화룡점정으로 라이더 재킷까지!

그런 모든 매출을 합하면 거의 하루에 금화 이천 냥가량.

십 일이면 금화 이만 냥, 한 달이면 무려 육만 냥의 매출이다.

그야말로 상상도 할 수 없는 매출!

본디 굿즈 사업이라는 것은 노다지였다.

현대의 연예인들도 자신들의 유명세를 활용해 저렴한 원가의 굿즈에 엄청난 프리미엄을 붙여 판매하다 논란이 된 예가 부지기수.

조가대상회의 쟁쟁한 계열상 중에서도 단일 사업으로 이만한 마진을 보는 곳은 거의 전무하다시피 했다.

이런 엄청난 검총의 매출이 삼 년만 유지된다면?

일 년에 대략 삼십만 냥씩만 쳐도 삼 년이면 거의 금화 백만 냥에 달하는 천문학적인 금액!

더욱 놀라 나자빠지는 것은 이 엄청난 매출에 검총의 입장료는 셈도 안 했다는 점!

그 모든 이문이 웬만한 계열상 네다섯 개가 벌어들이는 것보다도 많을 정도다.

이제 검총의 관광 사업은 조휘로서도 결코 포기할 수 없는 사업장이 된 터였다.

관광 사업이 이렇게 돈이 되리라고는 생각지도 못했던 조휘.

그렇게 물이 오를 대로 오른 관광 사업의 확장 방안을 모색하던 조휘가 그 마수를 마신에게까지 뻗었다.

-마신 어른, 혹시 만마총(萬魔塚)은 어디에 있는지 알 수 있을까요?

마신은 육체가 없는데도 마치 식은땀이 흐르는 것만 같았다.

자신의 얼굴이 저 수많은 족자에 담겨 사파 전체에 뿌려진다고 생각하니 그야말로 소름이 다 돋을 지경!

저 검신지검을 보라!

검의 손잡이에 선명히 새겨져 있는 검신(劒神)이라는 글자…….

보는 내가 다 부끄럽다.

저런 흔한 싸구려 철검에 글자만 마신(魔神)으로 바꿔 달아 또 엄청나게 팔아 대겠지.

-에이, 그러지 말고 좀 가르쳐 주시죠? 어차피 그곳은 검신 어른께서 처참하게 부숴 놓은 곳이 아닙니까? 남아 있는 마공도 별로 없을 텐데 그리 부담 느끼실 것 없습니다.

강호에 마공이 퍼지는 것 때문이 아니라 내 얼굴 팔리는 것이 더 부담된다고 이 미친놈아!

마신이 또다시 영계의 구석으로 사라지며 입을 꾹 다물어 버리자.

-저기 무신님? 아니 무신 어른?

무신 역시 육체가 없음에도 피가 모두 머리로 몰리는 것만 같은 기분을 느껴야만 했다.

무신은 영계의 한편에서 옹기종기 모여 있는 조가(曹家)의 존자들이 왠지 모르게 처연했다.

저런 놈에게 오랜 가문의 염원을 믿고 맡겼으니 저들의 심정이 오죽하겠는가.

아니 잠깐?

그러고 보니 사마(司馬)의 염원도 저놈에게…….

의천혈옥와 혼세천옥, 무천진옥 이 세 영옥이 하나로 합일된 마당에 조가니 사마니 구분이 무슨 의미가 있단 말인가?

지금 자신이 저 조가를 처량하다 측은해하는 것이 얼마나 우스운 일인지 마침내 무신도 깨달은 것이다.

이미 영계의 모든 존자들은 운명 공동체.

어쩔 수 없이 미우나 고우나 조휘의 삶과 함께해야 했다.

-왜 대답이 없으신지? 무총? 무신총? 사마세가는 뭐 그런 거 없습니까?

있어도 알려 줄 수가 없지 이 수전노 같은 놈아!

도대체 사람이 얼마나 돈에 미쳐야 네놈같이 굴 수 있단 말이냐?

삼신(三神)의 무덤을 모두 관광지로 만들 요량이라니!

한데 그때.

믿을 수 없는 영음(靈音)이 조휘에게로 날아들었다.

-만마총은 내가 아느니.

영계의 구석으로 영육(靈肉)을 내뺐던 마신이 가히 천마의 경공술을 펼치며 검신의 앞에 나타났다.

-무, 무슨 짓이오!

검신의 공허한 시선이 영계의 하늘을 향한다.

-그렇지 않아도 만마총은 언제고 저놈이 한 번 방문해야만 하는 곳이었소이다.

-…….

마신이 내심 뿌득 이를 갈았다.

나만 당할 수 없다는 처절한 몸부림인 건가!

그 순간, 엄청난 광휘와 함께 무신지존보(武神至尊步)가 영계에 현신했다.

어느새 감쪽같이 사라진 무신!

마신은 왠지 어디선가 무신의 메아리가 들려오는 것만 같은 착각이 들었다.

-나만 아니면 되오…….

◆ ◈ ◆

어둠이 짙게 내려앉은 검총 앞.

조휘가 침상 한가득 뿌려 놓은 은자 위에 앉아 흐뭇한 표정으로 연신 은자를 쓰다듬었다.

너울거리는 횃불로 인해 드러났다 사라지기를 반복하는 조휘와 장일룡의 얼굴이 그야말로 광기로 번들거리고 있었다.

"헤헤!"

"흐흐흐!"

말 그대로 떼돈!

아직 보름도 지나지 않았는데 이 정도 매출이라면 중원 제일의 거부(巨富)도 더 이상 꿈이 아닐 것이다.

조휘가 흐뭇한 미소를 지으며 장일룡을 응시한다.

"일룡아, 넌 하고 싶은 게 뭐냐?"

장일룡의 얼굴이 홍분으로 붉게 상기됐다.

"흐흐, 대궐 같은 집을 짓고 싶수! 그래서 아부지, 어무이도 모셔 오고 우리 막내 칠룡이까지 모두 데려와 함께 살고 싶수다!"

"그래?"

잠시 의미심장한 얼굴을 하고 있던 조휘가 흔쾌히 고개를 끄덕였다.

"좋아. 조가복합천상루의 입주권을 주지. 네 채면 되겠어?"

조가복합천상루(曹家複合天上樓).

얼마 전에 강서에 공표된, 제갈운이 개발하고 있는 주상 복합 아파트의 정식 명칭이었다.

이제 곧 모델하우스(?)의 개장을 앞두고 있는 조가복합천상루.

별천지와 같은 내부 인테리어, 그 매력적인 양식들을 바라보며 벌어진 입을 다물지 못했던 장일룡이었다.

특히나 수변기(水便器).

그 생김새와 용도를 설명 들었을 때의 문화적 충격은 가히 엄청났다.

더욱이 열기를 머금은 물이 쉴 새 없이 드나드는 동관(銅管)을 매설, 그렇게 바닥을 데우는 '온돌'이라는 개념 역시 놀라움 그 자체!

거기에 화려한 파사국의 유리가 이곳저곳 보기 좋게 매달려 있으니 가히 황실의 궁전 못지않은 집이었다.

틀림없이 엄청나게 비싸게 팔릴 집일 텐데 그런 집을 네 채나 준다니?

"저, 정말이우 형님?"

"내가 빈말하는 걸 본 적이 있냐?"

장일룡이 눈물을 흘릴 기세로 감읍했다.

"고맙수 형님! 으흑!"

결국 참지 못하고 눈물을 터뜨리고 마는 장일룡.

엄청난 대가족인 장씨 일가는 오래도록 가난과 싸워 왔다.

지금도 장일룡은 잊을 수 없었다.

장씨 일가에 찾아온 녹림대왕이, 자신을 대산(大山)에 데려가겠다고 했을 때의 어머니의 표정을.

그때 당신의 얼굴에는 순간적으로 잘됐다는 안도의 기색이 스치고 있었다.

물론 입이라도 하나 덜게 된 셈이니 이해하지 못할 바는 아니었다.

허나 그때의 기억은 지금까지도 취기가 오를 때마다 자신을 눈물짓게 만드는 잊지 못할 상처였다.

"아니 이 산(山)만 한 놈이 갑자기 왜 이래? 지금까지 장 부장이 노력해 준 거에 비하면 아무것도 아니니 그리 부담은 갖지 마."

"……단순히 부담이 아니라우 형님."

"그럼?"

"그냥 설움이오."

그렇게 장일룡은 찢어지게 가난했던 자신의 가정사를 오래도록 조휘에게 털어놓았다.

점점 굳어지는 조휘의 얼굴.

수중에 돈이 없으면 현대나 중원이나 이렇게 사람이 서글퍼지고 처량해진다.

"월봉도 섭섭지 않게 더 챙겨 줄 테니 지금처럼 이렇게 열심히 살면 돼."

그렇게 조휘가 장일룡의 광활한 등을 토닥거리고 있을 때.

막사 안으로 시비가 들어왔다.

"저, 회장님. 손님이 찾아와 계셔요."

인상을 찌푸리는 조휘.

"아니 영업이 끝난 지가 언젠데! 이 야밤에 손님을 받으면 어떡합니까?"

"아, 검총을 관람하러 오신 분이 아니에요!"

"그럼 이 늦은 야밤에 도대체 누가?"

시비가 두려운 듯 침을 꿀꺽 삼키며 말을 이어 갔다.

"잘 모르겠지만 맹에서 오신 분이라고……."

맹(盟)?

조휘가 눈을 부라렸다.

"맹의 인간들은 한결같이 다 왜 그래? 어떻게 생겨 먹은 자들이기에 자시(子時:PM 11:00~AM 01:00)에 남의 상회를 방문하나? 잠도 없냐고!"

그렇게 버럭 짜증을 내던 조휘가 막사 구석에 있던 나무상자를 거칠게 열어 재꼈다.

덜컥.

"장 부장! 은자 담아!"

이렇게 불시에 찾아온 것으로 보아 필시 무림맹의 감찰원 놈들일 터.

검총의 대박 소식이 그들의 귀에 들어가지 않았을 리 만무하다.

"아, 알겠수 형님!"

그렇게 조휘와 장일룡이 정신없이 은자를 모두 나무 상자에 밀어 넣었다.

이어 조휘가 태연한 얼굴로 바깥을 향해 소리쳤다.

"들어오시죠!"

잠시 후 어느 한 청년이 천막을 헤치며 막사 내부로 들어왔다.

그를 바라보던 조휘가 점점 두 눈을 크게 떴다.

"어? 당신은?"

분명 낯이 익었다.

지금 저자가 걸치고 있는 맹의 백의무복을 벗기고 화산의 도복(道服)을 입혀 놓으면…….

"……청운소? 화산소룡! 맞죠?"

조휘의 확신에 찬 어조.

화산소룡 청운소의 얼굴에는 아직도 두려움이 서려 있었으나, 그는 애써 내색치 않으며 학처럼 고고하게 포권했다.

"감찰소교위 청운소, 맹령을 받들어 조가대상회를 감찰하러 왔습니다."

감찰소교위(監察少校尉)?

과거 제갈운의 직책이었던 그 자리가 결국 화산소룡에게 갔단 말인가?

반가움을 보일 만도 한데도 청운소는 오로지 자신의 직명만을 내세우며 공적인 태도만 드러내고 있었다.

조휘의 두 눈이 가늘게 떠졌다.

"앉으시죠."

청운소의 목덜미로 가늘게 흐르는 땀.

한눈에 봐도 긴장한 태가 역력한 그의 모습이었다.

이에 조휘는 검신 어른의 참교육(?)이 생각나 순간적으로는 미안한 마음이 들었지만 금세 그런 기색을 벗어던졌다.

"조가대상회의 자, 장부를 보여 주십시오."

조휘가 아무런 말도 없이 탁자 위에 있던 장부를 집어 그에게 건넸다.

"살펴보시죠."

연신 식은땀을 흘리며 장부를 펼쳐 보기 시작한 청운소.

"음……?"

한눈에 봐도 청운소의 얼굴은 당황한 기색이 역력했다.

화산소룡은 학문으로도 이름이 높은 후기지수다.

한데 아무리 장부를 들여다보아도 도무지 그 연원을 알 수 없는 문자투성이일 뿐이었다.

범어(梵語)도, 고어(古語)도 아니었다.

곤혹스러운 얼굴로 굳어 있는 청운소에게로 조휘의 냉랭한 음성이 날아들었다.

"저희 대상회의 독특한 산법 체계로 기록된 장부입니다. 아마 봐도 뭔지 모를 겁니다."

씨익.

기묘한 표정으로 웃고 있는 조휘.

청운소의 당황한 얼굴이 조휘를 응시했다.

"혹 중원의 한어로 한 부 작성해 주실 수 있으십니까?"

물빛처럼 투명해진 조휘의 두 눈.

"왜 그래야 되죠?"

"이런 장부로는 제가 감찰의 소임을 다할 수 없습니다."

조휘가 이죽거렸다.

"맹과 조가대상회 사이에 작성된 사업계약서를 살펴보고 오셨습니까?"

"무, 물론입니다."

"그럼 말이 빠르겠네요. 그 계약서 내용에는 맹이 요구할 시 조가대상회의 장부를 제출한다는 협조 사항만 존재할 뿐, 그 해석(解析)까지는 저희의 의무가 아닌 것으로 알고 있습니다만."

조휘가 더욱 음침하게 웃는다.

"게다가 저희가 다시 장부를 한어로 작성해 준다고 해도, 저희 손에 다시 작성된 장부를 맹이 믿을 수 있을 리가 만무하고요."

그러고 보니 맞는 말이었다.

감찰의 대원칙은 급행(急行)과 밀행(密行)이다.

급습하여 장부를 확보하는 것만이 감찰대상의 진정한 실체를 벗겨 낼 수 있는 법.

한데 감찰 대상이 장부를 다시 작성해 준다?

그렇게 되면 그 장부의 진위 자체를 가릴 수가 없는 것이다.

조휘는 그렇게 당황해하는 청운소를 웃음기 가득 어린 얼굴로 지켜보고 있었다.

도대체 맹주는 무슨 생각을 하고 있는 거지?

그 노련한 감찰교위마저 자신에게 두 손 두 발 다 들고 도망쳤는데 도대체 무슨 생각으로 이런 애송이를?

어느새 조휘는 품 안의 근로계약서를 만지작거리고 있었다.

48 章.

48 章.

결국 화산소룡 청운소는 조휘의 뻔뻔한 태도에 말문이 막혀 의미 없는 시간만 보낼 수밖에 없었다.

하지만 그렇다고 계속 시간만 축낼 수는 없는 노릇.

그렇게 청운소는 검총의 앞에 늘어져 있는 조가대상회의 천막들을 이리저리 훑어보았지만 특이한 점을 찾진 못했다.

저 조휘라는 인간이 이미 감찰원의 방문을 대비해 철저하게 준비하고 있었다는 것을 그제야 실감한 것이다.

그중에서 유일하게 살펴보지 못한 곳이 있었으니 조휘의 침소 한구석에 있는 나무 상자들.

허나 조휘와 장일룡이 침소에서 코를 골며 잠에 빠져든 마당이라 함부로 침소에 드나들 수가 없었다.

하는 수 없이 청운소는 조휘의 침소 앞에서 가부좌를 튼 채로 눈을 감았다.

그렇게 그가 고요한 산야(山夜)의 정취를 듬뿍 맞으며 명상에 빠진 지 세 시진이 흘렀을 무렵.

어스름한 새벽이 물러가고 서서히 동이 틀 때가 되서야 비로소 청운소의 입에서 정중한 음성이 흘러나왔다.

"무량수불, 혹 기침하셨습니까?"

반각 정도 흘러 조휘가 눈살을 찌푸리며 천막을 열고 나왔다.

조휘가 옷매무새를 가다듬으며 날렵한 눈매로 청운소를 바라봤다.

'흠…….'

천하제일 기재, 청운소.

후기지수들 중 그 성취가 으뜸이라는 화산소룡은 조휘가 나타나기 전까지만 해도 남궁장호가 평생토록 가슴에 새긴 필생의 적수였다.

강호에서의 명성이란 결코 무시할 수 없었고 그 이름 앞에 별호(別號)를 아로새긴 자들은 다 그만한 재능과 역량을 지녔다는 것을 조휘는 경험으로 알고 있었다.

무공의 기재라면 훌륭한 신체적 특성은 기본이며, 순간순간의 순발력과 기억력 등 두뇌의 오성(悟性)이 각별한 경우가 대부분이었다.

무공의 기재라는 것이 머리가 좋다는 말과 일맥상통하는 것이다.

녹림제일의 기재였던 장일룡만 하더라도, 우둔한 외모나 말투와는 달리 그 명석함이 제갈운에 뒤지지 않을 정도.

조금만 교육이 뒷받침된다면 두뇌가 명석한 후기지수들의 상재(商才)가 천하를 떨치게 된다는 것은 이미 장일룡이 충분히 증명하고 있는 것이다.

한데 이 정파제일의 기재라는 청운소란 자에게서만큼은 도무지 뛰어난 점을 읽을 수 없었다.

분명 남궁장호와 제갈운, 장일룡보다도 더 뛰어난 명성을 구가하고 있는 후기지수임이 분명한데 별다른 상재(?)를 발견할 수가 없는 것이다.

이런 애매한 청운소의 기질 때문에 조휘는 연신 품 안의 근로계약서만 만지작거릴 수밖에 없었다.

"아침 댓바람부터 또 무슨 일이십니까?"

"……그, 그게."

화산에서의 일이 그의 가슴 속에 화인(火印)처럼 남아 있어, 조휘를 바라볼 때면 시도 때도 없이 마음의 동요가 일어난다.

특히 저 무심하리만치 투명한 두 눈.

필생의 각오로 펼친 자신의 모든 검초를 무료하게 막아 내던 그 눈이었다.

조휘의 물빛처럼 투명한 눈을 대하니 또다시 말문이 막히고 만 것이다.

"불렀으면 응당 용무가 있을 것 아닙니까?"

청운소가 마음속으로 연신 도호를 외며 마음을 진정시켰다.

"무량수불, 다른 모든 곳은 살펴보았습니다."

미간을 찌푸리는 조휘.

"그래서 우리 처소를 살피고 싶다? 소교위께서 가장 먼저 살핀 곳이 이곳이잖습니까?"

"그 나무 궤짝을……."

그제야 본심을 드러낸 청운소를 향해 조휘가 퉁명한 어조로 대답했다.

"아 그 궤짝이요? 당연히 보실 수 있죠. 안으로 들어오시죠."

조휘와 함께 천막 안으로 들어온 청운소가 조심스럽게 나무 상자를 열어 그 안을 살폈으나.

"음……."

그 속에는 휑하니 아무것도 없었다.

가득했던 은자는 이미 장일룡이 천막의 뒷문으로 빼돌린 지 오래.

"여기 냉차 두 잔 내주세요."

"예 회장님."

시비가 공손히 물러가자 조휘가 별안간 희미하게 웃으며 청운소를 응시했다.

"맹의 일이란 것은 참 피곤하고 고역인 법이죠. 이렇게 여러 사람을 불편하게 만드니 말입니다."

"죄, 죄송합니다."

문득 조휘가 검총의 입구 쪽을 눈짓으로 가리켰다.

"그나저나 소교위께서는 검총에 관심이 없으십니까? 중원 검종을 대표하는 화산 문하의 검수라면 당연히 호기심이 생길 수밖에 없을 텐데."

"무량수불, 맹의 소교위로서 정무 중에 개인적인 일을 도모할 생각은 없습니다."

이에 조휘가 새하얀 이를 드러냈다.

"검총이 궁금하기는 하시다?"

"……."

중원의 검수로서 어찌 위대한 검신(劍神)의 위업과 흔적을 앙망하지 않을 수 있겠는가.

"가시죠. 보여 드리겠습니다."

금방 당혹감으로 물든 청운소의 얼굴.

이미 그는 감찰원의 소교위로서 검총의 엄청난 관람료를 파악한 상태였다.

"저는 그만한 은자가 없습니다."

"에이, 우리 사이에."

조휘가 청운소의 옆구리를 팔꿈치로 쿡 하고 찌르다 먼저 천막 밖으로 길을 잡았다.

"회장님……?"

얼떨결에 조휘를 따라나서며 결국 검총의 내부로 들어온 청운소.

수많은 횃불로 인해 대낮처럼 밝은 검총의 내부를 바라보며 청운소도 그 얼굴에 금방 열망과 찬탄을 드러냈다.

"무량수불, 아아……!"

수많은 검흔이 아로새겨진 검총의 내벽.

검신의 위대한 검무(劍舞), 그 흔적을 직접 보고 있다고 생각하니 온 마음이 경이로 물든 것이다.

조휘는 흥미로운 표정으로 그런 청운소를 살피고 있었다.

청운소가 진실로 천하제일의 기재라면 이 검총의 비범함을 한눈에 알아볼 터였다.

청운소는 마치 홀린 듯한 얼굴로 벽면을 어루만지고 있었다.

검로 하나하나를 모두 가슴에 새기겠다는 듯 경건하고 엄숙한 그의 표정.

그러던 그가 미세한 점(點)으로 가득한 한 벽면을 응시하더니 그 얼굴에 경이를 가득 드러냈다.

"아아…… 이것은……!"

조휘의 눈에도 금방 이채가 머금어졌다.

"그 흔적의 정체를 알아보실 수 있단 말입니까?"

청운소가 연신 떨리는 손으로 벽면을 쓰다듬으며 찬탄한 목소리로 말했다.

"이건 필시 심상(心想) 수련의 일환입니다! 가상의 점(點)

을 벽면에 새긴 후, 순수한 육체적인 능력으로만 이를 타점(打點)하려는 엄청난 수련의 흔적이 아니고 무엇이겠습니까?"

"호오?"

아무런 각주도 없이 그저 수많은 점들이 알알이 박힌 벽면을 한 번 바라본 것만으로도 그걸 알아본다고?

"아아, 이런 만일(萬日)의 고련이라니 저로서는 감히 상상도 할 수 없습니다. 이런 미세한 타점 수련을 완성할 수만 있다면 그야말로 육체의 완벽한 자가통제(自家統制)가 가능하겠군요!"

수련 과정뿐만 아니라 그 목적성까지 단번에 맞추는 청운소의 안목에 조휘는 그야말로 소름이 돋았다.

그렇게 청운소는 점의 벽면을 훑고 지나가더니, 이어 일정하게 아래로 낙하하고 있는 검흔을 발견하고선 더욱 놀란 얼굴을 했다.

"무량수불, 대체……!"

"음? 거긴 왜요?"

청운소의 두 손이 벌벌 떨린다.

"서, 설마 이건…… 검의 무게에 따라 검속(劍速)을 달리한 흔적인지요?"

조휘의 얼굴이 가벼운 충격으로 굳어졌다.

그가 중력(重力)이란 단어를 몰라서 그렇지 그 핵심만큼은 정확하게 이해하고 있었기 때문이다.

저 흔적들은 중력 가속도를 감안하여 일정한 벡터값의 동운

동을 실현하기 위해 내공량을 나눈 수식(數式)의 흔적이었다.

어느새 청운소의 얼굴에는 두려움이 물들어 있었다.

"진실로 가공(可恐)할 검수의 집념이군요…… 이런 건…… 도무지……."

청운소도 대화산의 검수다.

중원제일 환검(幻劍)을 구사하는 문파가 바로 화산검종.

때문에 구파 중에서도 격식에 구애받지 않고 가장 자유롭게 검에 대한 토론이 일어나는 곳이었다.

그렇게 검초의 연구가 가장 활발하게 일어나고 있는 화산에서조차도 이런 종류의 수련이 존재하리라고는 생각지도 못한 것.

대부분 검의 형(形)이나 행로(行路)에 대한 효과적인 고찰이 일어날 뿐, 검초의 운동력(運動力)자체에 대한 고민은 모두 각자의 영역이라 치부하고 있었다.

왜?

사람은 각기 고유의 근력과 내공이 다를 수밖에 없기 때문에 그 운동력이 모두 다를 수밖에 없는 것이다.

자신이 지니고 있는 육체를 최대한 활용하는 것이 무(武)의 목적성에 부합하다고는 말할 수 있으나, 그것은 일신에 검형(劍形)을 아로새기기 전에는 함부로 건드릴 영역이 아니었다.

그것은 가장 빨리 주화입마에 이르는 길.

"마검(魔劍)……."

마치 홀린 듯이 중얼거리는 청운소.

사파의 검법 중에서 간혹 이런 연구가 선행된다고 들었다.

사파의 검은 오직 효율만을 지독히 따르기 때문이다.

허나 정파 검식의 본질이 무엇인가?

화산의 매화(梅花).

무당의 태극(太極).

남궁의 제왕(帝王).

무릇 검이란 도(道)요, 나아갈 이상(理想).

그 검에 오롯한 정신이 함양되지 않는다면 결코 진정한 깨달음을 얻을 수 없는 터였다.

정파의 천년 역사가 오래도록 지속될 수 있는 것은 그런 고유의 이상향(理想鄕)이 존재했기 때문이다.

허나 그런 도와 이상 없이 오로지 검의 운동력에 관한 집착으로 매몰된다면 광인, 즉 검마가 될 뿐이었다.

검마(劍魔)는 일세를 풍미할 고수가 될 수는 있어도 결코 후학(後學)이 뒤따를 수 없었다.

한 문파의 검도는 마치 종교와도 같아서, 무도의 본질과 무리, 이상향이 없다면 후세들의 가슴을 움직일 수가 없는 것이다.

조휘는 그런 청운소의 당혹스런 감정을 이해하면서도, '마검' 운운하는 그의 태도에 가벼운 노기를 느꼈다.

"마검이라니 그게 무슨 뜻입니까."

그제야 자신의 실책을 느낀 듯 청운소가 당황해하며 포권했다.

"무량수불, 죄송합니다. 제가 감히 실언을 했습니다."

상대는 검신의 유지를 이은 소검신.

그런 그의 앞에서 대놓고 마검 운운했으니 이 얼마나 실례란 말인가.

하지만 이어진 조휘의 음성에 청운소는 석상처럼 굳어질 수밖에 없었다.

"화산의 검을 그토록 맹신(盲信)하십니까?"

"……맹신?"

아니, 화산의 검을 믿지 않는 매화검수가 있을 수 있단 말인가?

허나 맹신이라는 단어가 주는 부정적인 어감이나 뜻 때문인지 청운소는 가볍게 미간을 찌푸릴 수밖에 없었다.

"말씀이 지나치십니다."

조휘가 피식하고 웃었다.

"검신의 검흔을 보자마자 바로 마공이라 부르는 연원이, 화산매화의 자부심에 기인한 것이 아니고 무엇이겠습니까?"

청운소는 굳이 부정하지 않았다.

"무량수불, 저도 처음은 감탄과 경이였습니다. 스스로의 육체를 오롯이 자가통제하는 것은 모든 무인들의 꿈이자 염원이니까요. 허나……."

"허나?"

"검수의 모든 수련이 그런 운동력의 심상 수련에만 매몰된다면, 그 검식은 사람을 집착하게 만들며 곧 편협한 검로로 변질되게 마련입니다. 자연히 검의의 경지에 오르지 못하고 스스로 매몰되고 말겠지요."

순간 또 한 번 피식 웃음이 터져 나오고 마는 조휘.

"검의(劍意)라……."

분명 그의 말은 맞는 말이다.

중원의 모든 검을 해석한 고대 현대인의 수학적 접근과 집착은 가히 미친놈이라 불릴 만한 것이었으니까.

하지만 한 분야에 지독히 빠져 버린 방구석 덕후들이 괜히 무서운가?

그 가공할 집념은 중원인들이 감히 상상할 수 없으리라.

"또한 이런 검흔이 모두 그런 식의 수련이라면…… 솔직히 저는 검신의 무도를 모르겠습니다."

그때, 조휘가 철검을 빼 들었다.

"보여 드리죠."

그가 그렇게 갑작스럽게 검을 빼 들자 청운소가 당혹해했다.

"무량수불, 감히 소검신의 무위를 부정하는 것이 아닙니다. 단지 제가 이해하지 못하는 것뿐입니다. 이는 제 경지가 미천하여 벌어진 일이니 노기를 거두십시오."

그러거나 말거나 조휘의 검이 휘둘러진다.

휘휘휙.

그것은 내공 없이 가볍게 펼쳐 낸 천향밀밀(千香密密)을 시작으로 매화분분(梅花芬芬)과 난화부영(亂花浮英)으로 이어지는 이십사수매화검법의 전반부 초식이었다.

이 초식들은 그 이름으로부터 알 수 있듯이 모두 환(幻)의 극상승 묘리가 가미된 환검의 정수.

"잘 보십쇼."

너무나도 능숙하게 펼치는 그의 이십사수매화검법에 기절할 것처럼 놀라는 것도 잠시.

다시 조휘의 검법이 이어졌다.

조휘가 펼치는 검로의 전부를 정확하게 살필 수는 없었다.

하지만 확실한 것은, 본래의 화산 검초에 뭔가가 삭제되고 또 더해졌다는 것이다.

"보셨습니까?"

"……."

그저 멍하게 굳어 있는 청운소.

"검속을 좀 줄여 드리죠."

다시금 천천히 움직이는 조휘의 검초.

분명 그것은 매화분분이었고 천향밀밀이었으나 확실히 모든 점이 달랐다.

순간 온몸의 털이 모두 곤두서는 듯한 충격이 그에게 몰아친다.

결국 그는 혼백이 완전히 빠져나간 듯한 얼굴을 하고 있었다.

"아…… 아……."

"이제 보셨는지요?"

청운소는 드디어 깨달았다.

자신이 보고 있는 것이 화산 검초의 완벽(完璧)이라는 것을.

조휘가 철검을 거둔 채로 뒷짐을 졌다.

"이것이 검총의 검(劒)입니다."

천향밀밀(千香密密).

그 초식은 매화검수들에게 있어서 각별한 검초였다.

화산의 제자들이 이십사수매화검법을 배우기 시작할 때 가장 먼저 배우는 초식이자 화산 검종을 대표하는 환검의 정수라 할 수 있는 검초.

화산파 역사상 가장 위대한 검수라 평가받는 풍양진인께서도 화산의 정수는 자하(紫霞)가 아니라 천향(千香)에 있다는 충격적인 말을 남기고 등선하셨다.

그렇게 천향에는 자하 못지않은 화산의 정수가 녹아 있다는 것을 누구나 알고 있었지만, 그런 깨달음으로 가는 길은 그야말로 망망대해와 같아서 매화검수들로서는 그저 아득하게만 느껴질 뿐이었다.

한데 청운소는 방금 전 조휘가 펼쳤던 그런 천향밀밀을 살피며 마치 전설의 극환세류요를 접하는 것만 같은 착각이 들었다.

천향밀밀(千香密密).

극환세류요(極幻細流曜).

오직 오롯하신 풍양진인께서만이 구사할 수 있었다고 전

해지는 화산의 전설.

어느덧 청운소의 떨리는 음성이 조휘에게 향한다.

"무량수불…… 방금 전의 그 천향밀밀을 저를 배려 마시고 진신내공을 일으켜 있는 그대로 보여 주실 수 있으십니까?"

조휘가 대수롭지 않다는 듯한 얼굴로 흔쾌히 고개를 끄덕였다.

"물론 가능하죠."

순간 조휘의 철검이 흐릿해졌다.

스르르르르-

수없는 잔상을 남기며 움직이기 시작한 철검이 이내 부드러운 호선을 그린다.

나아가고 휘어지며 파르르 떨다 숨는다.

표표히 이어지고 휘날리다 흐드러지며 허공에 맺힌다.

청운소가 본 것은 거기까지가 전부였다.

싸아아아아-

검의 환상이 검총을 드리웠다.

천향(千香)?

감히 저 수많은 변화를 일 천(一千)이라는 숫자로 가늠할 수 있을까?

만약 소검신이 화산의 내공인 매화생공으로 천향밀밀을 펼쳤더라면 어찌 천 개의 향만이 흩날렸겠는가.

가히 그 변화를 인간의 시야로 인지할 수 없을 정도에 이르자, 조휘의 검초가 씻은 듯이 사라진다.

청운소는 희열과 찬탄을 넘어 그 마음이 경이(驚異)로 물들어 있었다.

"어, 어떻게…… 이런 환검이……."

세상에 존재할 수 없는 검.

두 눈으로 직접 보지 않았더라면 결코 믿을 수 없을 광경이었다.

"헤헤, 수학의 힘이죠."

"……예?"

수학(數學)?

설마 산법을 말하는 건가?

이 고절한 환검의 정수가 고작 산법에 기인한 것이라고?

"중원의 검식은 문제가 많습니다. 일단 제자들을 가장 혼란케 하는 것은 선조들이 남긴 구결이죠."

"무량수불, 어째서 구결이 문제란 것입니까?"

조휘가 가늘게 한숨을 쉬며 말을 이어 갔다.

"보통 선조들께서 깨달음의 그 순간을 급박하게 표현하려다 보니…… 순간순간 머릿속에 떠오른 단어들을 파편처럼 남겨 놓은 경우가 많아서 당사자가 아니면 해석이 힘든 경우가 대부분이죠."

"음……."

이는 조휘의 경험이었다.

창천검협에게 남궁세가의 무공을 전수받았을 때도 검초 하나하나에 무슨 구결이 그리도 많은지 외우느라 진땀을 빼야만 했다.

한데, 그렇게 마음에 구결을 새기는 것이 반드시 초식의 발현에 도움이 되는 것은 또 아니었다.

검신 역시 그 자신도 구결을 남겼을 때 무아지경이었다고 한다.

때문에 단순히 검의 궤적이 부드럽게 호선을 그리는 것도 제비의 그것과 흡사하다 하여 '분분호연…….' 뭐 이런 식이었다.

이걸 후대에서 해석하자면 분분(紛紛)은 어지러운 형상이고, 호연(弧燕)은 말 그대로 제비가 포물선을 그리며 날아간다는 뜻인데.

그럼 제비가 어지럽게 휘돌다 돌연 포물선을 그리며 날아간다?

이걸 또 검초에 적용하라고?

이러니 받아들이는 검수에 따라 모두 해석이 제멋대로일 수밖에 없다.

그래서 대부분의 문파들은, 먼저 도해(圖解)를 기반으로 제자들에게 검초를 가르친다.

도해는 또 두 종류로 나뉘는데, 검수가 초식을 발현하는 모습과 동작들을 그대로 그려 놓은 동형도해(動形圖解)와, 선과 점, 도형 등으로 검초의 형태를 기하학적으로 표현해 놓은 검식도해(劒式圖解)가 그것이었다.

“중원의 검종들은 이제 솔직해져야 합니다. 선대가 남긴 구결에 무슨 심오한 뜻이 있는 것처럼 신성시 여기는데 사실 그거 다 개소리죠. 뭐 간혹 우연과 천재성이 겹쳐 종사가 남긴 심득의 파편을 오롯이 깨달을 후학들도 있을 수는 있겠죠. 하지만 확률이 너무 적어요.”

“개, 개소리?”

“제가 듣기로 화산의 구결도 현학적이기 그지없다던데 제 말이 틀렸습니까?”

“무량수불, 그건……!”

반박을 하려다 진득이 입술을 깨물고 마는 청운소.

사실 구결의 현학성과 난해함으로 이름 높은 대표적인 문파들이 바로 화산과 무당이었다.

특히나 화산의 구결은 천하에 난해하기로 짝이 없었는데 어쩔 수 없는 것이 화산의 검이 가진 특성이 환검이었기 때문이다.

그 모든 화려한 동작들을 뜬구름 잡는 듯한 온갖 현학적인 묘사로 가득 구결로 남겨 놓았으니 후학들이 힘겨워하는 것은 당연한 노릇.

“검총의 검은 도해에만 집중합니다. 우리 이제부터 선조들의 깨달음, 조언 이딴 것에 기대지 말자고요. 그 빌어먹을 구결은 참고만 하자는 말씀!”

엄연히 문파의 전통과 법도가 살아 있을진대 선대의 가르침인 구결을 무시하자니!

하지만 청운소는 그런 조휘의 말을 무시할 수가 없었다.

검의 신(神)이 남기신 가르침이 그러하다니까!

"자 보시죠."

조휘가 검총의 바닥을 검으로 긁으며 천향밀밀의 검식도해를 그리기 시작했다.

그렇게 반각이 지나자.

바닥에는 온갖 점과 선, 도형들로 가득 찼다.

"이게 화산의 천향밀밀이죠?"

청운소가 휘둥그레 뜬 눈으로 그런 바닥을 응시하고 있었다.

"무량수불……!"

어째서 소검신이 화산검종의 도해를 이리도 자세히 알고 있단 말인가.

그야말로 한 치의 오차도 없는 천향밀밀의 도해 그대로였다.

마치 화산 상청전(上清殿)의 깊은 곳에 존재하는 이십사수 매화검법의 도해본을 직접 보고 있는 듯하다.

"지금부터 잘 보십시오."

이윽고 조휘가 도해를 뜯어고친다.

점 수십 개를 지우고 호선을 추가하며 만곡으로 채운다.

"알아볼 수 있겠습니까?"

"……."

청운소가 그야말로 석상처럼 굳어졌다.

조휘가 추가하고 변경한 검식도해.

천향밀밀의 수많은 움직임 속에서 그리 크게 뜯어고친 것도 아니었다.

단지 수십 개 지점을 삭제하고 새로 더한 것뿐.

한데 이건…….

눈으로 직접 보면서도 도저히 믿을 수가 없었다.

그것은 진실로 새로운 경지의 천향밀밀이었다.

복잡다단하기만 하던 천향밀밀에 불필요한 점과 선이 사라지자 오히려 더욱 변화무쌍해졌다.

그가 추가한 선형들도 마치 오랫동안 잠들어 있었던 무언가를 깨운 듯하다.

마치 안개 속을 거닐다 모든 것이 맑아진 기분.

그런 청운소의 반응을 살피는 조휘가 두 눈에 이채를 머금었다.

현대의 수학을 모르는 자가 그 뛰어남을 알아보는 것만으로도 놀라운 재능.

"잠시……."

청운소가 매화의 생령을 일으켜 그 검에 담았다.

그것은 화산이 자랑하는 매화생공.

이윽고 그의 검이 허공으로 나아간다.

샤르르르르-

세류와 같이 부드럽게 나아간 그의 검이 금세 어지럽게 화한다.

검총 내부를 가득 채울 것만 같은 고아한 매화향이 일자.

일순 엄청난 환검의 환상이 몰아쳤다.

그야말로 환환(幻幻)!

사방에 표표히 흩날리는 수많은 검광, 그런 횃불의 반사광으로 인해 순간적으로 검총 내부가 대낮처럼 밝아진다.

쏴아아아아아-

그의 검이 마침내 천변(千變)했다.

일천의 매화향이 천하에 그득 퍼진다는 진정한 천향밀밀의 현신이었다.

"헉헉……!"

그렇게 청운소는 천향밀밀의 검세를 모두 거둔 후 비 오듯 땀을 쏟아 내고 있었지만 그 입가에는 희열의 미소가 가득 만발해 있었다.

실로 엄청난 고양감!

그것은 경지를 돌파한 자에게 찾아오는 축복과도 같은 열락이었다.

그제야 청운소는 깨닫는다.

화산의 천향(千香)에 자하(紫霞) 못지않은 고절함이 있다는 풍양진인의 말씀은 틀림없이 진실이라는 것을.

"하하!"

웃음을 터뜨리고 마는 조휘.

솔직히 숟가락으로 밥을 떠먹여 준 셈이나 마찬가지였지만, 그래도 바뀐 도해를 한 번 본 것으로 곧바로 자신의 것으로 만드는 자는 지극히 드물 터였다.

검술에 관한한 그의 천재성은 의심할 수가 없는 것이다.

'음…… 검술 몰빵의 기재라…….'

그의 천재성이 비록 무공에 한정된 것이라고 해도 써먹을 때가 영 없는 것은 아니다.

그렇게 의미심장한 웃음을 머금고 있던 조휘가 다시 입을 열었다.

"매화분분(梅花芬芬)도 가르쳐 드릴 수 있는데."

"……정말입니까?"

본래의 의문은 온데간데없고 어느새 청운소의 두 눈에는 탐욕으로 그득하다.

"당연하죠. 본래 화산파의 검초가 아닙니까? 오히려 제가 가르쳐 준다는 말에 좀 어폐가 있는 거겠죠."

검식의 원형이야 어쨌든 이를 발전시키고 또 다른 차원의 경지로 끌어올린다는 것은 전혀 다른 문제다.

그것은 검수의 깨달음.

"무량수불, 감사합니다. 그럼 염치 불구하고 부탁드리겠습니다."

도호를 외며 공손히 예를 취하고 있는 청운소를 조휘가 매처럼 번뜩이는 눈으로 응시하고 있었다.

"다른 초식들도 다 가르쳐 줄 수 있는데."

"나, 난화부영과 낙매난홍까지 말씀이십니까?"

꿀꺽.

온몸에 전율이라도 인 듯 연신 사시나무 떨 듯 몸을 떨고 있는 청운소.

"예. 그런데 작은 조건이 있습니다만."

"무슨 조건이……."

내심 청운소는 그 마음이 두려움으로 물들었다.

조가대상회의 회장, 소검신의 물욕은 이미 강호에 정평이 나 있는 상황.

그가 터무니없는 은자를 내놓으라는 둥 얼토당토않은 요구를 해 오면 도사의 신분으로는 감당할 수 없었기 때문이다.

"네. 도사들도 일정한 나이가 차면 수행하러 강호에 나오시잖아요?"

"무량수불, 그렇긴 합니다만……."

조휘가 싱긋 웃었다.

"그때가 되면 저희 조가대상회에서 일을 하나 해 주십사 하는 그런 부탁입니다."

"……일이라시면?"

"아아, 무리하지 않는 선의 일만 맡길 것이니 그리 걱정하실 필요는 없구요. 확답을 주시면 바로 알려 드리겠습니다."

"……."

아니 무슨 일을 할지도 알려 주지 않으면서 확답을 달라니 이 무슨 얼토당토않은 경우가?

청운소가 나직이 도호를 외웠다.

"무량수불…… 화산의 도사는 오로지 선도를 궁구(窮究)할 뿐…… 세속의 재산을 탐하거나 이문을 꾀하지 않습니다. 소검신께서 저의 도우가 되시겠다면 이를 항상 유념해 주시길……."

"그런 게 아니라니깐?"

무공 몰빵의 기재에게 장사를 맡긴다니?

조휘는 그런 바보 같은 인사 조치를 할 위인이 결코 되지 못했다.

"무량수불, 허면 도사 신분의 제가 소검신의 대상회에서 무슨 일을 할 수 있겠습니까?"

연신 새가슴처럼 굴어 대는 청운소의 태도에 마침내 조휘는 짜증이 치밀었다.

"제게 검초를 배우기 싫으신가 보네요?"

"겨, 결코 그런 뜻이 아닙니다!"

내심 회심의 미소를 짓는 조휘.

틀림없다.

이 화산소룡이라는 후기지수도 경지를 향한 욕구가 전두엽까지 치밀어 오른 흡사 남궁장호와 비슷한 부류!

"아니, 무려 검총의 검의(劒意)가 덧씌워진 이십사수매화검법을 배우게 될 기회인데? 그런 기회를 굳이 날리겠다는데 제가 말릴 필요는 없는 노릇이 아닙니까."

"아아! 아, 아닙니다! 소검신!"

청운소는 마치 눈물을 흘릴 기세.

마치 손안의 장난감을 빼앗긴 어린아이와 같은 모습이었다.

역시 산중의 순진한 도사!

조휘가 청운소의 곁에 다가가 그의 등어리를 쓰다듬으며 품 안의 근로계약서를 빼 들었다.

"월봉으로 은자 스무 냥을 드리죠. 요새 이 불경기에 어디 가서 그런 일자리를 얻을 수 있습니까?"

"……불경기?"

시도 때도 없이 버릇처럼 나오는 현대어투에 조휘가 난처한 얼굴을 했다.

"그, 그런 게 있습니다. 아무튼 수결하시는 거죠?"

"무량수불, 그리하겠습니다. 단 절대 도사의 본분을 해하는 일은 시키지 말아 주십시오."

"좋아! 거래 성립!"

결국 청운소는 조휘의 이십사수매화검법에 눈이 멀어 수결을 하고야 말았다.

"하하! 청 대리!"

후일 새롭게 창설될 조가대상회의 제이 무력대, 조가금룡대(曹家金龍隊)의 무공교두 청 대리의 탄생이었다.

◆◈◆

대석빙고의 앞을 서성거리고 있는 한설현이 입술을 꼬옥 깨물며 불안한 감정을 숨기지 못하고 있었다.

그녀는 이여송 총관에게 맡겨 두었던 어머니의 백랑보의(白狼寶衣)를 다시 꺼내 입었다. 또한 북해의 예법으로 정갈하게 몸을 치장했다.

그렇게 두근거리는 가슴을 안고 지금으로서는 빙가지문의 가장 큰 어른이라 할 수 있는 오라버니를 만나러 온 것이다.

혼인(婚事).

그것은 자신의 개인사이기 이전에 집안 어른의 허락을 구해야 하는 일이었다.

원래라면 빙가의 장로님들을 한 분 한 분 찾아뵙고 허락을 구한 후, 최종적으로는 가문의 존장인 가주의 재가가 필요한 사안.

하지만 장로님들은 너무 멀리 있었고, 빙가주는 기백 년째 공석인 상황이니 어쩔 수 없이 오라버니인 한설백을 찾아온 것이다.

그때, 조가대상회의 표식을 한 더벅머리의 사내가 한설현을 발견했다.

사람으로 여겨지지 않을 정도의 미색을 지닌 한설현을 그가 곧바로 알아본 것이다.

"소저께서는……!"

"안녕하세요. 오라버니를 뵈러 왔어요."

사내가 난처한 얼굴을 했다.

"공자님께서 폐관을 청하신 후로 석문을 함부로 열지 못하게 되었습니다."

"……언제 다시 열리죠?"

사내가 눈알을 굴리며 날짜를 셈했다.

"어디 보자. 달포에 한 번씩 열리니…… 음…… 열흘 후에나 열릴 겁니다."

한설현은 금세 난감한 얼굴을 했다.

강서성의 얼음 생산을 자신이 도맡고 있는 마당에 열흘이나 기다릴 여유가 없는 것이다.

"가문의 중요한 이야기를 나눠야 해요. 열어 주실 수 없나요?"

"아아, 그, 그게……."

엄격히 관리되고 있는 대석빙고의 개폐에 관한 사안을 어찌 일개 사원이 결정할 수 있겠는가.

"중요한 이야기시라면……."

한설현의 얼굴이 가볍게 붉어졌다.

"개파대전의 소식을 들으셨다면 아시지 않나요?"

"아!"

그제야 사내는 크게 깨달은 듯 허겁지겁 몸을 숙였다.

자신들의 회장이 개파대전에 참가한 모든 강호명숙들의 앞에서 한설현에게 청혼을 했던 사실은 이 합비까지 자자했던 마당.

이 아름다운 여인은 중원의 상계에서 절대적인 위상을 구가하고 있는 조휘 회장의 안주인이 될 운명이었다.

그제야 엄청난 갈등으로 고민하고 있는 사내.

회장 일가의 안주인이라면 사실상 조가대상회의 이인자나 다름없는 위치.

제갈운이나 장일룡과 같은 창업 공신들보다도 오히려 더욱 거대한 위상을 지닌 존재라 할 수 있는 것이다.

"조, 조금만 기다려 주십시오. 고주(庫主)님을 뵙고 오겠습니다."

사내가 사라지고 한 식경 정도가 흐르자, 석빙고주(石氷庫主) 서복강(徐馥江)이 버선발로 뛰어나와 한설현을 맞이했다.

"석빙고주를 맡고 있는 서복강이라 합니다! 이렇게 존안을 뵙게 되어 영광입니다!"

그때, 서복강의 위편(?)에서 익숙한 목소리가 들려왔다.

"수석공 남천일 님과 새로운 증축 도안을 검토하느라 정신이 없어야 하실 텐데 꽤나 한가하신가 보군요."

"히이이익!"

두둥실 떠오른 철검 위에 서서 오연히 자신을 내려다보고 있는 사내.

그것이 조가대상회의 절대명령권자 조휘 회장이 아니고 누구겠는가!

오천에 달하는 직원들의 생사 여탈권을 한 손에 거머쥐고 있는 회장의 등장에, 서복강은 그야말로 기절할 듯 놀라며 황급히 예를 갖췄다.

"회, 회장님을 뵙습니다."

조휘는 철검 위에 서서 온갖 인상을 찌푸리고 있었다.

검총에서 돌아오는 길에 합비의 사업장을 두루 살펴보았으나 확실히 그 분위기가 전과는 결이 달랐다.

그도 그럴 것이, 조휘를 포함한 대다수의 간부들이 강서 총단에 집중하느라 상대적으로 합비는 소홀할 수밖에 없었던 것.

그 해이해진 기강이 벌써 한눈에 느껴질 정도였다.

이제 오천에 달하는 사원을 거느리게 된 조휘는 이런 체계가 무너진다는 것이 얼마나 위험한 상황을 초래할지 누구보다 잘 알고 있었다.

"돌아가셔서 합비의 모든 간부들에게 제 귀환 소식을 전하시고 소집령을 전달해 주시죠."

"소, 소집령 말씀이십니까?"

"두 번 말하게 하실 참입니까?"

"아, 알겠습니다 회장님!"

석빙고주 서복강이 눈썹이 휘날리며 사라지자 그제야 조휘의 시선이 한설현을 향했다.

"한 과장…… 아니 한 소저."

지난 수개월 동안 한설현은 자신을 똑바로 보지도 못하고 도망 다니기만 했다.

처음에는 그것을 대수롭지 않게 여겼는데 자꾸만 그런 일이 반복되니 이제 조휘도 슬슬 애가 닳았다.

"오늘도 도망가실 겁니까?"

"아……."

또다시 얼굴에 열이 오르며 한없이 붉어지기 시작하자 황급히 뒤로 돌아서는 한설현.

조휘는 돌아선 채 시뻘게진 그녀의 목덜미를 바라보며 쓰게 웃고야 말았다.

'목덜미도 예쁘구나.'

총단에서의 청혼은 순간의 위기를 모면하기 위한 임기응변도 있었으나 한편으로는 자신의 솔직한 마음이기도 했다.

그녀에게 조그만 생채기 하나 용납할 수 없었던 자신의 마음이 어떻게 생겨난 것인지.

웬만한 일로는 냉정이 무너지지 않는 성격인데 어찌 그렇게 참지 못하고 폭주해 버렸는지.

언제부터 그런 마음이 되었는지를 스스로도 알지 못했다.

하지만 고작 그런 정도의 호감으로 청혼이라…….

단순히 좋아한다는 감정과 절절한 사랑은 사실 궤가 다른 마음이지 않은가.

"저를 어떻게 여기십니까."

조휘의 그 한마디에 한설현은 여전히 뒤를 돌아보지 못한 채로 하염없이 얼굴만 가리고 있었다.

조휘의 질문은 사실상 한설현에게 고백을 강요하는 것이나 다름없는 행동.

"저는 한 소저가 좋은데요."

한설현의 가슴이 또 두방망이질을 했다.

이처럼 야릇하고 미묘한 두근거림은 그녀로서는 한 번도 경험하지 못한 감정.

"하지만 이런 제 마음이 남녀 간의 사랑인지는 모르겠습니다."

사실 조휘가 여자를 사귄 경험은 대학교의 졸업을 앞두고 만났던 민서영이 전부였다.

그러나 그때는 워낙 철이 없을 때였고, 술자리에서 친구들이 이어 주는 분위기에 얼떨결에 사귄 터라 사실 그 마음이 사랑이라 스스로 확신할 순 없었다.

당시에는 모든 것이 부담스러웠었다.

미래가 못내 불안했던지 민서영은 시도 때도 없이 온갖 약속을 자신에게 들이밀었다.

허나 그런 그녀의 어리광도 자신이 공시생이 되었을 무렵부터는 더 이상 이어지지 않았다.

깔끔한 이별 통보.

이것이 조휘가 지닌 여자 경험의 전부.

어느덧 한설현이 그 고운 입술을 꼬옥 깨문 채로 뒤로 돌아섰다.

"절…… 연모하지 않는다는 말인가요?"

그렇게 그녀가 한껏 용기 내어 질문하자 조휘가 나직이 고개를 저었다.

"그게 제가…… 그 사랑이라는 감정을 한 번도 겪어 보지 못했습니다."

솔직히 부끄럽다.

조영훈과 조휘의 인생을 모두 합하면 도합 사십에 이르는 세월 동안 인간의 가장 근원적인 감정인 사랑을 모르고 살아왔다는 것이.

"어머니께서 말씀하셨어요."

"예?"

한설현의 섬섬옥수가 애꿎은 옷고름만 괴롭히고 있었다.

"그 사내만 생각하면 마음이 햇살보다 따뜻해진다고 하셨어요. 시도 때도 없이 가슴이 뛰고 때론 실실 웃음만 나온다고 하셨어요. 기다리는 동안 늘 그의 옷을 지으며 밥을 차리고 몸단장을 한다고 하셨어요."

"……."

"그가 힘든 얼굴을 할 때면 당신께서도 하루 종일 기분이 좋지 않아 바느질을 하다 손을 다치시기도, 그에게 우환이 미치면 남몰래 울 때도 많다고 하셨어요."

문득 한설현이 작게 웃음을 터뜨렸다.

"어머니께서는 그 사내, 제 아버지를 '설옥령(雪玉玲)의 지배자'라 표현하셨죠."

조휘도 마주 웃었다.

"하하."

그리고 제법 길게 이어진 침묵.

그렇게 차 한 잔 마실 정도의 시간이 지나자 한설현의 고운 입에서 놀라운 말이 흘러나왔다.

"당신은…… 이미 저를 지배하고 계세요."

"하, 한 소저."

너무나 당황한 나머지 조휘는 손에 들고 있던 철검을 놓칠 뻔했다.

"저는 이런 제 마음이 연모(戀慕)의 감정이라는 것을 얼마 전에 깨달았어요. 한데 공자께서는 그렇지 않단 말인가요?"

조휘는 멍하니 굳어졌다.

자신의 온 마음을 지배하는 자.

그것이 사랑이라고 단호히 말하고 있는 한설현은 그녀보다 두 배의 세월을 산 자신보다도 더 대단해 보였다.

저런 훌륭한 조기 교육이라니!

이내 조휘가 한껏 진지해진 얼굴로 입을 열었다.

"저는 반대로 화가 났습니다. 한 소저가 다쳤을 때 피가 거꾸로 치솟는 듯한 격정을 느꼈고, 한 소저가 총단에서 강호명숙들에게 핍박을 받았을 때 모조리 때려눕히고 싶을 정도로 화가 치밀었습니다."

조휘의 음성이 조금씩 떨리고 있었다.

"그런데 이것이 연모하는 감정이라고는 확신을 할 수가 없습니다."

조휘가 이런 혼란을 느끼는 것은 그것이 동료애(同僚愛)와 별반 다를 것이 없었기 때문이었다.

장일룡의 손이 그 지경이 되었을 때와 흡사한 감정.

허나 조휘의 그런 혼란을 한설현이 말끔히 해결해 주었다.

"……저희 아버지와 똑같은 말씀을 하고 계시네요."

"예?"

얼굴에 발그레 홍조를 그린 채 연신 옷고름만 매만지고 있는 한설현.

"사내들의 끈적끈적한 시선만 어머니께 닿아도 경기를 일으키는 분이셨어요. 또 북풍한설이 몰아치는 날이면 언제나 정무를 내팽개치고 커다란 피풍의(避風衣)를 들고 허겁지겁 어머니께 달려오셨죠."

옛 추억이 그리웠는지 한설현의 그 커다란 눈망울에는 어느덧 눈물이 그득 차올라 있었다.

"아버지께서는 여인을 지키고자 하는 사내의 그런 마음을 한 치의 망설임도 없이 연모(戀慕)라 하셨어요."

"아!"

순간 조휘는 그녀가 너무나 사랑스러웠다.

와락!

"어맛!"

그렇게 한설현이 한껏 당혹한 얼굴로 조휘의 품에 안겨 어색하게 굳어져 있을 때.

쿠쿠쿠쿠쿠쿠-

육중한 대석빙고의 석문이 스스로 열리고 있었다.

조휘가 당황한 얼굴로 한설현에게서 물러나며 석문을 바라봤다.

대석빙고의 석문이 스스로 열린다면 필시 한설백의 솜씨인 터!

이어 한껏 일어난 먼지가 잦아들자 한설백의 꾀죄죄한 몰골이 드러났다.

"아주 눈꼴사나워서 못 들어 주겠구만."

"오, 오라버니!"

한설현을 바라보는 한설백의 눈매가 매섭기 짝이 없었다.

얌전한 고양이가 부뚜막에 먼저 올라간다고, 사내를 안 지 얼마나 되었다고 아침 댓바람부터 이런 낯 뜨거운 밀담이라니!

"이 오라비를 주화입마에 빠뜨릴 작정이었느냐? 왜 하필 이곳을 찾아와 이런 낯 뜨거운 구애들이냐고!"

"죄, 죄송해요. 오라버니."

한설백의 사나운 시선이 금세 조휘를 향했다.

"북해의 꽃이라 불리며 곱게 자란 아이다."

조휘가 씁쓸하게 웃으며 입을 열었다.

"잘 알고 있습니다."

"혼사를 허락하겠다. 다시는 내 수련을 방해하지 마라."

어느덧 조휘를 대하는 그의 말투가 하대(下待)로 바뀌어 있었다. 조휘를 빙가의 사람으로 들이기로 스스로 인정한 것이었다.

냉랭하게 몇 마디만 남기고 한설백이 다시금 대석빙고로 들어가자 한설현이 당혹한 얼굴로 그를 불렀다.

"오라버니! 저는! 저는……!"

한설백이 무심한 얼굴로 뒤를 돌아봤다.

아침 햇살로 인해 새뽀얗게 드러난 그의 얼굴은 가히 천상의 미남자라 불릴 만한 것이었다.

"빙가의 존장에게 허락을 구하러 왔을 테니 허락을 해 준 것뿐 다른 용무가 또 있느냐?"

"오라버니……."

냉랭한 오라버니의 태도에 그가 야속하기만 한 한설현.

여인에게 혼사란 한없이 두려운 것임에, 정감 어린 덕담 한 마디 듣고 싶은 것이 그녀의 솔직한 심정이었다.

하지만 한설백의 관심은 오히려 조휘에게 향하고 있었다.

흐트러졌던 마음 때문인지 조휘의 무혼이 잠시 드러났다 사라졌기 때문이다.

"네 녀석 정도면 강호에서 서열이 어느 정도이지?"

어느덧 강호는 소검신의 등장으로 인해 왕왕 팔무좌(八武

座) 운운하는 지경에 이른 마당.

"천하에 가장 높은 여덟 좌(座)에 이르렀지요."

오만하게 느껴질 만한 선언이었으나 강호에 소검신이라는 별호가 갖는 위상을 생각해 보니 어찌 보면 당연한 자부심이었다.

"모두 드러내 보라."

묵묵히 고개를 끄덕이던 조휘가 의념의 장막을 남김없이 모두 풀었다.

"흡!"

한설백이 영혼마저 짓이겨지는 듯한 엄청난 압력을 느끼며 처절하게 입술을 깨물자.

조휘가 다시 의념의 장막으로 자신의 무혼을 감추었다.

한설백이 온몸을 부들부들 떨고 있었다.

조휘가 드러낸 절대의 경지가 실로 상상 밖이었기 때문이다.

하지만 저런 엄청난 자가 빙가의 품 안에 들어왔다 생각하니 이내 입가에 슬며시 미소가 그려졌다.

"폐관을 마치고 출도하는 날, 강호의 여덟 좌인 그대가 내 별호를 지어 다오."

조휘가 마침 생각해 놓은 것이 있었다는 듯 빙그레 웃었다.

"빙신(氷神)?"

49 章.

49 章.

조가대상회 총단.

부회장 제갈운의 침소.

그가 달랑 촛불 하나에만 의지한 채 이불을 뒤집어쓰고 있었다.

시커먼 눈 그늘이 내려앉아 있는 제갈운의 얼굴은 가히 애처로울 지경!

"으으……."

벌써 시간이 인시(寅時)를 지나고 있음에도 도무지 잠을 청할 수가 없었던 것이다.

-으흑흑흑…… 으흐흑흑흑…….

새벽마다 저 몸서리쳐지는 울음소리가 들려온 것도 벌써 세 달이 넘었다.

얼굴을 이불로 감싸도 귀를 솜으로 틀어막아도 어떻게든 비집고 들어와 귓속에 처박히는 저 빌어먹을 귀곡성(?) 때문에 온몸이 차다 못해 얼음장처럼 변할 지경!

처음 며칠은 조휘의 동료들이 총단의 전 지붕을 뒤져 진가희를 찾아 나섰다. 잠을 자고 싶었기에, 아니 살기 위해 어쩔 수 없이 집단행동에 나선 것.

허나 온갖 고수의 피를 두루 처마시고 화경의 극을 이룬 진가희의 경공은 그야말로 신기(神技)에 다름이 아니었다.

더욱이 지붕 위를 타고 다니는 그녀의 놀라운 경신법 역시 오랜 연마로 단련된 터라 지붕 타기에 익숙하지 않은 조휘의 동료들로서는 도저히 따라잡기가 힘들었다.

그때, 제갈운의 침소에 푸르뎅뎅한 얼굴의 염상록이 들어왔다. 그의 얼굴도 차마 보기 힘들 정도로 수척해져 있었다.

-으흑흑흑…….

또다시 들려온 귀곡성에 염상록이 온몸에 경기를 일으키며 부들부들 떨었다.

염상록이 이를 꽈득 깨문다.

"오늘은 기필코 저년을 끝장내자! 이러다 우리 모두 죽어!"

그때, 염상록의 뒤편에서 반쯤 감긴 눈의 장일룡도 등장했다.

"으으…… 내 오늘은 반드시 저년의 모가지를 비틀어 버리겠수. 이건 도무지 사람이 사는 게 아니우."

누가 그걸 몰라서 이렇게 견디고만 있나.

제갈운의 흐리멍덩한 두 눈이 그들을 향했다.

"소검주를 불러와요. 그래야 그나마 가능성이 있으니까."

최근에 화경의 경지를 이룬 남궁장호가 합류하지 않는다면 '진가희 포획 작전'은 무조건 실패할 수밖에 없을 터.

염상록의 두 눈이 악독하게 변했다.

"그 새끼는 지 혼자 살겠다고 여일포의 남궁 본거지로 도망갔다고!"

"아, 그럼 어쩌자고요!"

제갈운이 머리를 쥐어뜯으며 그 머리를 이불에 푹 파묻다 돌연 두 눈에 이채를 발했다.

"피를 줘서 달랠까요?"

염상록이 소름 돋은 얼굴로 눈을 부라렸다.

"싯펄, 자발적으로 팽가 놈처럼 되자는 거냐?"

"방법이 없잖아요."

장일룡이 그런 제갈운을 한심하다는 듯이 쳐다봤다.

"나 참. 천하의 지략가라는 소제갈의 머리에서 나온 해결

방도가 고작 그 정도밖에 안 되우? 제갈무후께서 지하에서 통곡하시겠수."

자존심이 상했는지 제갈운이 표독스러운 표정으로 장일룡을 쏘아붙였다.

"하, 그럼 그 근육에서 또다시 엄청난 지략을 뽑아내 보시든가."

장일룡이 가슴근육을 실룩이다 두 눈을 음침하게 빛냈다.

"그년을 포획하든 피로 달래든 그런 건 모두 근본적인 해결책이 되지 못하우."

"근본적인 해결책?"

염상록이 호기심을 드러내자 장일룡이 다시금 마른입을 달싹였다.

"남자는 남자로 잊는 법, 이참에 당장 모두 흩어져 강서 제일 미남자를 찾아오는 것이 어떻수?"

"꼴값을 떨고 있네. 어떻게 네놈은 저년을 그리 겪고도 모르냐?"

염상록이 한심하다는 표정으로 장일룡을 쳐다보고 있었다.

"미친년처럼 보여도 무공에 대한 동경과 집착이 가히 하늘을 찌르는 년이야. 저년이 조휘 형님을 단순히 잘생겨서 좋아하는 줄 알아?"

"음……."

"소검신(小劍神)이 아니었다면 거들떠도 안 봤을 년이라고!"

이내 장일룡을 쳐다보며 이죽거리는 염상록.

"어디 찾아와 봐. 형님처럼 젊고 잘생긴 '절대경의 고수'를."

염상록의 엄청난 주문에 장일룡과 제갈운은 할 말을 잃고야 말았다.

조휘와 비등한 경지의 고수라면 그 이름도 유명한 칠무좌(七武座)다.

그중에서 가장 나이가 어려 봐야 지천명(知天命:50세) 부근.

당연히 진가희의 도도한 눈에 찰 리가 없는 것이다.

"싯펄……."

장일룡의 허탈한 두 눈이 문득 창가를 향했다.

새하얀 잠옷을 걸친 채 총단을 배회하는 자들이 수도 없이 눈에 들어왔다.

뜰이라도 거닐지 않으면 죽을 것만 같았기에 저들도 살기 위해 발악하고 있는 것이다.

뭔 강시 소굴도 아니고 도대체 이 무슨 어이없는 상황인지.

한데 순간, 모두를 그토록 괴롭히고 있는 주인공이 제 발로 나타났다.

"뭔가 이상해."

갑자기 등 뒤에서 귀곡성(?)이 들려오자 모두의 고개가 부서질 듯 꺾어졌다.

"진가희 이년!"

"으악!"

"귀, 귀신!"

제갈운은 숨이 멎는 것만 같았다.

어스름한 새벽녘 달빛 사이로 긴 머리를 드리운 채 나타난 진가희. 언제 봐도 도무지 사람으로 느껴지지 않는다.

이제는 익숙해졌다 싶다가도 도저히 적응이 되지 않는 것이다.

그런 제갈운이 겨우 가슴을 쓸어내리며 진가희를 다시 바라봤다.

그토록 미워했건만 막상 얼굴을 뒤덮을 만큼 퉁퉁 부은 그녀의 두 눈을 쳐다보고 있자니 제갈운은 마음이 좋지 않았다.

"뭐가 이상하단 말이죠?"

진가희의 음울한 목소리가 다시 이어졌다.

"며칠 전부터 몇몇 간부들과 직원들이 보이지 않아."

대수롭지 않다는 얼굴로 피식 미소 짓고 마는 제갈운.

"개파대전 이후로 당연히 다들 바쁘겠죠. 모든 계열상들이 그야말로 눈코 뜰 새도 없어요."

"내가 그걸 몰라? 그런 게 아니야."

진가희의 얼굴은 전에 없는 진지한 표정이었다.

"나만큼 총단의 동태를 쉴 새 없이 살피는 사람은 없어."

하긴 그랬다.

종일 지붕 위에서 포양호를 응시하면서도 총단과 흑천대살을 감시하는 것을 늘 잊지 않는 그녀였다.

"사람의 동선(動線)에는 반드시 어떤 틀이 있어. 몸에 새겨진 버릇은 좀처럼 쉽게 변하지가 않거든."

사실 진가희가 지붕 위를 좋아하는 것은, '관찰'하는 것을 좋아하는 그녀의 성향 때문이었다.

그렇게 오랫동안 사람과 사물을 관찰해 온 그녀의 감각이란 범인(凡人)들과는 차원이 달랐다.

"특별한 전조 현상도 없이 몇몇 사람들의 동선이 며칠 동안 전혀 달랐었어. 결국 그러다 아예 사라져 버렸다구."

평소와는 전혀 다른 동선. 그리고 이어진 실종.

그것이 의미하는 바를 깨달은 제갈운이 전에 없는 심각한 표정이 되었다.

"장 부장! 모든 간부들을 소집해 주세요! 지금 당장!"

"아, 알겠수!"

◆ ◈ ◆

새벽녘 어스름이 물러가기도 전에 갑작스럽게 회의실에 모인 조가대상회의 간부들은 하나같이 얼떨떨한 얼굴을 하고 있었다.

제갈운 부회장은 아무리 급한 일이 있더라도 업무 시간이 아닌 때에 간부들을 소집한 적이 없었기 때문.

제갈운이 회탁 주변 곳곳의 빈자리를 살피다가 이내 이를 가득 물었다.

"통운주님, 여영소(呂營小) 장주는 왜 오지 않았죠?"

조가통운주 소팽심은 조가양조장주 여영소와 가장 절친하다고 할 수 있는 계열상주였다.

"저어…… 그것이……."

전에 없는 급박함으로 물들어 있는 제갈운 부회장의 표정 때문인지 소팽심은 연신 식은땀을 흘리고 있었다.

"말해 보세요! 어서!"

"사실 그는 며칠 전부터 보이지 않았습니다. 처음에는 주부(酒夫)들과 함께 양조장에서 밤을 지새우겠거니 하며 대수롭지 않게 여겼는데……."

"뜸들이지 말고 계속 말씀하세요!"

"아, 알겠습니다! 안 보인 지 벌써 사흘쨉니다! 병환이 있나 싶어 그의 별채를 찾았으나 그곳에도 없었습니다!"

제갈운이 이를 가득 깨물었다.

"주부들은! 주부들도 함께 사라졌나요?"

"그것을 어떻게……?"

소팽심이 두 눈을 휘둥그레 뜨고 있었다.

그가 조가양조장을 찾았을 때 양조장의 기술자들이라고 할 수 있는 몇몇 주부들도 함께 사라진 상태였다.

더구나 그들은 한빙주와 설화신주의 양조법을 알고 있는 핵심 주부들.

그렇지 않아도 다가오는 총회 때 모두 보고하려던 참이었다.

제갈운의 무시무시한 시선이 이번에는 조가객잔주 이욱(李旭)을 향했다.

"벽호상 성심당주도 숙수(熟手)들과 함께 실종되었나요?"

이욱이 정신없이 고개를 끄덕인다.

"그, 그렇습니다. 그도 숙수들과 함께 사흘째 보이지 않습니다."

"사라진 숙수들의 명단! 파악하고 있나요!"

이욱 역시 총회 때 보고하려던 참이었는지라 미리 작성해 두었던 보고서를 품 안에서 꺼냈다.

"여, 여기 있습니다!"

재빨리 보고서를 펼치며 명단을 확인하던 제갈운.

그의 두 눈이 화등잔 만하게 떠져 있었다.

"하……!"

명단 속에 이름이 올라 있는 자들은 하나같이 성심당의 핵심 조리법을 알고 있는 주요 숙수들이었다.

특히나 심각한 것은, 흑청수(黑清水)의 기밀을 관리하고 있는 서일관 숙수와 진가유 숙수가 그 명단에 포함되어 있다는 것이었다.

이어 제갈운은 회탁의 빈자리를 모두 확인했다.

사라진 자들의 대부분은 각 계열상의 핵심 기밀을 담당하고 있는 간부들이었다.

조가대상회의 기둥이라 할 수 있는 간부들이 모조리 실종된 것이다.

'누군가 본 조가대상회를 뿌리째 흔들고 있다!'

필시 누군가가 이 모든 것을 오랫동안 준비해 온 것이 틀림없었다. 진가희 때문에 잠시 총단이 어수선해지자 그 틈을 타 마침내 일을 결행한 것이다.

'배신?'

인간의 물욕(物慾)이 무섭고 가공한 것은 사실이나, 조휘가 합비에서 변절자들을 처리해 온 방식을 아는 자라면 결코 쉽게 배신할 수 없을 것이다.

게다가 이제 그들의 회장은 소검신이라 불리며 무림의 새로운 팔무좌로 언급되고 있는 상황.

후환이 두려워서라도 배신자가 나올 확률은 거의 없다고 봐도 무방했다.

더욱이 흑천련과의 대전(對戰)에서 보여 준 조휘의 직원에 대한 무한한 신뢰와 보살핌을 아는 자라면, 인간의 도의상 도저히 배신을 할 수 없는 것이다.

'그럼 누가?'

아무리 생각해도 마땅한 적(敵)이 생각나지 않는다.

흑천련이 지배하던 땅을 완전히 접수하고 새로운 강서의 패자가 된 조가대상회다.

그런 조가대상회의 위상이 천하를 진동하는 이 마당에 누가 감히 이런 짓을?

제갈운이 입술을 가득 깨물며 이제는 대총관(大總管)이 된 이여송을 응시했다.

"대총관님."

"예, 부회장님."

이여송도 사태의 심각함을 느낀 듯 한껏 결연한 표정이었다.

"저희 내부에서 배신할 자가 있을까요?"

이여송의 음성은 한껏 단호했다.

"단언컨대 없습니다. 그런 낌새가 있었다면 제가 진즉에 보고드렸을 겁니다."

이여송은 출중한 수완으로 총단 전체에 그 영향력을 아우르는 자. 그를 향한 조휘 회장의 신뢰는 가히 무한에 가까웠다.

"뭉쳐 발호(跋扈)하거나 복수하려는 흑천련 잔당의 움직임은요?"

소검신의 강건한 압박과 회유에도 끝내 무릎을 꿇지 않고 돌아간 흑천련의 일부 잔당들.

흑천련은 몰락했지만 그들 모두가 조가대상회에 무릎을 꿇은 것은 아니었다.

하지만 이번에도 이여송은 고개를 가로저었다.

"조가신비각의 전 역량을 동원해 그들의 동태를 살피는 중입니다. 그런 조짐은 없었습니다."

"음……."

마치 한없는 미로에 빠져 버린 듯한 기분.

그런 복잡한 얼굴로 애꿎은 봉황금선만 접었다 피던 제갈운이 다시 이여송을 응시했다.

"아직 저희 신비각의 역량으로 지금의 상황을 타개하기란 요원합니다. 야접(夜蝶)에 기별을 넣어 주세요."

제갈운의 지시에 이여송의 가슴이 금세 무거워졌다.

물론 야접의 정보력이나 일처리 하나는 확실하지만 천문학적인 비용을 요구할 것이 자명했기 때문이다.

그때.

"재밌는 일이 일어난 것 같네요?"

회의장 입구에서 들려온 익살스러운 목소리.

모든 간부들이 조휘와 한설현을 발견하고서는 기경하며 자리에서 일어났다.

"회, 회장님을 뵙습니다!"

"회장님 오셨습니까!"

조휘는 무엇이 그리 재밌는지 연신 웃고 있었다.

제갈운은 한껏 여유로운 조휘를 이해할 수 없었다.

작금의 상황은 내부에 배신자가 있거나 흑천련 잔당들의 수작질이 우려되고 있는 상황이다. 더구나 가장 심각한 것은 실체를 파악할 수 없는 제삼 세력의 수작질일 수도 있다는 점.

각 계열상의 주요 간부들과 핵심 기술자들이 사라진 지금의 상황은, 별 무리 없이 탄탄대로를 걷고 있던 조가대상회에 전례 없는 위기임이 틀림없었다.

당장 강호의 문파들, 수많은 상단들과 계약된 납품 기일을 맞추는 것부터가 문제.

핵심 기술을 담당하고 있던 주요 간부들이 모두 사라진 마당에, 각 계열상들의 상품 생산에 차질이 생길 것은 불 보듯 뻔한 일이었다.

신뢰를 잃은 상인은 더 이상 상인이라 불릴 수 없는 법.

상회(商會)로서의 생명이 경각에 달렸음에도 저런 호기로운 여유라니!

제갈운의 그런 의문 가득한 얼굴이 다시금 조휘를 향했다.

"회장님, 그렇게 한가로울 틈이 없어요. 당장 금주에 납품이 예정된 진천상단과 곤륜파에 보낼 물량부터 차질을 빚게 생겼어요. 한시라도 빨리 대책을 마련해야 돼요."

"물론 그래야지요."

자신을 쳐다보지도 않고 연신 한설현과 시선을 맞추며 싱긋거리고 있는 조휘. 이에 제갈운의 미간이 잔뜩 구겨진다.

지금 여인과 풍류나 즐길 상황인가?

늘 그의 철두철미한 모습만 지켜봐 왔기에 한량처럼 굴어대는 지금의 그를 도무지 이해할 수가 없었다.

"조 회장!"

조휘는 자신을 향해 고함치는 제갈운을 흐뭇하게 바라보고 있었다.

저 오대세가의 대표적인 후기지수 제갈운이 이제는 조가 대상회의 어엿한 부회장으로서 손색이 없었다.

그의 애사심이 지극히 만족스러웠던 것이다.

그렇게 감개무량한 미소를 짓던 조휘가 돌연 뒤를 돌아보았다.

"들어오시죠. 소검주."

조휘의 나지막한 음성에 회의장 내부로 들어온 사내는 놀랍게도 남궁장호.

몇 달 동안 여일포에서 두문불출하던 그가 갑자기 총단에 다시 나타난 것이다.

남궁장호가 무심한 표정으로 좌중을 훑어보며 진득한 눈을 빛냈다.

"사실 기이한 조짐은 수개월 전부터 있었소."

제갈운의 얼굴이 순간 멍해지다가 이내 다시 조휘를 쳐다본다.

"아, 알고 있었다고?"

조휘가 피식 웃으며 제갈운을 응시했다.

"본인의 입으로 절대경의 경지를 그렇게 신처럼 신봉했으면서."

그제야 제갈운은 퍼뜩 깨닫는 바가 있었다.

조휘는 그야말로 수백 장을 의념의 바다로 드리울 수 있는 무인이었다.

마음만 먹는다면 총단 전체를 의념으로 휘감으며, 작은 쥐새끼 하나 움직이는 것까지 감지할 수 있는 것이 절대무극(絶大無極)의 감각권이다. 그런 인간 같지도 않은 자가 조가대상회의 회장 소검신인 것이다.

무황의 존재 하나만으로 무림맹은 맹(盟)이라 불릴 수 있는 법이고, 흑천련 역시 흑천대살이 존재하지 않다면 결코 련(聯)의 위상을 구가할 수 없었다.

칠무좌와 사패황이 무서운 것은 모두 하나같이 절대경의 고수라는 것.

절대고수 한 명이 갖는 가치와 파괴력은 이처럼 지고무쌍(至高無雙)한 것이었다.

"그럼 이 모든 것을 예견했다면 그들을 추적하는 데도 성공했단 말인가요?"

남궁장호가 묵묵히 고개를 가로저었다.

"아직이다. 허나 본가의 창천밀위검들이 움직였으니 곧 소식이 당도할 것이다."

"……창천밀위검(蒼天密衛劒)?"

남궁세가가 수백 년 동안 안휘성을 지배하고 있는 것은 단순히 높은 명망과 무력 때문만은 아니었다.

그들 가문의 신비 조직 창천밀위검이 암중으로 수백 년간 제왕가를 수호하고 있었기에 가능했던 것.

허나 남궁세가의 창천밀위검은 그야말로 신비스럽고 비밀

스러운 조직으로, 가문에 엄청난 겁난이 닥치거나 강호가 난세에 휩싸이지 않는다면 결코 드러나지 않는 자들이었다.

제갈운도 그런 창천밀위검의 전설적인 명성을 역사로 배워 알고 있었기에 자연 크게 놀랄 수밖에 없었다.

남궁세가가 창천밀위검을 움직였다면 조가대상회를 그들 가문과 동등하게 여긴다는 뜻.

창천밀위검의 단독 작전이란 남궁세가주 남궁수의 재가 없이는 결코 불가능한 것이었다.

비로소 제갈운은 조가대상회와 남궁세가 간의 탄탄한 유대를 실감할 수 있었다.

제갈운은 조휘가 이 모든 것을 예견한 것만으로도 놀라웠으나, 이처럼 상회에 위기가 닥칠 때마다 남궁의 봉공이라는 위치를 적재적소에 활용하니 더욱 기가 찼다.

문득 제갈운의 의문을 드러냈다.

"한데 이상하네요. 간부들의 불손한 조짐을 미리 발견했다면 곧바로 조치를 취했을 텐데 왜 일이 이 지경이 될 때까지 내버려 둔 거죠?"

제갈운이 지금까지 지켜본 조휘의 성정은 치밀하면서도 즉흥적이었으며 대범했다.

그런 화끈한 성정의 그가 불온한 움직임을 미리 파악했음에도 이를 사전에 차단하지 않은 점이 의문스러웠던 것이었다.

조휘가 음흉하게 웃는다.

"언제고 반드시 일어날 일이었죠."

사람의 욕망이란 대해(大海)와 같이 무한하고 부운(浮雲)처럼 변화무쌍한 법이다.

기업과 기업 간의 치열한 헤드 헌팅과 핵심 기술 빼돌리기, 서로 제 살을 깎아 먹는 공격적인 마케팅 등.

현대의 기업 간에도 물밑에서 엄청난 수 싸움이 일어난다.

중원이라는 세상 또한 문명의 수준 차이만 존재할 뿐 엄연히 '사람'들이 살아가는 곳.

조가대상회가 이룬 엄청난 부(富)에 탐욕을 드리우는 자가 생겨나지 않는다면 오히려 더 이상한 일일 것이다.

"하, 설마 일망타진(一網打盡)?"

그것은 한 세력의 종주로서 결코 쉽게 할 수 없는 결정이었다.

물론 불온한 자들이 모두 수면위로 드러날 때까지 기다렸다가 일거에 제압하는 방식은 이론상 가장 이상적인 전략일 것이다.

하지만 그동안의 피해는?

이를 수면 위로 드러낸다면 이제 모두 서로를 의심할 수밖에 없을 것이고, 간자의 빈자리를 채울 때까지 그 상황 또한 혼란스럽기 짝이 없을 터였다.

하지만 그 또한 조휘의 전략과 심계 안에 있었다.

"형님?"

"알았다."

마침내 그렇게 조휘의 안배가 드러났다.

남궁(南宮)의 검수들은 포양호에서 한량처럼 시간만 보낸 것이 아니었다.

남궁장호가 눈짓하자 그의 곁에 시립해 있던 창천검수가 이내 사라지더니 곧 한 무리의 사람들을 회의장 내부로 데려왔다.

그들은 모두 남궁세가의 담벼락 밖에서 살아가는 방계촌(傍系村)의 사람들.

남궁세가의 구성원들 모두가 무인은 아니었다.

마치 마을을 연상케 하는 거대한 세가를 운영하려면 수많은 잡일을 해 줄 인력이 필요했고 남궁은 이를 방계를 통해 해결하고 있었다.

한데 조휘가 그들 중에서 비범한 인물을 추려 내어 엄청난 월봉을 제안하며 꼬드긴 것이다.

물론 세가의 주류가 될 수도 있다는 달콤한 말과 함께.

"지난 시간 상단의 핵심 기밀을 모두 저분들께 전수해 놓았습니다. 인수인계 없이도 곧바로 현장에 투입이 가능하니 아마 생산에 차질이 생길 일은 없을 겁니다."

"네?"

"흑청수나 한빙주와 같은 저희 상회의 기본 레시피…… 아니 제조 비법들은 모두 제 머릿속에서 나온 겁니다. 물론 숙수의 숙련된 손재주만큼은 따라갈 수 없겠으나 제조 비법이라면 잃어버린 게 아니죠."

제갈운은 조가대상회가 합비를 먹어 치운 후에야 합류했

기 때문에 그 성장 과정을 자세히 몰랐다.

때문에 설마 조휘가 계열상들의 상품 개발에 모두 관여했다고는 생각지도 못한 것이다.

"아니 그게 가능해요?"

인간이 얼마나 천재라야 그런 일이 가능하단 말인가?

물론 한 인간의 천재적인 구상은 있을 수 있다.

하지만 그런 '구상'이 '상품'이 되는 것은 전혀 다른 차원의 문제였다. 한 사람의 역량이 그런 엄청난 종류의 상품들, 그 세세한 발명과 기법까지 모두 아우른다?

아니 미친, 도대체 그게 말이 되는 소린가?

자신의 상식으로는 도저히 이해가 되지 않는 일이었다.

무림맹주가 아무리 위대한 자라고 해도 모든 숙수들의 조리법을 알고 있거나 야장(冶匠)들의 정련법, 의원들의 의술을 꿰고 있는 것은 불가능한 법.

지금 조휘는 그런 것이 가능하다고 말하고 있는 것이다.

"하……."

결과론적으로는 조휘만 건재하다면 조가대상회는 그 어떤 타격을 입어도 다시 일어설 수 있다는 뜻.

다시금 괴물처럼 느껴지는 조휘였기에 제갈운의 머릿속이 또 한 번 새하얗게 타 버렸다.

그때, 모두가 기다렸던 소식이 날아들었다.

스스스슥

유령과도 같은 신법으로 회의장에 나타난 짙은 흑의(黑衣)의 검수. 그 얼굴에 청룡의 표식이 새겨진 가면을 쓰고 있어 더욱 신비로워 보였다.

청룡 가면의 검수. 남궁세가의 전설적인 창천밀위검수가 마침내 강호에 모습을 드러낸 것이다.

창천밀위검수는 남궁장호를 향해 쉴 새 없이 입술을 달싹이고 있었다.

그런 그의 전음입밀을 통해 모든 정황을 보고받은 남궁장호가 조휘를 쳐다봤다.

"여기서 모두 공개해도 되겠나?"

조휘가 좌중을 훑어 보여 씨익 웃었다.

"물론이지."

조가대상회의 간부들은 조휘의 날카로운 눈빛에 한결같이 모골이 송연해졌다.

마치 그것은 사람을 해부하는 듯한 눈빛.

"그들이 달려간 곳은 포양호 수변의 가장자리에 자리한 여가장이다."

"여가장(呂家莊)?"

조휘가 의문스런 눈으로 고개를 갸웃거렸다.

포양호 변의 장원들은 대부분 자신의 머릿속에 꿰고 있었으나 여가장은 도무지 금시초문인 곳이었기 때문이다.

"원래 여가장은 포양호의 물이 불어날 때면 수시로 잠기는 곳이라 폐장원이었다더군. 한데 얼마 전 약관의 한 소년이 그 곳을 사들였고 그 장원의 이름을 여가장이라 지었다고 한다."

"약관의 소년?"

"그래."

아무리 약관의 소년이라지만 세상 물정을 몰라도 그렇게 모를 수가 있나?

우기(雨期)에 수시로 물에 잠기는 장원을 사들이는 것은, 바보 천치가 아닌 이상 쉽게 할 수 있는 결정이 아니었다.

"일단 창천검수들이 그곳을 포위하고 있다. 혹시 그들에게 따로 전할 명이 있나?"

조휘가 나직이 고개를 가로저었다.

"아니, 남궁 형. 그냥 포위만."

조휘는 직접 움직여 그들을 확인하고 싶었다.

그 엄청난 월봉을 받고도, 그렇게 자신이 마음을 써 줬음에도, 왜 그런 배신을 할 수밖에 없었는지 반드시 그 이유를 알고 싶었다.

"직접 다녀올게."

"……직접이요?"

이제 조휘는 명색이 세력의 종주, 소검신이다.

그의 무력을 의심하는 바는 아니지만 매번 일이 생길 때마다 회장이 나서는 것은 그다지 좋은 일이 아니었다.

강호의 음모란 때때로 실로 음험하고 잔혹하기에, 아무리 그가 절대경의 고수라 할지라도 마냥 절대적인 안전을 보장할 순 없었다.

과거 팔무좌의 일인이었던 모산곡주 단용성이 그렇게 비명에 횡사하리라고 누가 예측할 수 있었는가?

제갈운이 입술을 깨물었다.

"소검주와 장 부장만이라도 데려가 주세요."

조휘가 남궁장호를 쳐다보며 고개를 가로저었다.

"남궁 형은 좀 그렇고. 차라리 염상록을 데려가도록 하죠."

"……이 새끼가?"

조휘의 두 눈이 가늘게 찢어진다.

"들고양이마냥 온통 사방에 포권하고 다니며 정파인의 체취를 뿌리고 다닐 것이 뻔한데 내가 왜? 그리고 어차피 남궁 형은 할 일이 따로 있잖아?"

그런 조휘의 주문에 남궁장호는 금세 얼굴을 굳혔다.

"……네가 해라."

"내가? 이번 일을 전적으로 맡겨 달랄 때는 언제고?"

"……."

남궁장호가 말없이 고개를 돌리며 회의장 바깥으로 나가버리자 조휘는 하는 수 없다는 듯 한숨을 푹 쉬었다.

"후……."

조휘의 음울한 눈이 다시금 좌중을 향하더니.

스르르릉.

철검을 빼어 들며 비스듬하게 날을 세운 조휘가 예의 음울해진 목소리로 입을 열었다.

"배신에 자비는 없습니다."

가늘게 떨리기 시작한 검극.

ㅊㅊㅊㅊㅊㅊ-

순간 조가객잔주 이욱의 오른팔 부근에서 칙칙한 검은 빛깔의 점 하나가 서서히 그 존재감을 드러내기 시작했다.

"아, 안 돼!"

조휘의 냉랭한 음성이 또다시 이어졌다.

"접선책으로 활동하셨죠. 회유도 하셨고요. 그럼 같이 꺼졌어야지 간도 크게 감히 이곳에 남아 있다? 그렇게 내통하면 얼마를 준다냐?"

점(點)은 이욱의 오른팔을 모조리 휘감아 한 줌의 핏물로 만들고 나서야 자신의 흔적을 지워 냈다.

후두두둑.

"으아아아아악!"

오른 어깻죽지를 붙잡고 침과 눈물로 범벅이 되어 있는 조가객잔주 이욱에게로 조휘의 무심한 두 눈이 향했다.

"여가장의 그 소년은 어떤 놈이지?"

조가객잔주 이욱(李旭)은 조가통운주 소팽심과 함께 조가대상회 내에서 가장 활동 범위가 넓은 자였다.

객잔과 통운이라는 사업의 특성상 활동 반경이 넓고 두루 미칠 수밖에 없었기 때문이다. 그런 측면에서 이욱은 간자(間者)로 영입하기에 최상의 인물일 터.

'음…….'

하지만 조휘는 끝끝내 이해할 수 없었다.

조가객잔주 이욱은 조휘가 가장 공들인 인물 중 다섯 손가락 안에 들 정도로 심혈을 기울인 자였다.

합비의 모화객잔주였던 그는 오랜 객잔 경영으로 잔뼈가 굵은 위인이었고 그런 그의 수완과 경험은 실로 대단한 것이었다.

때문에 조휘는 그 경력을 높이 사 금화 열 냥에 달하는 월봉을 그에게 제안했으며, 부가적으로 독립적인 사업권과 더불어 일정 수준 이상의 이익 실현 시 추가 배당금까지 약속한 마당이었다.

가장 화가 나는 것은 지난 흑천련과의 대전 당시 그의 딸이 크게 화상(火傷)을 입었었는데, 이에 조휘는 남궁장호를 치료했던 생사의문의 의원을 급파하여 그의 딸을 치료해 준 것이었다.

당시에는 다른 심각한 부상자도 널린 마당.

특히 외상이 심했던 한설현의 상세조차 뒤로하고 그에게 의원을 급파해 준 조휘로서는 이가 절로 꽉 깨물어질 수밖에 없었다.

"내가 정말 궁금해서 그래. 장사치에게 배신이란 더욱 높은 이익 실현을 보장받았다는 의미인데, 높은 월봉에 독립 사업권, 거기에 추가 배당금까지…… 과연 이 정도 이권을 포기할 정도의 뭔가가 존재할 수가 있나?"

송곳처럼 날카로운 조휘의 눈빛이 마치 자신을 해부할 듯 파고들자, 이욱은 온몸을 부르르 떨며 그대로 주저앉아 버렸다.

"회, 회장님……!"

이욱은 팔이 떨어져 나간 자리에서 연신 불에 달군 듯한 고통이 일어나 정신이 혼미할 정도였다.

하지만 그런 극심한 고통도 자신의 회장이 뿜어내는 엄청난 기도와 중압감과는 비교조차 할 수 없었다.

그도 그럴 것이 지금 조휘는 의념을 뿌려 대고 있었다.

무공을 익히지 않은 범부(凡夫)로서 절대경에 이른 자의 의념지도를 온몸으로 받아 낸다는 것은 도저히 필설로는 형용할 수 없을 정도의 고통인 것이다.

마치 뇌수가 터져 나갈 것만 같은 지극한 압력이 이욱을 파고들고 있었다.

조휘의 의념지도가 조금만 더 지속됐다가는 그야말로 정신 붕괴가 일어날 터.

"끄으으윽…… 제발 살려…… 주십시오……."

죽일 듯이 이욱을 노려보던 조휘가 오히려 더욱 의념을 확장했다.

"끄아아아아아악!"

붉게 충혈된 이욱의 안구(眼球)가 터질 듯 부풀어 올랐다.

그렇게 조휘가 이욱을 한계까지 몰아붙이자 결국 그의 머리가 바닥에 쿵 하고 처박히고 말았다.

간헐적으로 꿈틀거리는 이욱을 향해 다시 조휘의 냉랭한 음성이 날아들었다.

"아직도 말할 생각이 없으시다?"

이윽고 조휘의 검이 흐릿하게 흔들리더니 이욱의 왼팔 부근에서 또다시 칙칙한 빛깔의 점(點)이 현신하자.

"다! 다 말씀드리겠습니다!"

그제야 조휘는 의념공세를 풀었다.

하지만 그의 냉랭한 얼굴은 한 치의 흔들림도 없었다.

"말해."

이욱은 파리한 안색으로 겨우 몸을 추스르며 입을 열었다.

"크으으윽…… 호영장가의 장자 장무린과…… 제 여식의 혼사를…… 약조받았습니다……."

"호영장가(號永張家)? 장무린?"

호영장가라면 섬서의 유명한 학사 가문이며 대호족 집단이었다. 진사(進士)를 무수히 배출해 낸 전통의 명문가.

조휘의 눈썹이 일그러졌다.

"호영장가는 섬서의 관권(官權)을 송두리째 지배하고 있는 전통의 명문가. 천하의 고관대작을 무수히 배출한 그런 가문이 그 장자를 한낱 객잔주의 딸과 맺어 준다? 얼마나 바보 천치라야 그런 걸 믿을 수가 있지?"

이욱의 부들부들 떨리는 손이 자신의 품 안을 헤집었다.

이윽고 그가 꺼낸 것은 한 통의 서찰.

그가 서찰을 펼치자 한눈에 봐도 고명한 필체가 조휘의 두 눈에 그득 들어왔다.

"음?"

읽어 보니 과연 혼담이 오고 가는 서찰.

더욱이 선명히 찍혀 있는 호영장가의 가인(家印)?

'진짜라고……?'

만상조 어르신의 고명한 필체를 무수히 접해 본 조휘의 안목 역시 남다른 것이었다.

때문에 서찰의 필체 속에 담겨 있는 고명한 학식과 덕(德), 넉넉한 인품을 고스란히 느낄 수 있었다.

저런 필체는 감히 아무나 흉내 낼 수 없는 종류.

그 말은 저 서찰이 틀림없는 진본(眞本)이라는 뜻이다.

도무지 말이 될 수가 없었다.

이 중원은 철저하게 실력과 위상, 명망과 계급이 지배하는 세상이었다.

조휘는 돈만 밝히는 상인을 저열하다며 손가락질하는 학사와 무인들을 수도 없이 보아 왔다.

그중에서도 가장 높은 명망을 구가하고 있는 학사의 가문이 객잔주의 딸과 장자를 맺어 준다?

중원의 풍토에서는 결코 일어날 수 없는 일이었다.

"이게 그 '여가장의 소년'이라는 놈의 수완이다?"

"저로서도…… 한 번도 얼굴은 보지 못했습니다만……."

"음."

고관대작의 권세란 단순히 은자로 가늠할 수 있는 것이 아니다. 한낱 객잔주에 불과한 그에게 전통의 명문가와 혼사를 약조했으니 과연 눈이 뒤집힐 만했다.

한데 이욱에게 이 정도를 줬다면 다른 이들에게는?

그제야 조휘는 상대의 수완이 보통이 아님을 직감했다.

조휘의 침잠한 두 눈이 제갈운을 응시했다.

"이자를 안가에 가두시죠. 그리고 상회의 모든 행사를 그대에게 일임하겠습니다. 대체 간부들을 잘 활용한다면 운영에 큰 무리는 없을 겁니다."

회장이 직접 움직이는 것에 불만이 많았으나, 조휘는 말린다고 말려질 위인이 아니었다.

"부디 조심하세요."

조휘가 그제야 여유로운 웃음을 되찾았다.

"걱정 고맙습니다."

◆ ◈ ◆

포양호의 끝자락.

길게 이어진 양천포구의 어귀를 돌아 관도가 끊어질 무렵에 허름한 장원 하나가 서 있었다.

매년 우기 때마다 물에 잠겼다가 나타나기를 반복하는 터라 그야말로 폐장원.

염상록은 신이 난 얼굴로 그런 여가장을 응시하고 있었다.

이렇게 현장을 뛰는 것은 그에게도 오랜만의 일.

"고수는 없어 보이는데?"

장일룡도 그의 의견에 동조를 보탰다.

"이놈 말대로유. 묵은 때를 벗기고 말끔하게 단장한 태가 느껴지는 것 외에는 그다지 특이한 점이 느껴지진 않수."

당당히 무림의 세력이 된 조가대상회의 간부들을 빼내 갔으면서 장원을 지키는 호위(護衛) 하나 없다?

그런 어처구니없는 광경에 조휘는 어이가 달아날 지경이었다.

조휘는 솟구치는 궁금증을 참을 수 없었다.

"가자."

조휘가 먼저 걸어 앞서 나가자 장일룡과 염상록도 그 뒤를 따랐다.

그렇게 여가장의 장원에 도착한 조휘가 장원의 문고리를 잡고 탁탁 쳤다.

그러자 금세 장원의 문이 삐걱거리며 열렸다. 몇 번 더 열고 닫혔다간 그야말로 부서질 것만 같은 문이었다.

"조가대상회의 영웅들이시군요!"

조휘 일행을 맞이한 것은 귀여운 양 볼이 터질 것만 같은 작은 체구의 소동(小童).

하지만 그 맑은 안광으로 인해 누가 봐도 총기가 남달라 보이는 아이였다.

소동이 정중한 예법으로 포권했다.

"헤헤, 저는 여소강(呂小江)이라고 합니다. 소검신(小劍神)께서는 저희 장주님을 뵈러 오셨죠?"

마치 자신을 기다렸다는 듯이 구는 여소강의 행동에 조휘는 더욱 혼란스러운 얼굴이 되었다.

"음…… 그렇다."

"헤헤, 어서 안으로 드시지요. 장주님께서 기다리고 계세요!"

"기다렸다?"

조가대상회를 송두리째 뒤집어 놓았으면서 이런 태평한 환대라니! 참으로 어이가 없는 상황임은 분명했으나 호기심이 더욱 치미는 조휘였다.

"예! 많이 기다리셨죠! 장주님께서는 이미 두 시진 전부터 차를 달이고 계시답니다!"

"……."

태평하게 차를 달이며 기다리고 있었다니.

결국 조휘는 도저히 치미는 호기심을 참지 못하며 다시 발길을 옮겼다.

이에 허름한 장원의 내부가 조휘의 눈에 들어왔다.

사람들을 동원해 묵은 때를 벗기지 않았더라면 그야말로 장원이라 부르기도 힘들 지경이었다.

그렇게 조휘가 소동 여소강의 안내를 받아 장원의 후원에 다다랐을 무렵.

"음?"

조휘가 발견한 자는 놀랍게도 여인이었다.

고아한 얼굴, 여릿한 섬섬옥수로 연신 화로에 부채질을 하고 있는 여인.

곧 그녀가 이마에 맺힌 땀을 닦으며 조휘를 향해 활짝 웃었다.

"소검신(小劍神)의 위명이 천하를 떨친다지만 선불리 믿지 않았어요. 하지만 그런 제 안목이 틀렸다는 것을 인정할 수밖에 없네요."

갑작스러운 칭찬에 낯이 뜨거울 만도 했지만 조휘는 냉랭한 안색을 결코 풀지 않았다.

"묻겠다."

조휘의 자연스러운 하대.

그것은 상회의 회장이라는 직을 떠나 강호의 세력을 이끄는 종주로서의 위엄이었다.

하지만 그녀는 오히려 싱긋 웃으며 고운 입술을 달싹였다.

"말씀하세요."

"왜지?"

"무엇을 말씀하시는지요?"

마치 상대를 해부할 듯한 조휘의 시선이 끈질기게 그녀를 향하고 있었다.

"본 상회의 기밀을 탐냈다면 이번 일은 가장 멍청한 짓. 분명 좀 더 참았어야 했다. 간자를 확보했다면 암암리에 기술을 빼돌리고 서서히 상회를 잠식했어야지. 한데 일거에 사람들을 빼 간다? 내가 곧바로 행동할 것이 뻔한데?"

"……."

"본 상회의 충직한 간부들을 포섭할 정도의 수완을 지닌 자들치고는 지나치게 허술하지 않나? 도대체 그 이유가 뭐지?"

그녀는 여전히 싱긋 웃을 따름이었다.

"일단 기본 전제부터가 틀렸군요."

"기본 전제?"

"네 그래요. 저희는 단 한 번도 조가대상회의 기밀을 탐낸 적이 없는데 탐냈다고 말씀하시니 당황스러울 수밖에요."

아니 미친.

조가대상회의 핵심 기술자들만 모조리 빼내 갔으면서 기밀을 확보하고자 한 것이 아니다?

"이 소검신을 바보로 보는 것인가?"

"정말이에요. 그런 생각을 한 적은 단 한 번도 없었어요."

이에 조휘가 짜증으로 얼굴을 구겼다.

"그럼 왜? 왜 핵심 기술자들만 모조리 포섭한 것이지?"

조휘의 질문에 그녀의 얼굴이 더욱 화사하게 피어났다.

한설현을 접하지 않았더라면 더없이 아찔하게 느껴질 미모임은 분명했다.

"그렇지 않았다면 이 여연화(呂蓮花)가 소검신과의 독대를 언감생심 꿈이나 꿀 수 있었겠어요?"

그런 여영화의 대답에 조휘가 어처구니가 없다는 듯 웃고 말았다.

"단지 날 만나기 위해 그런 짓을 벌였다고?"

"만나기 때문만은 아니지만 근본적인 이유는 그래요."

조가대상회의 회장을 한 번 보고 싶다는 이유로 벌인 일이라고는 스케일이 너무 크지 않나?

조휘가 여연화 앞에 털썩 앉았다.

"그래, 어디 말해 봐. 하지만 너희는 후환을 너무 경시 여겼다. 나를 납득시키지 못한다면 여가장은 포양호에서 지워질 것이다."

"차부터 드세요. 저희가 준비한 극상(極上)의 차이니 꼭 마음에 드실 거예요."

하지만 조휘는 그녀가 건넨 차에 시선조차 주지 않았다.

"허튼수작 부리지 말고 용건이나 말해. 기밀을 빼내 가고자 하는 것이 아니라면 인질? 협상인가?"

여연화의 시선이 문득 소동 여소강을 향했다.

"그럼 지금부터는 소강과 대화하세요."

"소강?"

가득 눈살을 찌푸리는 조휘.

조휘가 그녀의 시선을 좇아 여소강을 바라보자, 여소강이 천천히 걸어와 맞은편의 자리에 앉았다.

"헤헤, 누님도 참. 이렇게 빨리 일을 서두르시면 어떡해요."

조휘가 한껏 의문스러운 얼굴을 하자 여소강은 무엇이 그리 즐거운지 연신 히죽거렸다.

"사실은 내가 장주요."

단지 한마디에 불과했으나 조휘는 내심 가슴 한구석이 서늘해지는 감각을 느껴야만 했다.

한데 여가장의 장주는 약관이라고 하지 않았나?

이 소동은 많이 보아야 십이삼 세에 불과해 보였다.

"일단 차부터 드시죠."

노기가 치민 조휘가 소동이 건네는 차를 뿌리치려는 그때.

"이 새끼들이 장난도 유분수지 감히 이 소검신에게…… 어?"

차의 향.

그 익숙하고 그리운 냄새에, 조휘의 전신이 벼락에 관통당한 듯 부르르 떨리기 시작했다.

"커…… 커피?"

틀림없다. 이건 틀림없는 커피 향이다.

"이제 대화할 마음이 생기시나?"

씨익.

소동 여소강의 눈빛은 마치 세상을 잡아먹을 자의 그것이었다.

50 章.

50 章.

충격과 전율로 굳어 버린 조휘.

단언컨대 그는 중원이라는 세계에 떨어진 이후 가장 놀라고 있었다.

"도대체 어떻게……."

약재나 정력제로 여겨지던 커피가 대중적으로 전파되기 시작한 것은 옛 이슬람 사원들에 의해서였다.

머리가 맑아지고 상쾌해지며 또 졸음을 방지해 주기 때문에 정신 수양에 많은 도움이 되었기 때문이다.

그렇게 전파되기 시작한 커피는 이후 전략 물자로 여겨져 이슬람 세력권의 강력한 통제를 받는 작물이 되었다.

십자군 전쟁 시 유럽인들이 이슬람 문명과 대전쟁을 치르고 나서야 비로소 커피가 인류 문명사의 전면에 등장하기 시작한 것이다.

한데 아직 이 중원에서는 존재조차 모르고 있을 그런 커피가 지금 여가장에 나타난 터.

조휘는 지금의 상황이 의미하는 바를 결코 모르지 않았다.

"……신좌의 추종자들이군."

고대 현대인으로 추정되는 신좌(神座).

그를 통하지 않고서야 커피는 결코 지금의 중원 문명에 나타날 수 없었다.

한데 여소강의 반응이 의외였다.

"신좌? 추종자? 그게 뭐죠?"

순간, 의문으로 가득 찌푸려지는 조휘의 얼굴.

과거 검신 어른에 의해 죽음을 맞이했던 신좌의 추종자 은봉령주는, 단지 '신좌'라는 단어가 언급된 것만으로도 바닥에 오체투지하며 전율했었다.

그만큼 그들에게 신좌라는 이름은 신성(神聖)시 되는 터.

한데 여소강은 신좌를 언급했음에도 꿈쩍도 하지 않음을 넘어 정말 아무것도 모르겠다는 얼굴을 하고 있었다.

"신좌의 추종자가 아니다?"

조휘의 물음에 여소강은 더욱 천진하게 웃었다.

"신좌라니? 도무지 금시초문이군. 강호에 당신 이외에 새로운 신(神)이 출현하기라도 했나?"

또다시 가득 인상을 구기며 입을 여는 조휘.

"반말을 할 거면 쭉 하든가 이 새끼야."

가만, 이거 어디서 많이 듣던 멘트인데…….

-이제는 네 녀석이 흑천대살 같구나 하하!

그런 조조의 이죽거림이 조휘의 머릿속에 울려 퍼질 무렵, 그의 곁에 서 있던 장일룡이 혀를 내두르며 입을 열고 있었다.

"흡사 형님의 언변을 대하는 것 같수. 보통 놈이 아니외다."

조휘의 두 눈이 진득하게 빛났다.

어쩐지 묘하게 기시감이 든다 했더니 놈의 말투는 분명 흑천련 간부들과 정파 명숙들의 속을 뒤집어 놓던 자신의 모습과 닮아 있었다.

장일룡의 말대로 결코 호락호락한 놈이 아닌 것이다.

한데 그런 여소강의 어투는 수하나 시비를 오랫동안 다뤄본 듯한 자연스러운 하대.

이에 조휘는 그의 출신을 유추할 수 있었다.

"무공을 익히지 않을 것을 보면 강호의 세가는 아닐 테고…… 호족(豪族)이로군."

여소강이 씨익 웃었다.

"너무 의심이 없으시네. 내가 여(呂)가가 아니라면?"

"귀족이 아니라 황족이다?"

"음. 그건 너무 멀리 갔고."

조휘가 건네받은 커피를 홀짝 들이켜 마시다 다시금 놀란 얼굴을 했다.

"……설탕까지?"

분명 이 달달함은 조청이나 꿀의 그것이 아니라 설탕의 맛이다.

조휘의 얼굴이 이제는 당혹감을 넘어 경악으로 얼룩져 있었다.

설탕의 생산은 조휘에게 있어서 그야말로 일생일대의 숙원!

사탕수수의 공급은 어찌 해결한다고 해도 설탕을 제조하는 기술은 대체 어떻게?

그것도 아니라면 설마 천축에서의 직수입?

설탕의 제조 기술을 확보하는 것도 천축과의 직거래를 트는 것도 어느 하나 만만하지 않았다.

강호를 진동하는 대상회의 주인이 된 자신조차 아직 엄두도 못 내고 있는 판국이거늘!

아직 조가대상회는 성(省) 단위에서 노는 상단이었다.

황실의 비호를 받고 있는 초거대 상단, 즉 천화상단이나 만금상단 정도나 되어야 천축과 교역을 시도해 볼 수 있을 터.

그렇다면 이 눈앞의 소년이 중원제일의 칭호를 다투는 초거대 상단과 관련이 있단 말인가?

"커피와 설탕을 내게 보여 주는 저의가 무엇이지?"

"크피? 설탕? 설마 대향차(大香茶)와 돌꿀(石蜜)을 말하는 건가."

"대향차?"

커피의 향은 중원의 다향보다 더욱 특별하고 기이하며 진하다.

중원인들로서는 그런 커피의 향을 과연 대향(大香)이라 부를 만한 것이다.

"설탕, 아니 돌꿀은 그렇다 치고 도대체 그 대향차라는 것을 어떻게 알며…… 또 어디서 구한 거지?"

여소강이 또다시 이죽거린다.

"뭔가 착각하는 것 같은데. 갑(甲)은 이쪽인데."

"뭐라?"

"아니 절수(絶手:기술자)들을 다 빼앗긴 마당인데 이제 그쪽 상회는 장사가 힘들지 않나?"

인질을 담보로 삼아 대화의 주도권을 계속 거머쥐시겠다?

조휘가 피식 웃었다.

"나에 대한 파악은 또 미진한가 보군."

그 말을 끝으로 그대로 조휘가 발길을 돌려 장원 밖으로 향했다.

저런 의뭉스럽고 요사스러운 입담만 늘어놓는 놈은 절대로 사절이다.

어찌 보면 실로 까다로운 유형의 인간이었으나 생각을 달리하면 가장 쉽게 상대할 수 있는 유형이기도 했다.

그 입담에 휘말리지만 않으면 되는 것이다.

한데 상대는 그런 조휘의 판단을 뛰어넘고 있었다.

"뭐 당신이 그렇게 나온다면야 그것도 나름대로 괜찮지. 나야 조가대상회의 고명한 절수들을 이만큼이나 확보한 마당인데. 어쨌든 잘 쓸게."

다른 모든 말은 다 괜찮았다.

하지만 '잘 쓸게'.

그 한마디가 조휘의 가슴에 불을 지르고 말았다.

"말로 해선 안 될 놈이로군."

스르릉-

조휘는 힘이 전제되지 않는 만용이 얼마나 위험한 것인지 놈에게 보여 줄 작정이었다.

자신 역시 무공 한 자락 없었을 무렵에는 얼마나 비굴해야만 했던가.

한데 그렇게 소검신의 허리춤에서 검(劍)이 뽑아졌음에도 도무지 겁이라고는 모르는 이 여소강 놈은 오히려 더 익살스럽게 웃고 있었다.

"아아, 이래서 내가 재밌어 한다니까? 중원의 상계에서 당신은 정말 기이한 위치의 인사야."

조휘의 미간이 또다시 가득 구겨질 무렵.

"강호와 상계를 동시에 석권한 인간은 중원의 모든 역사를 통틀어도 존재하지 않아. 아 물론 아직은 그 대단한 소검신의 위명에 비해 상계 쪽은 많이 미진하니 앞으로 분발해야 되겠지만."

"……뭐라고?"

조가대상회는 그 영향력이 안휘와 강서 전체를 아울렀으며 이제는 장강 이북의 무림맹 영역 전체로 뻗어 나가기 시작한 마당이었다.

하여 세간에서는 그런 조가대상회를 천화상단, 만금상단과 더불어 중원 삼대 상단이라 꼽기를 주저하지 않거늘……

뭐? 분발? 그 터무니없는 입담이 가히 기가 찰 노릇이다.

그렇게 조휘가 가타부타 말없이 의념지기를 일으켰을 때.

스스스스스-

시커먼 잠행의로 몸을 감싼 무사가 그야말로 하늘에서 뚝 떨어졌다.

조휘가 어처구니가 없다는 듯 무사가 나타난 허공을 쳐다보았다.

아무것도 없었다. 그저 허공에서 나타난 것이다.

그로 인해 조휘의 등줄기에서 전율이 일어났다.

공(空)을 깨우치고 이를 자유자재로 구사한다는 것은 의념지도 말고는 설명이 되지 않았기 때문이다.

조휘의 황망한 시선이 이내 흑의무사에게 향했다.

"무혼……?"

허나 얼굴까지 온통 시커먼 천으로 감싼 그 사내는 아무런 대답 없이 무심한 눈을 빛낼 뿐이었다.

아니 무슨 절대경이 뉘 집 개 이름도 아니고 이리도 허구한 날 툭 하고 튀어나오나?

이 몸이 절대경을 부르는 꽃이라도 된단 말인가?

"하하, 당신은 정말 신인(神人)인 듯하면서도 한편으로는 어리석군. 설마하니 조가대상회의 소검신을 상대하면서도 아무런 무력(武力)을 대비하지 않았다고 여기다니."

흑의무사는 그 특유의 복식으로 인해 나이도 출신 문파도 추측할 수 없었다.

혹시나 하여 조휘는 무혼의 종류를 살피기 위해 그가 내뿜는 의념의 결을 살폈으나 그 어떤 문파의 색체도 느끼지 못했다.

남궁의 제왕, 화산의 암향과는 완전히 결이 다른 무혼.

더욱이 자신의 감각권에조차 감지되지 않을 정도로 무혼을 갈무리할 수 있다?

이 말은 그가 지닌 무혼이 최소 무극의 경지 이상이라는 뜻이었다.

이런 칠무좌 상위권 수준의 절대경 고수를 휘하에 두고 수족처럼 호위로 부린다니!

조휘가 검을 거두고 도저히 주체할 수 없는 궁금증을 토로했다.

"절대경을 한낱 호위로 부려? 강호에 너 같은 놈이 있었나? 대체 넌 누구지?"

여소강이 희미하게 웃으며 앉아 있던 몸을 일으켰다.

"아아, 이제 다시 말로 하는 대화인가. 몸의 대화를 하자는 줄 알고 한껏 기대했더니 실망이네."

그렇게 싱긋 웃던 여소강이 품을 뒤져 뭔가를 빼내더니 조휘의 발밑을 향해 툭 하고 던져 놓았다.

그것은 기이한 모양의 패(牌).

보는 것만으로도 소름이 돋을 만큼 일그러진 악마의 탈이 조각되어 있었다.

그런 귀면상(鬼面相)의 중심에는 '비(秘)'라는 글귀가 선명히 양각되어 더욱 신비감을 자아냈다.

"우리가 비공패를 강호에 드러내는 건 꽤 오랜만이야. 이건 정말 영광이라구."

"……비공패(秘公牌)? 혹시 비공일맥?"

"뭐? 비공일맥을 안다고?"

이번에는 여소강이 두 눈을 찢어질 듯 부릅뜨고 있었다.

지하상계의 지배자이며 중원 암상(暗商)들을 대표하는 그 이름은, 실체를 아는 자가 거의 없을 정도로 은막의 이름이었다.

일부 황족과 귀족들, 절대자급 종주들 등 비공일맥의 오랜 역사를 아는 자들은 그야말로 극소수.

비록 조휘가 절대경이며 세력의 종주로 올랐으나 이제 막 떠오르는 신흥 세력의 수장으로서는 결코 알 수 없는, 아니 알아서는 안 될 이름이었다.

조휘가 씨익 웃었다.

"호오, 비공일맥이라…… 그렇다면 회유겠군."

"……."

처음으로 상대가 자신의 진의를 파악하자 여소강의 얼굴이 딱딱하게 굳어졌다.

조휘와 마찬가지로 여소강 역시 상대에게 감정이나 의도를 읽히는 것을 가장 싫어하는 부류.

"그래 맞아. 당신은 중원의 상계를 꽤나 어지럽혔거든. 위험한 행동을 너무 많이 한 거야."

"흐음."

조휘의 심드렁한 반응에 어느새 한가득 입술을 깨물기 시작한 여소강.

"허투루 여기지 마. 이건 진짜 장난이 아니라고. 중원 암상들 전체가 당신을 주목하기 시작했어. 지금까지 중원의 시장을 교란했던 자가 당신 하나뿐이겠어? 비공일맥의 눈 밖에 벗어난다는 건 꽤 위험한 일이니 판단을 잘해야 할 거야."

"그래서 결국 날 죽이기는 아깝고 비공일맥의 휘하로 들어와라?"

조휘가 연신 히죽거리자 여소강의 두 주먹이 꽉 쥐어졌다.

"명심해. 거부하면 조가대상회는 이 중원에서 끝나. 이번 일은 그 본보기에 불과하지."

쥐도 새도 모르게 조가대상회의 모든 기술자들을 빼돌렸다.

이만하면 암흑상계의 절대 지배 집단인 비공일맥의 실력을 똑똑히 깨달았을 터인데 저런 여유를?

강호라는 세상에 무림맹, 천마신교가 있다면 암흑상계는

비공일맥이 일통한 세상.

비공일맥의 진정한 힘을 아는 자들은 그 경외심이 대단했다.

암중으로 천하를 조종하는 은밀한 손, 천하의 숨은 주인, 진정한 종주…….

모르면 몰라도 비공일맥을 언급했다면 분명 이와 같은 사실을 알고 있을 터. 당연히 여소강은 조휘의 저런 여유를 도무지 이해할 수 없는 것이었다.

한편 조휘는 모든 안개가 걷힌 기분으로 한껏 홀가분하게 조가의 존자 어르신들을 불렀다.

'똑똑, 헤헤! 맹덕 어른 계십니까?'

조조는 조휘가 무슨 말을 할지 너무도 잘 알고 있었다.

-잠시 기다려라.

무림이라는 세상에 갓 떨어졌을 무렵, 조휘는 조조 어른과 한 가지 계약을 했다.

다름 아닌 사마(司馬)를 징치하는 대가로 조가 존자들의 무한한 협력을 약속받은 것.

그런 존자들 중에서는 그 옛날 암흑상계의 전설적인 인물로 추앙받았던 신적인 존재가 있었으니.

-강아(鋼兒)야.

-허허…….

신비의 이름, 비공(秘公)이라 불렸으며 그 옛날 암흑상계를 지배했던 절대자이자 비공일맥의 진정한 조사(祖師)인 조강(曹鋼)이 마침내 역사의 전면에 다시 등장한 것이다.

화아아아아악!

이윽고 조휘의 몸에 현신한 조강이 마치 강아지를 보듯 흐뭇하게 웃으며 여소강을 응시하고 있었다.

조휘의 육체에 현신한 조강.

그런 그가 따뜻한 눈빛, 자애로운 태를 만면에 그득 머금으며 함지박만 하게 웃고 있었다.

"홍련의 무리들은 어떻게 되었느냐?"

홍련일맥(紅蓮一脈).

비공일맥과 더불어 지난 오백 년간 지하의 암흑상계를 다툰 절대상인 집단이었다.

조강이 그런 홍련을 언급하자 여소강은 더 이상 놀랄 힘도 없어 보였다.

이것으로 확실해졌다.

이자는 암상(暗商)들의 세상마저 파악하고 있는 대상인이다.

상인이라면 어렴풋하게 암상들의 존재를 인지할 수는 있겠으나, 비공과 홍련이라는 세력을 정확하게 알고 있다는 것은 차원이 다른 문제였다.

역사상 암상의 실체가 외부로 드러난 적은 없었다.

이제는 그를 포섭하지 못하면 반드시 제거해야 하는 것이다.

"당신, 이제는 돌아올 수 없는 다리를 건넜어."

허나 조강은 만연한 미소를 풀지 않으며 다시 예의 부드러운 음성을 이어 갔다.

"고관대작의 장자에 대한 혼사를 제멋대로 결정할 정도라면 홍련일맥이 차지하고 있던 황가(皇家)를 우리가 접수한 것이렷다?"

이들은 한낱 상회의 객잔주에게 호영장가의 장자와 혼사를 약조해 주었다.

비공일맥은 지하상계를 지배하는 절대자들.

약속과 신뢰를 천금같이 여기는 암상의 특성상, 그들은 결코 빈말이나 늘어놓는 위인들이 아니었다.

"하……."

여소강의 얼굴은 더욱 당혹스러운 빛으로 물들어 있었다.

갑작스럽게 바뀐 말투도 그렇고, 마치 지하상계의 일을 모두 알고 있는 듯한 저 괴이한 언행은 또 뭐란 말인가?

게다가 뭐? '우리'라고?

감히 본인을 지하상계의 절대자들과 같은 상인이라며 동일시 여기고 있단 말인가?

"이보세요 소검신. 당신이 아무리 세력의 종주라 해도 더 이상 날 자극했다가는 그 조가대상회가 강호에서 없어질 수도 있어. 계속 이렇게 나오다가는……."

"너는 여 매…… 아니 여막희(呂莫禧)의 후손이더냐? 나머지 칠비(七秘)는 어찌 되었느냐? 응천계와 부사평, 위영정과 사우강도 일가(一家)를 이루었느냐?"

"뭐, 뭐, 뭐라고!"

여소강은 하마터면 주저앉을 뻔했다.

도대체 어떻게 저 입에서 비공일맥의 사조들이 줄줄 새어 나올 수가 있는 거지?

이어 그가 전에 없는 심각한 표정으로 조강을 바라보았다.

"다, 당신 도대체 정체가 뭐야?"

조강은 가타부타 말없이 예의 흐뭇한 웃음만 짓고 있을 뿐이었다.

진정 이 여소강이라는 아이가 여 매의 후손이라면 자신의 한없는 자애를 받을 만했느니.

이어 조강의 입에서 부드러운 노랫말이 흘러나온다.

일곱 무지개가 비공과 어울리니(七虹相秘世樂).

어둠도 배고픔도 모두 물러가고 끝내 우리네 천하이더라(解消餓暗 秘公平天下).

덜덜덜.

조강의 노랫소리를 듣자마자 여소강은 온몸이 떨릴 수밖에 없었다.

저 노래는 비공 조사로부터 오롯이 전해 내려오는 비공일맥의 은밀한 음어(陰語).

비공일맥 내 칠대종가 일원들과 주요 암상들이 아니라면

결코 알 수 없는 노랫말이었다.

"도, 도대체 누구십니까?"

비공일맥의 음어인 칠홍가(七虹歌)를 아는 자라면 이는 반드시 비공일맥의 사람이라는 뜻.

여소강의 입에서 지극한 존대가 튀어나올 수밖에 없는 것이다.

비공은 철저한 점조직으로 운영되고 있는 암상집단.

먼저 정체를 드러내는 경우가 아니라면 서로를 모르는 경우가 허다했다.

"비공일맥에 속한 자가 서로의 위계를 불문에 부치는 것을 잊어버렸단 말이냐?"

"아, 아닙니다. 죄송합니다……."

말꼬리를 흩트리면서도 연신 의문의 눈초리를 거두지 못하고 있는 여소강.

조강은 다시금 질문을 처음으로 되돌렸다.

"다시 묻겠느니 홍련일맥은 어찌 되었느냐?"

여소강은 더욱 당혹스러운 얼굴이었다.

비공에 밀려나 역사의 뒤안길로 사라진 홍련을 왜 자꾸만 궁금해하는 거지?

비공의 일원은 홍련이 멸망했다는 사실을 모를 수가 없는 것이다.

하지만 어쨌든 칠홍가를 부른 자.

참을 수 없는 의문들이 온 머리를 헤집고 다녔지만 끝내 여소강은 이를 깨물었다.

"이미 이백 년 전에 홍련은 그 자취를 감추었습니다. 한데 비공의 암상이시라면 어찌 이를 모르시는지……."

"허허……."

그 강성했던 홍련일맥이 끝내 멸망했단 말인가.

홍련은 명백했던 악(惡).

자신이 끝내 해결하지 못한 일을 후손들이 말끔히 이뤄 냈으니 그 대견함과 뿌듯함을 이루 말로 표현할 수 없었다.

"실로 장하다. 정말 잘하였다."

그렇게 기꺼운 마음을 한껏 드러내던 조강이었지만 금세 그는 결연하고 진중한 얼굴이 되었다.

"대향차라는 귀물을 어떻게 구했느냐. 그리고 그것을 왜 내게 보여 준 것이냐."

후손들이 장한 것은 잠시.

조휘가 살던 세상, 그 현대 문명의 유산이 어찌 후손들에 손에 닿아 있는지 한시라도 빨리 밝혀야 했다.

그것은 조휘도, 영계의 모든 존자들도 궁금한 것이었다.

여소강은 황망해하며 의문의 얼굴을 했다.

"저는 암상들의 오롯한 명령을 그대로 이행하는 암행수(暗行手). 암행수에게 상부의 밀명을 고하라는 것은 죽으라는 말과 같습니다. 암상이시라면 누구보다도 그런 사실을 잘 아실 텐데 어찌 저를 죽으라 하십니까?"

"으음……."

조강의 표정이 더욱 딱딱하게 굳었다.

분명 그것은 자신이 정한 비공의 율법.

문득 조강의 시선이 여소강의 곁에 시립해 있는 흑의무사를 향했다.

"암혼밀령(暗魂密靈)의 호위를 받는다는 것은 네가 당대 비공의 명을 수행하고 있다는 뜻. 내 그를 만날 것이다."

상대의 입에서 암혼밀령이라는 위계가 언급되는 순간 흑의무사의 동공이 급격하게 흔들렸다.

비공의 중추적인 암상들 중에서도 암혼밀령의 위계를 아는 자들은 극소수.

오로지 비공일맥의 지배자인 비공(秘公)과 그 최측근들 외에는 아는 자가 없는 것이다.

그리고 그자들은 모두 자신과 안면이 있는 마당.

한데 눈앞의 존재는 결코 자신이 아는 자가 아니었다.

암혼밀령에게서 추측할 수 없을 만큼 강대한 살기가 일어났다.

"누구요 당신은."

조강의 의미심장한 얼굴이 암혼밀령을 향했다.

"너희 암혼일파는 다시 살막(殺幕)의 비천했던 삶으로 되돌아가고 싶은 것이냐?"

암혼밀령의 두 눈이 찢어질 듯 부릅떠졌다.

"뭐, 뭐라?"

비공일맥을 호위하는 암혼일파는 사실 그 연원을 올라가면 강호의 살수집단이었던 살막을 시초로 하고 있었다.

허나 그것은 오직 초대 비공과 살막과의 비밀로, 암혼일파가 최초에 칠비(七秘)라 불렸던 칠대종가의 명을 따르지 않는 것은 바로 그 때문이었다.

오직 비공의 명만을 따르는 암혼일파.

그런 암혼일파가 여소강을 호위하고 있다는 것은 이 모든 일의 배후가 당대의 비공이라는 뜻이었다.

"돌아가서 당대의 비공에게 전하거라."

"무슨……?"

조강의 전신에서 추측할 수 없는 기이한 기도가 흘러나오기 시작했다.

"비공암계 여일락(秘公暗計 餘日落)."

당혹해하고 있는 암혼밀령을 향해 조강이 선언하듯 다시 입을 열었다.

"이 말을 전하면 당대의 비공은 버선발로 내게 찾아올 것이다."

암혼밀령은 이번 일이 전에 없이 중대한 사안임을 본능적으로 직감했다.

"알겠소. 그리하리다."

스스스스스스-

암혼밀령이 그렇게 유령처럼 스산하게 사라져 버리자.

"아, 아니 이봐요! 어디 가!"

저 위풍당당한 소검신에 맞설 수 있는 유일한 자가 뜬금없이 사라져 버렸으니 여소강으로서는 실로 난감할 노릇이었다.

어처구니가 없다는 듯한 여소강의 얼굴이 다시 조강을 향했다.

자신으로서도 암혼밀령이라는 위계를 방금 전 처음 접했다.

도대체 뭐 이런 인간이?

게다가 그런 암혼밀령을 말 한마디로 사라지게 만드는 건 또 무슨 경우인가?

온갖 의문의 실타래가 머릿속에서 얽히고설켜 그런 복잡한 심경을 도무지 가누지 못하고 있을 때 다시 조강의 음성이 그에게 날아들었다.

"너도 돌아가서 내 말을 가문에 전하거라. 진정 여가(呂家)라면 그 가주가 직접 내게 올 것이다."

여소강은 하는 수 없이 묵묵히 고개를 끄덕일 수밖에 없었다.

"……알겠습니다."

그런 조강을 향해 장일룡이 조심스럽게 다가와 그의 어깨를 툭툭 쳤다.

"저기…… 형님이 맞수……?"

화아아아악!

조강이 물러가고 다시금 육체를 되찾은 조휘가 멀겋게 웃었다.

"그럼 누구냐?"

"……."

장일룡과 염상록이 하염없이 멍하게 조휘를 바라보고 있었다.

◆ ◈ ◆

웅성웅성.

조가대상회의 수많은 직원들이 일견 불안한 눈빛으로 총단의 정문을 응시하고 있었다.

다름 아닌 자신들의 회장인 조휘가 실종됐던 주요 간부들을 모두 데리고 나타난 것.

그들이 간자라는 소문이 왕왕 들려오는 마당이라 직원들의 동요는 꽤나 심각했다.

선두의 조휘 회장을 따라 힘없이 걷고 있는 간부들은 하나같이 그 얼굴에 두려움이 가득 드러나 있었다.

자신들의 회장은 상벌(賞罰)이 엄격한 사람이었다.

공을 세울 때면 어마어마한 포상을 하사했지만 반면 일을 그르치거나 특히 배신자에게 있어서만큼은 지독한 처결을 하기로 유명했던 것.

합비에서 몇몇 간부들이 조가대상회에서 배운 기술로 독립하려 했을 때, 회장이 보여 준 처결은 진정으로 무시무시한 것이었다.

총단의 연무장을 향해 간부들을 인솔해 온 조휘가 돌연 걸음을 멈췄다.

수많은 직원들이 몰려와 모두 지켜보고 있었으나 그는 아랑곳하지 않았다.

조휘의 살벌한 시선이 가장 선두의 조가양조장주 여영소에게 향했다.

"음……."

조휘는 그가 비공일맥에게 무엇을 제안받았는지 가타부타 묻지도 않았다.

그저 품 안에서 장부만 꺼내 들 뿐.

"과연 재산이 상당하군요. 대궐 같은 가옥이 세 채, 전장에 맡겨 놓은 은자가 이만 냥, 그 밖에 전답과 가축들을 모두 정리하면 또 이만 냥 정도."

조휘가 어느새 달려온 이여송 대총관을 향해 시선을 옮겼다.

"대총관님, 조가천무대원들의 출회를 허가합니다. 모두 몰수하세요."

그런 조휘의 선언에 여영소 장주가 절망으로 그의 앞에 엎어졌다.

"회, 회장님! 주, 죽을죄를 졌습니다! 차라리 제 목숨을 가져가십시오!"

상인에게 있어서 가장 가혹한 것은 그 목숨보다 평생토록 쌓은 재화를 빼앗는 것일 터.

그의 재물을 빼앗는다면 그 일가(一家)의 모든 명줄을 빼앗는 것이나 마찬가지였다.

조휘의 차디찬 눈이 다시금 여영소를 향했다.

"그간 많은 것을 참아 줬습니다. 당신이 상회의 눈을 피해 한빙주를 몇 동이씩 빼돌렸을 때도 심지어 설화신주를 빼돌렸을 때도 눈감아 주었죠."

여영소 장주의 얼굴이 더욱 절망으로 얼룩졌다.

그 누구도 모른다 여겼건만 설마 회장이 직접 알고 있을 줄이야!

"하지만 이건 달라. 당신은 끝났어. 꺼져."

그렇게 조휘는 여영소 장주를 시작으로 모든 배신자들의 재물을 하나하나 몰수하기 시작했다.

사람의 목숨을 해치는 것보다 상인에게 가장 치명적인 재물을 빼앗는 것이 더 이상적이다 여긴 것이다.

무엇보다 손을 더럽히기가 귀찮고 싫은 이유도 있었다. 그만한 가치도 느끼지 못했기 때문이다.

막상 배신자들을 모두 처단하고 나니 조휘는 허망한 마음을 가눌 길이 없었다.

어떻게 그렇게 열과 성을 다해 자신이 배려해 줬던 자들이 한날한시에 등을 돌릴 수 있단 말인가.

과연 재물로도 살 수 없는 것이 사람의 마음이라더니.

-사람의 마음은 그야말로 물(水)과 같아서, 네게서 갈라지는 자들에게 그리 일일이 상심할 필요가 없음이다.

'검신 어른…….'

-내게 육신이 있다면 너와 술이라도 한잔할 터인데 그리하지 못하는 것이 참으로 한스럽구나.

'…….'

어느새 조휘의 눈가가 촉촉이 젖어 갔다.

검신 어른의 이정표 같은 그 한마디 한마디가 언제나 가슴속에 따뜻하게 스며든다.

'사부님.'

비로소 오늘에 이르러서야 조휘는 검신을 가문의 존자가 아닌 진정한 사부로 여기게 되었다.

◆◈◆

슬픔은 웃음으로 털고 흉사는 경사로 덮는 법.

그 얼굴에 복잡한 시름을 가득 드러낸 채 며칠 동안 후원만 거닐고 있는 조휘를 안타깝게 여긴 남궁수가, 난데없이 혼주회동(婚主會同:상견례)을 제안했다.

본인이 친히 참관하여 공증인을 자처할 뜻을 내비쳤고 그렇게 하루라도 빨리 정식으로 혼약을 맺고 혼사 기일을 잡자는 것이었다.

소검신이 북해의 후인에게 공개적으로 혼사를 천명한 것은 이미 강호에 유명해진 일.

시간을 끌면 끌수록 한설현에게 화(禍)가 미칠 확률이 높아졌기에, 하루라도 빨리 혼사를 매듭지어야 한다는 남궁수의 주장에 조휘 역시 동의하는 바였다.

결국 조휘가 승낙하자 남궁수는 합비의 대석빙고와 안휘철방을 향해 남궁세가의 전령을 보내기에 이르렀다.

어차피 안휘철방의 조순 가족은 조가대상회의 총단에 새롭게 안착하기 위해 가산을 정리하는 중이라 조휘의 혼사라면 모두 버선발로 뛰어올 것이었다.

반면 그 지독한 빙공 수련광인 한설백이 과연 혼주회담과 같은 귀찮은(?) 일에 참석할 의사가 있느냐가 관건.

어쨌든 시간은 쏜살같이 달포가 흘렀고.

마침내 조가대상회 총단의 입구로 조순 일가의 운차가 당도하기에 이르렀다.

운차를 몰고 온 마부 표영관은 그 규모에 기가 질리는 듯 하얗게 질린 얼굴로 총단을 바라보고 있었다.

평생을 봉태현에서 나고 자란 그에게 있어서 이런 어마어마한 규모의 총단은 그야말로 별천지.

장원을 수십 배나 능가하는 그 거대한 규모는 조순 일가에게도 놀라운 것은 마찬가지였다.

휘둥그레 뜬 눈으로 너른 총단의 전경을 바라보며 조연도 연신 감탄을 터뜨리고 있었다.

"와…… 와……!"

게다가 규모뿐인가.

수많은 상회의 사람들이 여기저기 바쁜 걸음을 놀리고 있었고 마소들이 이끄는 초대형 수레와 짐꾼들이 쉴 새 없이 총단을 드나들고 있었다.

이건 마치 안휘의 성도 합비와 같지 않은가?

"이 모든 게 전부 둘째 오빠 거란 말이지?"

아버지 조순도 탄복한 듯 너털웃음을 터뜨렸다.

"허허허!"

실로 기가 찰 노릇이었다.

대상회의 총단을 세웠다기에 막연히 상상만 해 왔거늘.

이건 그런 상상조차 뛰어넘는 광경이 아닌가?

그 대단한 남궁세가조차도 이 정도는 아니었다.

조휘의 뛰어난 기질과 재능은 예전부터 알고 있었으나 이렇게 직접 총단의 성세를 바라보고 있자니 도무지 자신의 아들처럼 느껴지지 않았다.

그제야 비로소 조순은 세력의 종주가 되었다는 조휘의 말을 실감한 것이다.

대견하고 기꺼운 마음을 감추지 못할 정도로 그 얼굴에 웃음이 한껏 피어올랐으나, 한편으로는 왠지 모를 두려움에 가슴이 두근거리는 모순된 감정을 느끼는 조순이었다.

강호의 세력을 이끄는 종주란 난마처럼 얽힌 강호의 이해관계, 그 중심에서 곡예와 같은 삶을 사는 것이었다.

그런 강호의 모진 풍파는 범부인 자신으로서는 실로 가늠하기 힘든 터.

그런 풍파를 견딘다는 것은 자신의 둘째 아들에게도 힘겹기는 마찬가지일 것이다.

“창천검협님께서 기다리십니다! 빨리 갑시다 아버지!”

반면 조혁은 터질 듯이 부풀어 오른 가슴을 주체하지 못했다.

무려 ‘남궁세가의 가주’이신 합비의 제왕 ‘창천검협’ 님께서 친히 ‘전령’을 보내 자신을 부른 것.

얼마 전 서찰 속에 선명한 제왕의 직인을 보자마자 하마터면 비명을 지를 뻔한 조혁이었다.

허나 강호에서 소검신의 위명이 창천검협의 그것을 덮은 지 오래라는 것을 알면 그는 어떤 표정을 지을까?

“허허, 그래그래. 오늘 같은 날은 한시라도 발을 바삐 놀려야지.”

푸근하게 웃고 있는 조순.

장성한 아들이 장가를 간다는 것은 부모의 기꺼움이요, 가문의 경사.

조순의 처 곡아영 역시 그 고아한 얼굴에 미소가 만연했다.

하지만 붉어지는 눈시울.

그녀 역시 총단의 엄청난 성세에 감격하며, 그렇게 작은아들이 이룬 모든 것이 대견했던 것이다.

"어서 가요. 가가."

흠칫.

한껏 놀라며 아내를 바라보고 있는 조순.

저 대쪽 같은 마누라의 입에서 가가(哥哥)라니?

아들 하나 잘 낳은 덕에 마누라 입에서 다시 오빠 소리가 나왔다.

가히 수년 만에 듣는 사랑을 가득 담은 호칭인 것이다.

지금 곡아영의 기분이 얼마나 좋은지 조순은 단숨에 느낄 수 있었다.

"껄껄! 그래야지! 빨리 작은아들 녀석을 보러 갑시다 곡소저!"

소름이 돋은 듯 조연이 팔뚝을 매만진다.

곡 소저라니!

"으…… 닭살, 소름 돋아."

그러거나 말거나 조순은 두 팔을 활짝 벌려 아내와 딸을 한꺼번에 안았다.

"가히 인생의 모든 시름을 잊게 만드는 경사로다. 껄껄껄!"

"아이 참! 이거 놔요 아버지!"

그렇게 조순 일가가 사랑스러운 실랑이를 벌이며 총단의

중심에 이르자, 이를 발견한 장일룡이 활짝 웃으며 버선발로 뛰어왔다.

"어르신!"

"오오, 일룡아!"

조순은 조휘의 친우들 중에서 장일룡을 가장 마음에 들어 했다.

저 뚝심으로 똘똘 뭉친 근육들을 보라.

그야말로 장인(匠人)을 하기 위해 태어난 사내인 것이다.

과거 조순은 아들 삼고 싶다는 마음을 그에게 내비쳤으나 장일룡은 닭똥 같은 눈물을 뚝뚝 흘리며 아쉬워했다.

대형(大兄)처럼 여기고 있는 조휘와 같은 아버지를 모신다는 것은 분명 영광임에 틀림없었으나, 버젓이 친부가 살아 있는 마당에 의부를 모실 수야 없는 것이다.

"어허, 아버지라 부르라니까!"

조순의 인자한 꾸짖음에 장일룡은 뒷머리를 긁적이며 우직하게 웃었다.

"흐흐, 그래도……."

"내가 의부의 맹세를 하라고 했느냐? 아들 같아서 그런다! 우리는 좀 더 친해질 필요가 있어!"

금방 장일룡의 얼굴이 핼쑥해졌다.

또 대낮에 약주 한잔 걸걸하게 걸치시고 장인의 삶이란 무엇인가 두 시진 정도 읊어 대시겠지.

그런 다음에야 당연히 '철방 일을 배워 보지 않으련?' 하며 인자하게 웃으실 테고.

하지만 아쉽게도 자신은 무공에 뜻을 세우고 그 인생을 조휘에게 저당(?) 잡힌 마당.

충심으로 대형을 모시기로 한 마당에 다른 뜻을 세울 수는 없는 것이다.

"헤헤, 아부지. 죄송하지만 철방 일을 배울 수는 없습니다."

"어허, 어찌 사람의 마음이 늘 한결같을 수 있겠느냐? 살다 보면 언제고 그 마음이 바뀔 수도 있는 노릇이지."

문득 조순은 장일룡의 두툼한 손에 망치가 쥐어져 있는 상상을 했다.

완벽하다. 그야말로 하늘에 이를 장인(天匠)!

저 두껍고 늠름한 손이야말로…….

어?

조순의 동공이 급격하게 확장되었다.

"소, 손이 왜 그 지경이 되었느냐?"

저 우람한 덩치와 엄청난 근육과 완벽하게 대비되는 가냘픈 섬섬옥수라니!

실로 부끄러운지 장일룡의 얼굴이 붉어졌다.

"이게 어쩌다 보니……."

장일룡이 마치 울 것만 같은 표정을 하자 조혁도 소스라치게 놀라며 헐레벌떡 뛰어왔다.

"장 대협! 어찌 손이 이 지경이……!"

조혁에게 장일룡은 자신이 상상해 왔던 완벽한 무인상이었다.

떡 벌어진 어깨.

신이 빚은 듯한 역삼각형 등판.

광활한 가슴 근육과 마치 쇠기둥을 연상케 하는 굳건한 허벅지까지!

하지만 저 섬섬옥수로 인해 모든 균형이 무너져 버렸다.

아아, 무슨 신의 천벌이라도 받았단 말인가?

"한 번만 더 '대협'이라고 했다간 나와 씨름을 해야 할 거요 형님."

"헛! 맞다!"

입술을 말아 오므리며 기겁을 하는 조혁에게로 장일룡이 다시 환하게 웃었다.

"빨리 갑시다. 형님께서 목이 빠져라 기다리고 계시우."

"아, 알겠소."

조순 일가는 그렇게 장일룡이 이끄는 대로 총단의 대전을 향해 발걸음을 옮겼다.

대전의 외부에는 빨간 비단과 형형색색의 수실로 온통 치장되어 있었고, 복(福) 자가 거꾸로 새겨진 박들 역시 수도 없이 매달려 있었다.

혼주회담이라는 경사스러운 날을 맞이하여 제갈운이 미리 성대하게 꾸며 놓은 것이었다.

이에 조순이 감격하며 대전으로 들어섰다.

"아버지!"

조휘가 단숨에 조순에게 다가가 대례(大禮)하자, 창천검협 남궁수가 흐뭇한 얼굴로 호탕하게 웃었다.

"허허! 축하드리오. 장성한 아들이 비로소 진정한 사내가 되었으니 그 홍복이 앞으로 가문에 두루 미칠 것이외다."

무려 안휘의 지배자 창천검협의 덕담임에 조순이 황망해하며 다급히 허리를 숙였다.

"가, 감사합니다."

남궁수 역시 당혹스러워하는 것은 마찬가지.

곧 그가 조순의 두 손을 마주 잡더니 그 허리를 일으켰다.

"조 봉공께서는 우리 남궁의 대원로라 할 수 있는 위계에 있소이다. 봉공의 부모란 우리 남궁에게도 어른이라 할 수 있소. 이제는 그런 본인의 위치를 자각하셔야 하오이다."

"아, 알겠습니다."

하지만 그게 어디 쉬운 일인가.

조순은 평생토록 남궁을 우러르며 살아온 안휘의 백성이었다. 그런 존경의 마음이 하루아침에 바뀔 수는 없는 것이다.

"어르신, 이 남궁 모가 인사 올리겠습니다."

"그간 강녕하셨는지요? 격조한 세월을 죄송스럽게 생각하고 있어요. 용서해 주세요."

남궁장호와 제갈운도 조순을 향해 정중하게 예를 올리고

있었다.

그저 감격한 얼굴로 홀린 듯이 고개를 끄덕이는 조순.

사람의 삶이란 알다가도 모를 일이었다.

이 쟁쟁한 오대세가의 자제들에게 지극한 예를 받는 날이 올 줄을 그 누가 상상할 수 있었겠는가.

한데 꼭 그런 감격만이 있는 것은 아니었다.

“어르신, 도대체 왜 그랬소?”

제갈운의 뒤편에서 진득한 눈을 빛내고 있는 사내는 염상록.

“뭐, 뭘 말인가?”

“도대체 조휘 그 인간을 왜 낳았냐 그 말이오! 차라리 악마를 낳……!”

빠각!

염상록의 뒤통수를 차지게 후려갈긴 남궁장호가 그 이마에 힘줄을 빠득 그렸다.

“경사스러운 날이다. 네놈은 오늘 같은 날에도 방정맞게 입을 놀릴 참이냐.”

“아이 씨! 내가 뒤통수 때리지 말랬지?”

“그럼 앞통수를 때려 주랴?”

“와 씨 그냥 니가 사파해라? 제왕은 개뿔이!”

그때, 남궁수의 저릿한 호통이 들려온다.

“언사가 방정맞기는 두 놈 다 매한가지이거늘 자중하지 못하겠느냐?”

"죄, 죄송합니다. 아버님."

조순은 정신이 하나도 없었다.

그도 그럴 것이, 항상 예의 바른 정파의 후기지수만을 접해 봤지 사파의 후기지수는 처음이었기 때문이다.

한데 그것이 결코 끝은 아니었다.

"시부님!"

시부(媤父)?

조순이 당황하며 뒤돌아봤을 때.

그곳엔 한껏 치장하고 차려입은 희멀건 얼굴의 여인이 있었다.

'귀, 귀신?'

그저 바라보는 것만으로도 오뉴월에 서리가 내릴 것만 같다.

도대체 누구시길래 대뜸 자신더러 시아버지라니?

그녀는 물론 포기를 모르는 여자 진가희였다.

염상록이 감탄을 거듭했다.

"와 미친. 저렇게 차려입고 있으니까 또 색다르네."

"허, 색깔 귀신인가."

"아닌데? 내가 보기엔 그래도 오늘은 좀 사람 같수다."

조휘의 동료들이 각양각색의 반응을 늘어놓자 진가희가 뾰족한 귀곡성(?)을 내질렀다.

"시끄러! 오늘 본 녀를 방해한다면 모두 죽일 거야!"

와락 성을 내더니 다시 배시시 웃으며 조순을 향해 고개를 처돌리는 진가희.

그 모습이 마치 이중인격자 같다.

"저는 조 가가의 후처가 될 진가희라고 해요!"

"후, 후처(後妻)?"

조순이 인상을 구기며 조휘를 응시했다.

아무리 지가 영웅을 자처하기로서니 한날한시에 두 명의 아내를 맞이한다고?

"그런 눈빛으로 보지 마시죠. 진짜 저와 아무런 상관없는 일입니다. 그냥 미친년이거니 불쌍하다 생각하시고 신경 끄세요."

"뭐야?"

조휘는 진가희를 쳐다보지도 않았다.

마치 없는 사람 취급!

"자자, 신경 쓰지 마시고 그냥 자리에 다들 앉으시죠."

그런 조휘의 청에 모두들 어색하게 자리에 앉으려 할 때.

대총관 이여송이 대전 내부로 들어왔다.

"한설백 공자께서 당도하셨습니다."

"오오!"

장일룡이 벌떡 일어나 대전 밖을 바라봤다.

과연 화려하게 차려입은 한설현과 함께 한설백이 장내로 들어서고 있었다.

새하얀 털옷, 백랑보의(白狼寶衣)을 말끔하게 차려입은 그의 모습은 가히 천상의 미남자로 불릴 만한 것이었다.

장일룡이 한껏 웃으며 달려가 설풍한가의 혼주를 맞이했다.

"형님께 말씀 많이 들었수! 참으로 반갑수다!"

"음?"

한설백이 의아한 눈을 하고 있을 때 장일룡이 장내를 둘러보며 호탕한 음성을 터뜨렸다.

"소개하겠수! 이분이 바로 북해 설풍한가의 혼주이신 빙신(氷神) 대협이우!"

"풉!"

조휘가 겨우 웃음을 참으며 고개를 떨궜다.

이게 무슨 혼주회담이냐.

개그콘서트장이지.

한설백의 얼굴이 붉어졌다.

중원의 무인들에게 있어서 신(神)의 휘호가 갖는 의미를 모르지 않았기 때문이다.

역사상 최고의 무인, 그 고금무적의 이름 앞에 붙는 것이 그야말로 신일진대 아직 절대경에도 이르지 못한 자신에게 빙신이라니!

그러나 기분이 좋아진 것을 감출 수는 없었는지 한설백이 조금은 상기된 얼굴로 입을 열었다.

"가당치 않소. 매부(妹夫)와 농 삼아 불렀던 별호요. 과분한 별호니 거두어 주시오."

장일룡이 무슨 소리냐는 듯 눈을 부라렸다.

"허! 내 빙신 대협의 비장한 각오를 모르지 않는데 어찌 칭송하지 않을 수 있겠수! 그 인간 같지도 않은 폐관 수련을 앞으로도 계속할 텐데 언젠가는 절대경 찍고도 남지 않겠수! 감히 존경드리우!"

"과, 과람한 칭찬이오."

남궁수가 흐뭇하게 웃으며 빙신 대협(?)을 맞이했다.

"허허, 오늘 같은 경사에 덕담이 오가는 것은 당연한 터, 실로 보기 좋소이다. 어서 이리 와 앉으시오."

한설백은 중원의 칠무좌가 내뿜는 신위와 기도를 온몸으로 느끼고 있었다.

남궁수의 강대한 제왕의 경지.

조휘와는 또 다른 결이 느껴진 것이다.

한설백과 한설현이 조심스럽게 자리에 착석하자 남궁수가 좌중을 훑어보며 엄숙한 표정을 했다.

공증인으로서 참관하여 소검신의 혼주회담을 주최하게 되었으니 그에게도 오늘은 각별한 날이었다.

그가 가장 먼저 조순을 바라보며 뭐라 입을 열 그때.

"조휘 오빠! 정말 나한테 계속 이러기야?"

남궁수의 고아한 얼굴이 삽시간에 일그러졌다.

"말만 한 처자가 어찌 그리 매사에 경박한가! 장호야, 그녀를 어서 밖으로 뫼셔라!"

남궁장호가 말없이 진가희에게 다가가 그녀를 결박했다.

"이거 안 놔? 씨발! 혈강편 꺼낸다?"

그렇게 진가희가 온갖 협박과 욕설을 퍼붓고 있었지만 남궁장호는 꿈쩍도 하지 않았다.

진가희가 사라지자 다시 남궁수가 본론을 꺼냈다.

"먼저 가장 중요한 것은 택일(擇日) 문제, 아무래도 다가오는 중양절은 피해야 하지 않겠소?"

"맞습니다. 중양절과 각 집안의 기일(忌日)을 피한다면 어떤 날도 상관없습니다."

"이견이 없습니다."

호탕한 강호인들의 특성상 그 후로도 혼주회담은 일사천리로 진행되었다.

이미 당사자들끼리 혼사를 합의한 마당에 굳이 긁어 부스럼이 생길 일을 만들 필요가 없었기 때문이다.

택일과 혼례 규모, 예물, 공증인 문제 등 허탈하리만치 모두 쉽게 마무리되자 남궁수가 너털웃음을 터뜨렸다.

"내 평생 이리 호쾌한 혼주회담은 처음 보는구려! 허허!"

남궁수는 합비의 이름 높은 강호명숙이다 보니 귀한 집안끼리의 혼주회담을 참관하는 경우가 많았다.

특히나 고관대작 사이의 혼사일수록 각 집안에서 요구하는 사항은 수도 없었다.

하다못해 북해의 가문인 설풍한가이기에 혼례 양식을 두고는 이견이 있을 줄 알았다.

이방인인 그들에게 있어서 중원의 문화를 곧바로 받아들인다는 것은 쉬운 결정이 아니기 때문이다.

한데 한설백은 그 어떤 반대 의사도 내비치지 않고 모조리 수용했다.

남궁수는 그가 북해의 귀공자였지만 허례허식에 얽매이지 않는 사내라는 것이 마음에 들었다.

새외대전이라는 광풍혈겁(狂風血劫)을 일으킨 북해빙궁의 후계자라 해서 꼭 뿔 달리고 꼬리가 달린 것이 아닌 것이다.

어쨌든 혼주회담이라는 말이 무색할 정도로 모든 합의가 쉽게 이뤄지자 조휘가 가장 먼저 자리를 털고 일어났다.

"급한 일이 있어 먼저 가 보겠습니다."

한설백이 못마땅한 얼굴을 했다.

"양가의 어른들을 모아 놓고 식사도 함께하지 않을 참이냐? 벌써부터 바깥일에만 몰두하는 것을 보니 설현이 너는 평생 홀로 독수공방하겠구나."

조휘가 난처한 표정으로 정중하게 포권했다.

"양해를 부탁드리겠습니다. 그럼."

계속 그가 야속하게 굴자 한설현의 입술도 삐죽 튀어나왔다.

오늘 같은 날은 함께 어우러져 기쁨을 나눌 만도 한데.

하지만 조휘는 장일룡, 남궁장호와 눈짓을 주고받더니 이내 대전에서 사라졌다.

51 章.

51 章.

“남궁 형, 여가장의 동태는?”

“아무런 움직임도 없었다.”

“장 부장?”

“당연히 형님께서 시키신 대로 사람을 모두 붙여 놓았수. 하지만 배신한 간부들 중에서 다시 여가장으로 되돌아가는 사람은 없었수다.”

“음…….”

조휘는 비공일맥의 커피와 설탕의 수입 루트 및 제조 비법을 반드시 확보하고 싶었다.

특히나 커피는 이 중원의 차 문화를 송두리째 변혁시킬 만한 위력을 지닌 음료.

그 파급력은 흑청수와 한빙주에 비해서도 결코 모자라지 않을 것이다.

'도대체 누구지.'

소검신을 동요시키고자 커피와 설탕을 보여 줬다는 것은 자신이 현대인 출신이라는 것을 상대가 안다는 의미일 수도 있었다.

아니 그것은 확실할 것이다.

신문물을 보여 준 이유가 단순히 자신을 자극하기 위함이었다?

아니다.

조가대상회의 역량으로 구할 수 없는 현대의 문물만을 그렇게 콕 찍어서 선보인 것에는 반드시 이유가 있을 터.

그것이 자신의 감(感)이었다.

"나는 당최 형님을 이해할 수가 없수. 그냥 조가천무대를 동원해서 없애 버리면 될 것을 뭘 그리 고민하고 있단 말이우? 사실 말이야 바른 말이지 그냥 형님만 나서도 그 음흉한 놈들을 모조리 없애는 것이 가능하지 않수?"

장일룡이 답답함을 토로하자 남궁장호도 묵묵하게 고개를 끄덕였다.

"그 점은 나도 동의한다. 조가대상회의 주요 간부들을 한날 한시에 포섭하는 엄청난 역량을 지닌 놈들이다. 또다시 무슨 짓을 저지를지 모르는 놈들을 왜 그냥 내버려 두느냐. 네가 강호의 종주를 자처한다면 그렇게 무르게 대할 일이 아니다."

조휘가 한심하다는 듯 남궁장호와 장일룡을 번갈아 쳐다보았다.

"암상(暗商)에 대해서 얼마나 알고 있지?"

남궁장호의 무심한 음성이 이어졌다.

"지독히 음흉한 놈들이라 들었다. 암중으로 중원의 상계를 좌지우지하는 자들이 아니냐?"

"그건 너무 단편적으로만 알고 있는 거고."

이어진 조휘의 음성에 남궁장호와 장일룡의 얼굴이 더없이 딱딱하게 변해 갔다.

"황권의 향방조차 좌지우지할 수 있는 놈들이야. 천자(天子)를 갈아 치울 수도 있는 놈들이라고."

"말도 안 되우!"

"처, 천자를 바꿀 수 있다고?"

중원의 모든 백성의 어버이인 천자를 어찌 한낱 상인들이 갈아 치울 수 있단 말인가?

조휘의 투명한 시선이 다시 그들에게 향했다.

"강호의 역사적인 대전(大戰)들, 그 흥망 역시 그들의 손에 달려 있었지. 지금까지 암상들의 지지를 받지 못한 세력이 승리한 경우는 없었어."

"말도 안 돼!"

남궁장호가 벌떡 일어나 조휘를 노려보고 있었다.

대관절 이 무슨 해괴한 소리란 말인가!

수없이 죽어 간 무인들의 의기(義氣)가 버젓이 강호 무림인들의 가슴속에 살아 숨 쉬는데 고작 상인들의 지지 유무로 승자와 패자가 갈린다?

그것은 정파무림의 위대한 투쟁의 역사, 그 영광스런 승리들을 모조리 폄훼하는 말이었다.

"아닌 것 같아?"

특유의 물빛처럼 투명한 조휘의 두 눈이 남궁장호를 향해 있었다.

저 침잠한 분위기의 표정은 실로 절대자의 단면.

조휘가 저런 얼굴을 할 때마다 남궁장호는 괜히 긴장이 되어 오금이 저릿했다.

"당연하지! 네 말은 의기로 죽어 간 모든 무인들의 삶을 비하하는 발언이다!"

"나도 전쟁이 그런 낭만적인 거였음 좋겠어. 하지만 현실은 전혀 그렇지 않아."

이미 조휘는 지하상계가 세상에 끼쳐 온 위력을 초대 비공조강에게 고스란히 전해 들은 마당.

그런 암상들의 엄청난 수완은 세상의 일반적인 상식을 완전히 뒤엎는 것이었다.

"역사상 위대했던 세력의 종주들이 지하상계의 지지를 받기 위해 얼마나 노력했는지 알면 그런 말을 못 할 거야. 무림맹의 무황이든 천마신교의 천마든 모두 마찬가지였어."

그런 조휘의 주장에 남궁장호는 도저히 이해할 수 없다는 눈을 하고 있었다.

암상이라 해 봐야 그 본질은 상인이다.

강호무림을 지배하고 있는 절대자들이 한낱 상인들의 지지를 받기 위해 그토록 혈안이었다고?

막말로 수틀리면 그 강력한 무력으로 징치하면 그만이지 않은가?

조휘도 그런 남궁장호의 속내를 읽었는지 멀겋게 웃었다.

"어떻게 쳐부술 건데? 말 그대로 암상(暗商). 실체가 없는 놈들이야. 세력이라면 당연이 있어야 할 거점(據點)이 없는 놈들이라고."

"……."

"생각을 해 봐. 만약 무림맹과 암상들 사이에 전면전이 벌어진다면? 당장 그들은 맹의 거점인 산서성에서 은밀히 쌀을 모두 거둬들이겠지. 후에 어떤 일이 벌어 질 것 같아?"

"허……."

그제야 상황의 심각성을 인지하기 시작한 남궁장호.

"그건 단지 쌀만으로 벌어질 일이야. 거기에 소금, 주정, 피목, 견포 등 인간이 살아가는 데 필요한 물건들은 무수히 많지. 게다가 비단과 향신료와 같은 사치품들은 더 말해 뭐하겠어."

만약 조휘가 말한 저 모든 물건들을 암상들이 통제하는 것이 가능하다면?

그 말이 의미하는 바를 남궁장호는 결코 모르지 않았다.

"의심하지 마. 성(省) 하나를 고사시키는 것은 그들에게 일도 아니라고."

남궁장호는 서서히 두려움이 치밀었다.

사람들의 생명마저 좌지우지할 수 있는 진정한 상계의 위력을 비로소 실감한 것이다.

"무인들의 강호는 일견 대단해 보이지만 결코 지하상계를 이길 수 없어."

선언과도 같은 조휘의 말에 남궁장호는 감히 반박할 수 없었다.

상계를 일천하게 여겼던 그의 의식 체계가 완전히 뒤바뀌고 있는 것.

반면, 장일룡은 천재(?)답게 여러 의문을 드러내고 있었다.

"한데 말이우. 아무리 암상이라고 해도 바깥 세상에 아무런 외견을 두르지 않고서야 그게 가능하겠수? 하물며 양지의 상단이라도 하나 있어야 그런 일이 가능하지 않겠수."

조휘가 피식 웃었다.

"그게 날 포섭하려는 이유였잖아?"

"아?"

조휘가 창밖을 응시했다.

"혹시 모르지. 이미 천화상단이나 만금상단이 그들의 외부 상단일 수도 있잖냐."

중원의 상계를 지배하고 있는 초거대 상단들이 한낱 암상들의 외부 조직이다?

"이제 막 장강 이북으로 세력을 뻗어 나가기 시작한 우리를 그렇게 무리해 가면서 포섭하려 했던 이유가 무엇일까? 뻔하지. 자신들의 또 다른 외견으로 삼겠다는 뜻이지."

조휘와 장일룡이 그런 대화를 주고받고 있을 때, 제갈운이 조휘의 별채로 들어왔다.

"회장님. 손님이 찾아와 계세요."

대번에 조휘가 호기심 어린 얼굴을 했다.

웬만한 손님들은 제갈운이 맞이해 일을 처리했기 때문에, 그가 따로 보고할 정도라면 꽤 거물이라는 뜻이기 때문이다.

"누구죠?"

제갈운이 한껏 긴장한 얼굴로 대답했다.

"구연천이에요."

"구연천(具蓮天)?"

어디선가 많이 들어 본 이름이다.

이내 조휘가 점점 경악한 얼굴로 변하며 자리에서 벌떡 일어났다.

"그 만금대상?"

너른 중원에서 만금대상(萬金大商)으로 불리는 자는 단 한

명뿐.

만금대상 구연천.

그는 천화상단과 함께 중원제일상(中原第一商)을 다투는 초거대 상단의 주인인 만금상단주였다.

그는 상계에서만큼은 강호의 삼신과 비견되는 자.

조휘가 한껏 긴장한 음성으로 제갈운에게 말했다.

"모시고 오시죠. 아니 제가 직접 가겠습니다."

현대로 치면 로스차일드가의 가주와 같은 인사다.

중원상계를 송두리째 거머쥐고 있는 절대자를 결코 허투루 맞이할 수는 없는 것이다.

"그럴 필요 없소."

별안간 늙수그레한 음성이 제갈운의 뒤편에서 들려왔다.

조휘는 그가 만금대상 구연천이라는 것을 단숨에 알아봤다.

부리부리한 호목.

거대한 풍채.

그에게서 풍겨 오는 기도는 가히 시대의 거인이라 불릴 만한 것이었다.

인간 자체에서 풍겨 오는 기세만큼은 오히려 무림맹의 절대자라는 무황보다도 더 대단한 자였다.

그야말로 인간의 아우라가 틀린 것이다.

저 무시무시한 자의 손에 중원상계의 절반이 쥐어져 있다.

조휘가 전에 없을 예의를 다해 정중히 포권했다.

"처음 뵙겠습니다. 조가대상회의 조휘라고 합니다."

"단도직입적으로 묻겠소."

조휘의 예도 받지 않고 예의 무시무시한 눈빛만을 빛내고 있는 구연천.

"말씀하시지요."

"그대는 초대 비공과 무슨 관계요?"

"예?"

한껏 당황하고 있는 조휘.

그렇게 조휘가 설마하며 속내를 드러냈다.

"혹시……?"

순간, 구연천의 부리부리한 호목이 더욱 강렬한 빛을 발했다.

"그렇소. 내가 당대의 비공이오."

사실 천화상단이나 만금상단이 비공일맥의 외견일 수도 있다는 것은 조휘가 한번 던져 본 말에 불과했다.

한데 그것이 진짜로 현실이 될 줄이야!

더욱이 암상 특유의 은밀한 성향을 생각하면, 그 유명한 만금대상이 곧바로 스스로를 당대의 비공이라 서두에 깐 것은 진정 놀라운 일이었다.

일말의 망설임도 없이 자기 파괴적인 행동을 하는 것으로 보아 지금 그가 얼마나 급박한 마음인지 단숨에 느껴질 정도.

"다시 묻겠소. 그대는 초대 비공과 무슨 관계요?"

조휘로서는 저 질문에 달리 대답할 방도가 없었다.

"그의 후인입니다."

"……후인(後人)?"

당혹스런 감정을 고스란히 드러내고 있는 만금대상 구연천.

그도 그럴 것이 이미 조가대상회의 회장 소검신은 검신의 적전제자로서 강호에 드높은 명성을 구가하고 있는 신성(新星)이 아닌가.

그런 자가 이번엔 지하상계의 전설인 초대 비공의 후인이다?

그런 일이 과연 가능하기나 한 건가?

"설마 농은 아니겠지?"

의구심 가득한 구연천의 질문에 조휘는 쓴웃음을 머금었다.

"감히 중원상계의 절반을 거머쥐고 있는 만금대상의 면전에서 실없는 농이나 늘어놓을 정도로 제가 간담이 크진 않습니다."

조휘의 진지한 대답에 구연천은 생각에 골몰한 표정을 했다.

분명 상식적으로 이해가 되진 않는데 초대 비공이 아니고서야 결코 언급할 수 없는 음어를 전해 왔기 때문.

지하상계의 점조직적인 특성상 특유의 음어(陰語) 체계는 그야말로 절대적인 것이며 이는 지극히 은밀한 방법으로 전수된다.

"후…… 그럼 말해 주시오. 그것이 정말 초대 비공이 남기신 뜻이란 말이오?"

"어떤 뜻을 말씀하시는 건지."

구연천의 두 눈이 심연처럼 가라앉았다.

"본 비공일맥이 이루고자 하는 모든 염원을 접고 일체의 활동을 중지하라는 초대 비공의 명을 그대가 전한 것이 아니었소?"

"아아, 그것 말씀이시군요."

비공암계 여일락(秘公暗計 餘日落).

이미 조휘는 조강의 뜻을 모두 전해 들은 상황.

한데 과연 당대의 비공이 그것을 받아들일지는 미지수였다.

조휘가 더없이 진중한 얼굴이 되어 입을 열었다.

"최초에 초대 비공께서 일곱 무지개라 불리셨던 칠비(七秘) 어른들과 함께 지하상계에 뜻을 세운 것은, 황궁을 장악하고 천하를 어지럽히는 홍련일맥이라는 거악을 멸하기 위함이었습니다."

"음……."

구연천이 비공일맥의 탄생 비화를 어찌 모를 수 있겠는가.

"그런 홍련을 끝내 물리친 것은 초대 비공께서 참으로 기꺼워하실 일이나."

순간 조휘의 얼굴이 얼음장처럼 차갑게 변했다.

"살아 계셨다면 비공의 행사에서 홍련의 자취를 보셨을 겁니다."

감히 그 악마의 화신과도 같았던 암흑상인 놈들과 비공일맥을 동일선상에 놓고 비교해?

"뭣이?"

그 천하의 만금대상이 두꺼비처럼 두터운 주먹을 움켜쥔 채 자신을 노려보고 있었지만 조휘는 꿈쩍도 하지 않았다.

"금력(金力)으로 천하의 황족들과 관부를 장악하고, 암행수(暗行手)들을 움직여 양지의 상인들을 핍박하는 것은 전형적인 홍련일맥의 수법이지요. 더욱이……."

조휘의 두 눈에서 강렬한 안광이 폭사되었다.

"혹, 강호의 각 세력에 간자를 투입하고 갈등을 조장하여 전쟁을 유발한 일이 있습니까?"

상인들에게 전쟁이란 일확천금의 기회.

백성들의 피를 한 줌으로 여기고 제 이득만을 챙기기 위해 전쟁을 유발시켰던 것은 홍련일맥의 대표적인 악행이었다.

지하상계를 조금이라도 아는 자들에게 있어서, 암상들이 세력 간의 이간질을 통해 전쟁 여론을 조장하는 것은 공공연하게 떠도는 비밀.

한데 비공일맥이 지하상계를 재패했음에도 그런 소문이 끊이지 않는다는 것이 문제였다.

조휘가 야접(夜蝶)에 들러 지하상계의 정보를 캐물었을 때, 놀랍게도 암상들이 세력과 세력을 넘어 나라 간의 전쟁까지 배후에서 조종한다는 소식을 전해 들을 수 있었다.

"다시 묻겠습니다. 당대의 비공일맥이 과거 천하를 어지럽혔던 홍련과 다를 것이 있습니까?"

순간 구연천의 얼굴에 처절한 빛이 감돌았다.

"그대는 본 비공일맥이 홍련을 멸하기 위해 치른 대가, 그 처절한 역사를 알고 있는가?"

조휘는 굳게 입을 닫고 있을 뿐이었다.

"모를 테지. 그러니 그런 서책에서나 읊을 말만 늘어놓는 게지. 이상(理想)은 언제나 아름답지만 정작 현실은 피가 튀기고 살점이 떨어져 나가는 것을."

자신을 철없는 이상론자라 꾸짖고 있는 구연천.

순간 조휘는 피식 웃음이 터져 나와 버렸다.

감히 현대인 출신인 자신에게 이상론자 운운하다니.

비공일맥의 봉문은 조강 어르신의 뜻이지 자신의 뜻이 아니었다.

할 수만 있다면 저 비공일맥을 조가대상회의 품 안으로 복속시키고 싶은 것이 현대인인 조휘의 마음.

"왜 그랬죠?"

조휘의 어투가 변했다.

구연천이 창천검협이나 자하검성처럼 존경할 만한 위인이 아니라는 판단이 섰기 때문이다.

"무엇을 말인가?"

"대명 천하에 절수(絶手:기술자)들을 빼내 가고 일개 암행수 따위나 보내 감히 소검신의 포섭을 시도했다? 저와 조가대상회를 얼마나 물로 보셨으면 그런 짓을 하신 겁니까."

"일개 암행수라니 섭섭한 말이로군. 그놈은 차기 비공으로 점찍은 아이일세."

"그럼 비공일맥은 어차피 망하겠군요."

상대의 성향과 심리에 대한 파악조차 미진한 놈이 무슨 얼어 죽을 비공.

"자네는 죽음이 두렵지도 않나?"

조휘가 피식 웃었다.

"나야말로 묻고 싶은 말입니다. 감히 소검신(小劍神)의 면전에다 대놓고 스스로 외견을 까시다니. 무림맹과 연수연합하고 있는 조가대상회가 이제 만금상단을 어찌할 것 같습니까?"

"진정 자네가 초대 비공님의 후예가 맞는가?"

"뭐요?"

구연천도 마주 환히 웃고 있었다.

"암상이 스스로 외견을 드러낸다는 것은 상대를 살려 두지 않겠다는 각오를 드러낸 것과 마찬가지. 장담하지. 어차피 자네와 조가대상회는 그 세(勢)를 잃고 멸망하게 될 걸세."

"하하! 우습군요. 당장 당신의 만금상단부터 걱정하시죠."

"이것으로 확실해졌다. 네놈은 초대 비공의 후예가 결코 아니다."

"왜죠?"

구연천이 걸음을 옮겨 밖으로 나가다 조휘를 향해 다시 고개를 돌렸다.

"암상(暗商)이 드러난 외견을 다시 쓰는 경우는 없다."

그제야 조휘의 얼굴이 곤혹스럽게 구겨졌다.

"뭐라고?"

"지금부터 만금상단이라는 상단은 천하에 존재하지 않지."

스르르르-

그런 선언과 함께 만금대상 구연천의 신형이 유령처럼 사라졌다.

무공조차도 종주(宗主)에 이를 정도로 고강한 자였다.

조휘와 구연천의 대화를 모두 지켜본 장일룡이 제갈운을 바라보았다.

"제갈 형님 저게 가능한 말이우?"

"내 말이."

만금상단이라는 외견을 접겠다는 말.

귀를 의심할 수밖에 없는 그 말에 정신이 붕괴될 지경인 것은 제갈운으로서도 마찬가지였다.

"아니 너무 현실성이 없지 않수? 안휘와 강서 달랑 두 개의 성에 안착한 우리 조가대상회로서도 모든 자취를 감춘다는 것은 실로 쉽지 않은 일이우."

"맞아."

"모든 계열상들의 사업장들과 그에 딸린 휘하들과 식솔들이 몇이며 게다가 그 수많은 거래처들은 또 어떻게 할 거요? 거기에 관인들과 쌓아 온 신뢰는? 그걸 모두 한 번에 접는다고? 그게 가능한 일이우?"

제갈운이 더욱 진중한 얼굴을 했다.

"만금상단은 우리와는 달리 구주팔황에 그 영향력이 뻗어 있는 천하제일의 상단. 우리 조가대상회보다 최소 다섯 배는 더 규모가 클 거예요. 더욱 현실성이 없어요."

"가능해."

그런 조휘의 대답에 모두가 그를 향해 고개를 꺾으며 의문의 눈을 드러내고 있었다.

"아니 형님, 상식적으로 생각해 보시우. 그게 말이 되는……!"

"암상은 외견을 두를 때 항상 철수를 대비한다고 한다. 그리고 너희들은 너무 순진해."

"예?"

조휘가 당황해하는 제갈운을 쳐다봤다.

"아니 아까 그놈이 언제 모든 외견을 철수한다고 했어? 천하에 만금상단이라는 이름이 존재하지 않을 거라고 했지. 단순하게 생각해 보면 천화상단에 상단을 매각할 수도 있고 또 다른 상호로 외견을 탈바꿈할 수도 있다는 뜻이잖아?"

"아니 형님, 우리가 무슨 눈 뜬 장님도 아니고……."

"그래서 만금상단을 천화상단에 매각한다면? 칠 수 있어? 무슨 명분으로? 네놈들이 비공일맥의 또 다른 위장 세력일 수도 있으니 우리가 징치하겠다?"

조휘의 설명이 이어지자 그제야 장일룡은 일이 그렇게 간단한 사안이 아니라는 것을 실감하기 시작했다.

"빌어먹을! 대관절 강호의 절대자란 놈들이 무슨 수 싸움을 그리도 좋아한단 말이우!"

조휘가 피식거렸다.

원래 가진 자들이 그렇다.

현대의 정치판, 그 음모와 귀계, 배신이 난무하는 복마전을 알면 일룡이는 과연 어떤 표정을 지을까?

이곳 중원도 그런 사람들이 살아가는 세상이다.

그 지옥도(地獄圖)는 결코 현대와 다르지 않을 터.

그때 남궁장호도 입을 보탰다.

"남궁은 이제 무엇을 하면 되지?"

조휘의 대답은 망설임이 없었다.

"세작 정리."

"음."

남궁세가는 강호(江湖)의 처절한 역사 속에서 수백 년 동안 역사를 지켜 온 철혈제왕의 가문.

가장 어려운 일이었지만 현재의 조가대상회에서 남궁세가보다 그 일을 잘할 수 있는 집단은 없었다.

"그리하겠다."

남궁장호의 믿음직한 대답에 조휘가 제갈운을 응시했다.

"맹(盟)도요. 무림맹에도 저놈들의 세작은 분명 존재할 테니까."

무림맹의 주요 요직을 장악하고 있는, 그야말로 맹의 실질적인 운영 주체라 할 수 있는 신기제갈가.

"형님께 서찰을 보낼게요."

"아뇨. 전언으로는 안 됩니다. 직접 가 주시죠. 그리고 이거들 받으시죠."

이어 조휘가 품에서 장부를 꺼내 두 장을 쭈욱 찢더니 목탄으로 뭔가를 적기 시작했다.

이윽고 조휘가 찢어진 종이를 남궁장호와 제갈운에게 건네며 씨익 웃었다.

"비공일맥의 음어 체계입니다. 뜻과 해석도 각주로 각각 달아 놓았습니다. 잘 보이는 곳에 적어 두면 알아서 기어 나올 겁니다."

받아 드는 제갈운의 두 눈이 화등잔 만해졌다.

비공일맥과 같은 절대 암상들의 음어 체계가 얼마나 대단한 것인지 결코 모르지 않았기 때문이다.

"도대체 당신은 이런 걸 어디에서?"

도무지 알면 알수록, 경험하면 할수록 신비하고 대단한 사내다.

"천재라서?"

아니 이런 건 단순히 천재라서 가능한 일이 아니지 않나?

제갈운은 얄밉게 웃고 있는 조휘의 희멀건 얼굴을 바라보고 있자니 욱하고 욕이 치밀어 올랐지만 겨우 마음을 가다듬었다.

"하, 됐어요. 맹으로 출발하면 되죠?"

"네."

조휘가 한 차례 고개를 끄덕이더니 장일룡을 응시했다.

"조가대상회의 운영은 당분간 장 부장이 맡아."

"헐! 내, 내가 말이우?"

제갈운 부회장을 맹에 파견했으니 앞으로 당연히 조휘가 조가대상회를 진두지휘할 줄 알았다.

"어떻게 내가……."

사실 장일룡은 아직 계열상 하나도 제대로 운영해 본 적이 없었다.

물론 지금까지 합빈관과 강빈관의 운영을 도맡아 왔지만 그곳은 사업장이지 계열상이라 불릴 만한 규모가 아니었던 것.

"나로서는 제갈 부회장을 제외하면 가장 믿음직스러운 게 장 부장이야. 스스로 자신을 가져. 난 믿어."

조휘는 장일룡이 천재라는 것을 믿어 의심치 않았다.

그간 그가 보여 준 놀라운 임기응변과 위기 돌파 능력은 오히려 제갈운을 능가하는 측면이 있었다.

더욱이 이곳 강서는 사파 출신인 그가 오히려 더 잘 맞는 편이었다.

"이번 기회에 전무의 위계로 승진도 하고."

장일룡의 얼굴이 환해졌다.

"저, 정말이우 형님?"

"그래."

아이처럼 신난 표정으로 가슴 근육을 꿈틀거리던 장일룡이 문득 고개를 갸웃거렸다.

"그런데 형님은 어딜 가려고 그러시우?"

말없이 의미심장한 얼굴로 창밖을 응시하고 있는 조휘.

저 암흑상계의 절대자, 만금대상 구연천이 꿈에도 모르는 것이 하나 있었다.

초대 비공 조강.

그의 영혼이 자신과 함께 살아 있다는 것을.

그 점을 알지 못하는 이상 자신에게 무조건 당할 수밖에 없다.

그것이 조휘의 판단.

"인피면구…… 아니 그걸론 안 되겠지. 남궁 형, 강호 최고의 역체변용술 전문가가 누구지?"

그때, 염상록이 특유의 시시껄렁한 태도로 대전에 들어왔다.

"싯펄, 그걸 남궁 놈한테 물으면 어떡하나? 나한테 물어야지."

"아는 자가 있나?"

"잘나가는 사파인치고 천변혈후를 모르는 자는 없지."

"천변혈후(千變血后)? 그게 누군데?"

염상록이 씨익 웃었다.

"있어. 사파 최고의 미친년."

◆ ◈ ◆

의념지도를 구사할 수 있는 절대경의 무인에게 인피면구는 통하지 않는다.

무혼은 시계(視界)의 한계를 극복하게 해 주기 때문이다.

그러므로 지하상계에 잠입하려면 인피면구보다 상위의 수법, 즉 역체변용술이 필요했다.

인피면구처럼 껍데기 따위를 뒤집어쓰고 변장하는 수준이 아니라, 내공을 미세하게 조종해 얼굴의 골격 자체를 변환하는 무공.

하지만 이것은 축골공(縮骨功)에 해당하는 무공으로써, 그런 축골공을 구사할 수 있는 자들은 강호에서 극소수였다.

'음. 이쯤인가?'

어검비행을 마친 후 강서성 남부의 어느 관도 변을 지나던 조휘가 문득 염상록의 말을 떠올렸다.

-뭐? 어떻게 진가희를 능가하는 미친년이 존재할 수 있냐고? 응 존재해. 의심하지 마.

진가희는 현대와 무림의 세계를 두루 겪으며 온갖 인간군상을 접해 온 조휘로서도 실로 보기 드문 독특한 캐릭터.

그런 진가희의 매운맛(?)을 혹독하게 겪어 온 조휘였기에,

그녀의 똘끼를 능가하는 여인이 존재한다는 것이 도무지 믿기지 않았다.

-강서성의 남부 숭의현(崇義縣)에 간혹 천변혈후가 출몰한다고 들었다. 왜냐고는 묻지 마. 그냥 신출귀몰한 년이야.

하긴 그렇다.

진가희의 자아는 모든 규범과 상식을 붕괴할 지경.

그런 그녀를 능가하는 미친년이라고 하니 애써 그 심리를 헤아리거나 이해하려 드는 것 자체가 무모한 짓일 것이다.

-어떻게 알아보고 수배할 수 있냐고? 그냥 네놈 자체가 꿀통이야. 그년이 벌(蜂)인 이상 날아들 수밖에 없다고.

-내가 꾸, 꿀통? 그게 무슨 뜻이지?

-역체변용술을 익힌 사파의 미친년이 할 짓이야 뻔한 거 아니겠어? 잘생긴 귀공자들과 놀아나고, 호구 등쳐 먹고, 특히 무공이 고강한 사내들의 정기와 내공을 흡기(吸氣)하는 것을 가장 좋아하는 년이지. 얕보지 마. 별호에 괜히 후(后)가 들어가는 게 아니다. 걔 화경이야. 하긴 네놈한테 되겠냐마는…… 어쨌든!

-하…… 지금 나더러 미남계를 시전하라는 거냐?

-솔직히 네놈은 좀 재수가 없잖아? 잘생겼…… 제길! 게다

가 은자는 좀 많냐? 거기에 소검신의 무위까지! 오히려 그년이 안 꼬이는 게 이상한 일이지. 적당히 널 드러내 봐. 알아서 들이댈 거다.

총단에서 염상록과 나눴던 대화를 떠올리던 조휘가 얄궂은 표정을 지었다.

대관절 미남계라니!

지금 나더러 호스티스가 되라는 거야 뭐야!

하지만 역체변용술은 영계 속의 쟁쟁한 존자들 중에서도 아는 이 하나 없을 만큼 희귀한 수법.

조휘로서는 반드시 배우고 싶은 무공이었다.

절대경을 눈속임할 수 있는 기술은 역체변용술이 유일하며, 이는 자신이 운신할 수 있는 폭이 엄청나게 넓어짐을 의미했다.

그렇게 조휘가 이런저런 생각 끝에 관도 변 끝자락에 다다랐을 무렵, 드디어 길이 끊어지며 숭의현의 모습이 드러났다.

그런 숭의현(崇義縣)의 전경은 독특했다.

굳이 비유하자면 끝도 없이 우거진 산림 속에 인간의 문명한 점 덩그러니 찍혀 있는 듯한 광경.

질 좋은 나무가 천지사방으로 널려 있는 이곳은 강서에서 유통되는 목재의 구 할이 생산될 정도로 강서 최대의 목재 생산 기지였다.

포양호의 수많은 선단(船團)은 모두 이곳의 목재로 제조된다.

만약 전시라면 강서성주 입장에서 가장 중요하다고 할 수 있는 곳이 강서 북부의 곡창 지대와 이곳 숭의현이라 할 수 있을 것이다.

허나 아직 이곳은 조가대상회의 영향력이 미치지 못하는 곳.

막상 직접 와서 보니 강서의 상계를 모두 차지했다고 여겨 왔던 조휘에게 신선한 자극으로 다가왔다.

아직 자신은 강서성 하나도 제대로 취하지 못한 것.

중원은 그만큼 넓디넓었다.

그렇게 조휘는 후일 숭의현의 현감을 직접 만나 담판을 지어야겠다고 내심 각오를 다지고 있었다.

숭의현에 진입한 조휘가 곧바로 한 객잔 앞에서 걸음을 멈췄다.

기본적으로 사람이 가장 많이 모이는 곳이 객잔과 여각이기에, 타지에서 방문한 자가 정보를 취하기에는 객잔만큼 좋은 곳이 없었다.

노련한 점소이 왕적삼은 조휘에게서 풍겨 오는 부태(富態)를 단숨에 느꼈는지 막 주렴을 걷고 들어온 조휘에게로 버선발로 뛰어갔다.

"헤헤! 어서 옵쇼 공자님! 저희 주림객잔을 찾아 주셔서 감사합니다요! 가장 정취가 좋은 곳으로 모시겠습니다요!"

조휘는 깊은 눈빛을 빛내며 그런 왕적삼을 응시하고 있었다. 스카우트하고 싶은 것이다.

하지만 머나먼 타지에서 쉽게 속내를 드러낼 수는 없는 노릇.

조휘는 곧바로 욕심을 버리고 본래의 목적을 상기했다.

"주림(酒林)이라…… 어디 그 이름에 걸맞은 술을 내오는지 보겠다."

왕적삼이 그런 조휘를 마주 보더니 은밀히 속삭였다.

"저희 객잔의 최고 명주와 요리를 대령하겠습니다요."

"기대하지."

왕적삼은 자신의 눈이 틀리지 않았다는 것에 내심 쾌재를 내질렀다.

주문을 객잔의 성의에 맡긴다는 것은 무엇을 내와도 그 값을 감당할 수 있다는 자신감의 발로.

실로 오랜만에 재신(財神)이 강림한 것이다.

"실망시키지 않겠습니다요!"

조휘는 마지막까지 정중히 예를 다하며 물러나는 왕적삼이 실로 흡족했다.

몸에 밴 영업 수완이 보통이 아닌 녀석이었다.

그야말로 조가대상회를 위해 태어난 인재!

'나중에 들러 꼭 스카우트해야겠다.'

그렇게 다짐을 하던 조휘가 객잔 내부를 둘러보았다.

중원인들은 체면을 중요시한다.

다들 무심한 척하지만 사실은 쉴 새 없이 눈알을 굴려 서로를 의식하고 있었다.

한 이삼 일 동안 정도만 최고로 값비싼 요리와 술을 주문하며 풍류공자 행세를 한다면 단숨에 자신에게 모든 이목이 집중될 것이다.

그런 돈지랄이 일주일, 보름이 지난다면 자신의 소문은 현(縣) 전체로 뻗어 나갈 터.

귀찮은 일이 제법 일어날 테지만 천변혈후라는 벌을 꼬드길 꿀통이 되려면 어쩔 수 없는 노릇이었다.

얼마간의 시간이 흐르자 점소이 왕적삼이 온갖 푸짐한 요리를 내오기 시작했다.

"요리는 저희 객잔의 숙수께서 혼신을 다해 만드신 금계탕(金鷄湯)과 오향장육(五香醬肉), 삼채어린포(三彩魚鱗脯)를 일단 준비해 봤습니다요!"

이름만 들어도 비싸 보였고 그 요리들의 면면 또한 화려하기 그지없었다.

하지만 조휘는 만족한 내색을 하지 않았다.

"기름진 고기만 먹다 체하라는 건가. 채(菜)의 종류가 부족하군."

왕적삼이 두 눈을 번뜩였다.

이미 가져온 요리만 하더라도 은자 석 냥에 달하는 거금이거늘 요리를 더 내오라니!

"죄, 죄송합니다요! 곧바로 산채 요리를 내어 오겠습니다요!"

이어 왕적삼이 값비싼 산채 요리를 내어 오자 그제야 조휘의 만면에 흡족한 빛이 머금어졌다.

"이 술의 이름은?"

"여아홍입니다요!"

"여아홍(女兒紅)?"

"그렇습니다요! 저희 객잔이 자랑하는 최고의 술입죠!"

중원의 자랑인 여아홍의 명성은 수도 없이 들어 봤다.

여자아이가 태어날 때 뜰에 묻어 둔 술을 시집보낼 때가 이르러서야 축하하는 의미로 마신다는 술.

과연 자신이 개발한 한빙주의 퀄리티에 미칠 수 있을지, 조휘가 엄중한 표정으로 여아홍의 주향부터 맡아 보았다.

"호오."

과연 그윽한 그 향이 한빙주 못지않았다.

꼴꼴꼴.

이어 한 잔 들이켜 마시던 조휘가 두 눈을 동그랗게 떴다.

그 맛 또한 기가 막혔기 때문.

과연 중원의 자랑 여아홍이라 불릴 만한 술이었다.

'샘플로 한 병 가져가야겠군.'

강호에 서로 여아홍이라 주장하는 술은 무수히 많았다. 하지만 단언컨대 오늘 자신이 먹어 본 여아홍을 능가하는 술은 없었다.

앞으로 한빙주의 퀄리티를 더욱 높이려면 이런 좋은 샘플은 반드시 수집해 놓아야 했다.

"실로 좋은 술이구나."

그렇게 조휘가 사흘 동안 주림객잔에서 묵으며 온갖 진귀한 요리와 술을 먹고 마셔 대자 드디어 주변의 이목이 쏠리기 시작했다.

"허어, 대단하구먼! 가히 재신이야 재신!"

"세상에 은자가 얼마나 많으면!"

"대체 저 귀공자는 뉘 집의 아들인고?"

현대로 치면 허름한 술집에 들어와 발렌타인 30년산을 날마다 몇 병씩 까는 셈이다.

주변의 시선이 집중되지 않으면 오히려 더 이상할 노릇.

그렇게 칠주야가 흐르고 보름을 지나 달포에 이르자 마침내 벌(蜂)이 날아들었다.

"어멋! 주림객잔에 대단한 풍류공자가 나타났다더니 과연 용모 또한 헌앙하기 그지없으시군요!"

조휘가 흐트러진 표정을 풀고 그녀를 올려다보았다.

물론 지금까지 조휘에게 수많은 기루의 여인들이 접근했지만 그중에서 무공을 익힌 여인은 존재하지 않았다.

하지만 지금 이 여인은 명백히 무공을 익힌 강호인.

굳이 기감을 끌어올려 정탐하지 않아도 그 눈빛에 담긴 사이한 요기(妖氣)가 단숨에 느껴질 정도였다.

"앉지."

조휘는 일부러 하대를 했다.

귀공자 행세를 하려는 목적도 있었지만, 만약 상대가 사내의 정기와 내공을 흡기하며 평생을 살아온 사파의 악랄한 미친년이 맞다면 존대할 가치를 느끼지 못했기 때문이다.

"호호, 고마워요."

사이한 요기를 폴폴 풍기며 연신 눈알을 굴려 자신을 살피고 있는 여인.

그 모습을 물끄러미 지켜보던 조휘가 예의 화사하게 웃으며 먼저 입을 열었다.

"당신이 천변혈후(千變血后)인가?"

탐욕스런 눈빛을 빛내던 여인이 고개를 갸웃거리며 반문했다.

"그게 누구죠?"

조휘는 피식 웃었다.

그녀가 순간적으로 어색하고 딱딱한 표정을 지었던 것을 놓치지 않았기 때문.

"맞군."

순간 조휘는 자신의 주위로 펼쳐 놓았던 의념의 장막을 누군가가 헤집는 느낌을 받았다.

화경의 중반에 이르면 초보적이나마 의념을 발현할 수 있다.

하지만 그것은 무혼(武魂)이라 부를 수 없을 정도로 미약한 것.

"호오, 과연 화경이라는 건가."

여인, 천변혈후가 소스라치게 놀라며 벌떡 일어났다.

"저, 절대?"

아니 미친!

이런 촌구석에 칠무좌급 고수가 나타났다고?

"조용히 하고 앉아."

절대경의 무인 앞에서 도주를 시도한다는 것은 가장 어리석은 짓.

오랫동안 복마전과 같은 사파의 세계에서 노련하게 굴러먹은 천변혈후는 결코 어리석은 여자가 아니었다.

"씨발, 맹(盟)의 끄나풀이네. 어쩐지 기이하더라. 갑자기 돈도 많고 잘생긴 놈이 하늘에서 뚝 떨어질 리가 없지! 씨발! 씨발!"

연신 욕을 하며 다시 조휘와 마주 앉은 천변혈후가 특유의 음침한 눈빛을 빛냈다.

"그래, 씨발 뭐? 또 무림공적 그만 소리 하려고 왔어? 그만하면 자중했잖아?"

"……."

과연 진가희급, 아니 그 이상의 똘끼가 고스란히 느껴진다.

"이번엔 또 뭘 줄까? 저번에도 본 녀에게 붙은 현상금 이상을 줬는데 얼마나 지났다고 또 뜯어 가려고? 이젠 본 녀의 몸을 탐하시려나?"

순간 조휘의 두 눈이 이채를 머금었다.

와, 무림맹의 도대체 누가?

구파일방과 오대세가의 인사라면 다 현현(玄玄)하고 도도할 줄 알았건만 이년하고 같이 짝짜꿍했다고?

조휘는 그녀가 제멋대로 오해하게끔 내버려 두었다.

"역체변용술(易體變容術)."

"씨발, 이 미친놈이 지금 뭐래?"

벌떡 일어나며 혐오스럽다는 표정으로 조휘를 내려다보는 천변혈후.

"강호인에게 밑천을 내놓으라는 미친놈이 존재할 줄이야! 정파? 무림맹? 그냥 니 새끼가 마교해라 미친놈아!"

"금화 천 냥."

"와 씨발 진짜 생각할수록 어이가 없네? 천하의 후레자식도 네놈보다는 양심이 있겠…… 뭐라고요? 공자님?"

조휘가 품에서 전표 다발을 꺼낸다.

대륙전장의 표식이 선명하게 찍힌 전표였다.

"깨끗하게 세탁된 놈이지. 먹어도 돼."

"저, 정말 금화 천 냥을 준다고요?"

평생토록 사파에서 치열하게 굴러먹은 천변혈후였지만, 그런 그녀로서도 단 한 번도 만져 보지 못한 거금이었다.

그녀가 떨리는 손으로 전표 다발을 쥐려 하자 조휘가 슬쩍 다시 회수했다.

"역체변용술."

잠시 미간을 찌푸리며 갈등하는 기색을 하던 천변혈후가 결국 두 눈을 묘하게 빛냈다.

"본인의 의지가 아닌데도 무심결에 눈썹이나 입가가 파르르 떨린 적이 있겠죠?"

"음, 당연히."

천변혈후가 환하게 웃으며 다시 말했다.

"어디 지금 떨어 봐요."

간혹 눈썹 근처나 입가가 파르르 떨리는 것은 자의로 일으킬 수 있는 육체 현상이 아니었다.

현대의 지식을 빌리자면 칼륨이나 마그네슘 부족으로 인해 일어나는 현상이라는 설이 있긴 하지만 그마저도 확실하지가 않았다.

한데 그걸 지금 해 보라니?

조휘가 그렇게 의문스러운 얼굴로 굳어 있을 때 천변혈후가 다시 입을 열었다.

"사람의 얼굴에는 스무 개의 피근(皮筋)이 존재해요. 눈꺼풀을 덮고 뜨게 하는 안륜근, 보조개를 만드는 소근, 입을 오므리거나 벌리는 구각근 등 평범한 사람들은 모두 이 수의근인 표정근을 가지고 있어요."

천변혈후의 눈빛이 오묘하게 변한다.

"하지만 사근도 엄연히 존재하죠."

"사근?"

"네."

직역하자면 죽은 근육.

"눈가가 파르르 떨린다는 것은 반드시 근육이 있다는 소리예요. 사람의 몸은 근육 없이는 움직일 수 없으니까. 하지만 그게 의지로 통제할 수 있는 수의근(隨意筋)이 아닌 사근(死筋)이라는 게 문제죠. 사람의 얼굴에는 그런 안면 신경의 지배가 미치지 않는 미세한 사근이 최소 팔천 개가 넘어요."

"……팔천 개?"

현대의 지식을 알고 있는 조휘로서는 쉽게 이해할 수 없는 말이었다.

의학 서적을 본 적은 없었지만 상식적으로 그렇게나 많은 근육들이 얼굴에 알알이 박혀 있다는 게 말이 되는가?

"당연히 안 믿기겠죠. 그래서 제가 처음에 물어본 거예요. 무심결에 눈가나 입가가 파르르 떨린 적이 있냐고."

천변혈후가 화사하게 웃었다.

"통제를 할 수는 없지만 인간은 분명 사근의 존재를 인식하고 살죠. 당신은 심장과 같은 장기(臟器)의 근육들을 의지대로 움직일 수 있나요?"

그제야 무슨 말인지 이해하기 시작한 조휘가 의문스런 눈빛을 발했다.

"그럼 당신의 역체변용술은 얼굴의 모든 사근들을 통제하는 공부겠군."

"바로 보았어요."

조휘는 내심 감탄할 수밖에 없었다.

역체변용술이라는 수법이 왜 그토록 희귀한 수법인지 과연 절로 고개가 끄덕여질 수밖에 없었다.

미친!

인간의 신경으로 지배할 수 없는 사근들을 도대체 어떻게 통제할 수 있단 말인가?

아아, 무공의 세계란 이토록 기오막측하다.

"얼굴의 사근들을 모두 통제한다는 게 바로 이런 모습이죠."

순간, 천변혈후를 바라보던 조휘가 경악으로 굳어졌다.

그녀의 얼굴이 파도친다.

무수히 많은 잔물결, 그 미세한 파도가 그녀의 모든 얼굴을 뒤덮어 가고 있었다.

세세한 안면 사근들이 마치 학질에 걸린 것마냥 쉴 새 없이 요동치고 있는 것이다.

"하……!"

단언컨대 저런 건 처음 본다.

저런 건 현대의 최첨단 영상 기법인 CG로도 제대로 표현할 수 없을 터.

깔끔하게 사근 파도 시전(?)을 끝낸 천변혈후가 만면에 화사한 웃음을 머금었다.

"제가 만들어 내지 못하는 얼굴이나 표정이 존재할 수 있을까요?"

이건 인정할 수밖에 없다.

그야말로 지려 버릴 정도!

와! 이 정도면 축골공 수준이 아니지 않나?

조휘의 눈빛이 금세 탐욕으로 일렁거렸다.

"가, 가르쳐 줘!"

금화 일천 냥?

일만 냥이라도 배우고 싶다.

저런 고명한 수법은 돈으로 값을 매길 수 있는 것 따위가 아니다.

조휘가 가히 숨을 헐떡일 기세로 탐욕을 드러내자 천변혈후의 표정이 일변했다.

"본 녀의 생각이 바뀌었다."

마치 정복자처럼 오만한 표정을 짓고 있는 천변혈후.

그녀가 또다시 자신에게 하대를 하며 미친년처럼 굴어 대자 조휘가 얼굴을 구겼다.

"천 냥에 얘기 다 끝났잖아?"

순간 천변혈후의 얼굴에 악독한 빛이 어렸다.

"본 녀가 그 짐승 같은 놈의 조화면천변(造化面千變)을 배우기 위해 그 어린 날 처녀성까지 바쳐 가며 칠 년을 창기(娼妓)처럼 지냈다! 그 모진 세월을 고작 금화 천 냥에 헌납할 수는 없지 호호!"

고작?

금화 천 냥이라는 말을 듣자마자 공자님 공자님 하면서 숨을 헐떡이던 게 바로 일각 전이다 이년아.

조휘의 두 눈이 가로로 가늘게 찢어졌다.

"그럼 뭘 원하는데?"

천변혈후가 망설임 없이 대답한다.

"사천회주(邪天會主)를 죽여 줘. 아니면 무공을 전폐하거나."

"미친."

그 악명이 흑천련주를 능가하는 사황을 죽여 달라니!

사황(邪皇) 독고장천은 당대의 사도제일인.

그 흑천련주보다도 윗줄의 초극고수였으며 그야말로 살아있는 사파의 전설 그 자체인 이름이었다.

"못 할 것도 없잖아? 도대체 뉘신지 모르겠지만 무림맹에서 나오신 '절대'의 고수라면 그 정도는 너끈히 처리할 수 있는 요직에 앉아 있을 텐데? 게다가 흑천련이 몰락한 이상 어차피 무림맹은 사천회를 치려 할 테고."

지금까지 정·사 간에 장기간 평화가 유지될 수 있었던 것은 장강 이남의 흑천련과 사천회, 장강 이북의 무림맹이 서로 힘의 균형을 이루고 있었기 때문.

하지만 장강 이남에서 흑천련이라는 축이 무너졌고, 그 자리에 조가대상회라는 신진 세력이 들어섰으며, 그 조가대상회가 무림맹과의 동맹을 선포한 이상 사천회와의 충돌은 불가피한 상황이었다.

그렇지 않아도 조휘는 사천회가 모든 역량과 자산을 동원해 강호의 낭인들을 규합하고 있다는 소식을 여러 번 접할 수 있었다.

그들로서는 전에 없는 위기로 느낄 수밖에 없는 것이다.

"무공 수법 하나에 사천회주의 목이라……."

"단순한 무공 취급하지 마. 조화면천변은 활용하기에 따라 무궁무진한 효용 가치를 지닌 수법이니까. 그러니까 제발 그 악마 같은 놈을 죽여 줘. 응?"

조휘의 눈빛이 묘해졌다.

감히 조가대상회의 소검신을 한낱 살수(殺手)로 고용하겠다는 미친년을 바라보고 있자니 기가 찼다.

물론 할 수만 있다면 자신도 그러고 싶었다.

풍문으로 들려오는 사황의 악행은 그야말로 인간임을 포기할 지경이었으니까.

살아 봤자 수많은 사람들에게 악행만을 일삼을 사파의 악랄한 거두(巨頭)를 징치하는 것은 조휘로서도 나쁘지 않은 일이었다.

문제는 그런 사황 놈이 무려 이만에 달하는 인의 장막 뒤에 숨어 있다는 것.

제대로 된 무력대라고 해 봐야 달랑 조가천무대 하나밖에 없는 열악한 병력 상황에서 조가대상회가 그를 징치한다는 것은 결코 쉬운 일이 아니었다.

"결행 일을 정하지 않는다면 한번 고려해 보지."

"정말?"

"그리고 난 무림맹이 아니다."

요사스런 뱀처럼 두 눈을 반짝이던 천변혈후가 이내 의문스런 표정을 지어 보였다.

"그럼 어디?"

그에게서 풍겨 오는 기세, 특유의 정갈한 기도는 분명 틀림없는 정도명가의 정기(正氣)였다.

장강 이북 전체가 무림맹으로 통일된 것이 당금의 강호.

한데 그런 정파의 무공을 익힌 자가 어찌 무림맹을 부인할 수 있단 말인가?

조휘는 굳이 자신의 외견을 숨기지 않았다.

"조가대상회."

"조가대상회……?"

고개를 갸웃거리던 천변혈후가 곧 두 눈을 찢어질 듯 부릅떴다.

"설마, 그 소검신(小劒神)?"

"……."

천변혈후도 풍문으로 듣긴 했다.

단신으로 흑천팔왕과 흑천대살을 쓰러뜨릴 정도의 엄청난

절대경 고수!

그는 전설적인 검신의 제자임을 자처했으며 단숨에 무림맹과의 동맹을 천명한, 그야말로 떠오르는 강호의 신성과 같은 존재였다.

당금의 무림에서 가장 거센 바람을 일으키는 돌풍의 핵이자 새로운 중원상계의 절대자가 바로 그였던 것이다.

"와 진짜 하늘에서 뚝 떨어진 놈이었네?"

그녀의 말대로, 소검신은 오늘날 혜성처럼 등장하기 전까지만 해도 아무런 징조도 없이 갑자기 중원에 뚝 떨어진 것만 같은 인사였다.

천변혈후의 얼굴이 묘하게 붉어진다.

그녀를 아는 자였다면 지금 그녀가 짓는 저런 표정이 얼마나 심각한 상황을 의미하는지 조휘에게 경고를 늘어놓았을 것이다.

"생각이 바뀌었어."

조휘가 미친년 보듯 천변혈후를 쳐다본다.

아니 무슨 변덕이 저리도 죽 끓듯 하냐!

생각이 바뀌었다라는 그녀의 말만 벌써 두 번째다.

"이번엔 또 뭐? 대강 해라. 돈을 더 바란다면 내가 없어……."

"사랑해."

"뭐, 뭐 인마?"

"안 돼?"

조휘가 자리에서 벌떡 일어나며 소리쳤다.

"될 리가 있냐 이 어이없는 년아! 만난 지 반나절도 안 돼서 무슨 얼어 죽을 사랑이야 사랑은! 와 나!"

"침소가 어디야? 지금 할까?"

조휘가 소름 돋은 얼굴로 되물었다.

"하, 하긴 뭘 해?"

"앞? 뒤? 아니면 여자가 위인 걸 좋아해?"

"하……."

아무리 역체변용술을 배우고 싶어도 이건 아니다 싶었는지 조휘가 자리를 털고 일어났다.

"그냥 서로 갈 길 가자."

조휘가 객잔의 주렴을 걷고 밖으로 길을 잡자 천변혈후가 아무렇지도 않은 표정으로 그를 따라 나섰다.

이윽고 마치 연인처럼 자연스럽게 조휘에게 팔짱을 끼는 천변혈후.

"아니 이 미친…… 헉!"

그녀의 얼굴이 어느새 변해 있었다.

가히 인간계에 존재하지 않을 것 같은, 천상의 선녀로 변한 것이다.

등줄기에 식은땀이 축축하게 젖어 온다.

그 엄청난 진가희조차도 이렇게 멧돼지처럼 저돌적이진 않았다.

"당신에게 이 정도 얼굴이면 되려나?"

"겁나 소름 돋는 인공 소녀 같으니까 좋은 말로 할 때 떨어져라."

"인공 소녀?"

"그래 이 AI 같은 년아."

"애이아이?"

조휘가 도무지 알 수 없는 말만 늘어놓자 천변혈후가 재빨리 화제를 돌렸다.

"본 녀의 조화면천변을 배우고 싶지 않아?"

"일단 이거부터 놓고 이야기하지?"

"응."

조휘가 이마에 맺힌 식은땀을 닦으며 소로 변 풀숲에 털썩 주저앉았다.

"후. 어디 읊어 봐."

천변혈후가 마주 앉으며 선녀같이 웃었다.

"사근들을 내공의 미세한 운용으로 자극하여 통제하는 것이 조화면천변의 핵심이야."

조휘가 미간을 찌푸렸다.

"그럴 거라 생각은 했지. 하지만 통제한다는 것은 먼저 사근의 존재를 인식해야 한다는 건데 나는 그 자체가 불가능해 보인다."

"당연하지. 그래서 먼저 사근들을 깨워야 해."

"깨워?"

천변혈후의 안면에 맺혀 있던 홍조가 더욱 붉어졌다.

"……감당할 수 있겠어?"

"뭐, 뭘?"

"사근을 깨우는 과정이 꽤나 고통스러울 거야."

고통?

조화면천변과 같은 엄청난 기예를 배울 수만 있다면 그깟 고통이 문제겠는가.

"어떤 식의 수련이지?"

"수련이랄 것도 없어."

천변혈후의 얼굴에 돌연 결연한 빛이 머금어졌다.

"내공, 의념 모두 풀어. 절대로 반격하려 들지 마."

"……반격?"

"준비됐어?"

조휘는 그녀가 뭘 어떻게 할지 감도 잡을 수 없었지만 손수 가르침을 내려 준다니 참을 수밖에 없었다.

곧 그가 상시적으로 운용하고 있던 의념의 구동을 멈추고 전 내공을 해제했다.

그러자 가장 먼저 시계(視界)가 좁아지고 온몸에 무한하던 활력이 일거에 잦아들었다.

무인으로서 지극히 위험천만한 행동이었으나 왠지 천변혈후가 자신을 해할 것 같진 않았기에 조휘는 애써 긴장을 풀며

침을 꿀꺽 삼켰다.

"말한 대로 다 했다."

"응. 참을 수 없다면 비명은 질러도 돼."

"음?"

순간.

짜아아아아아악!

오른쪽으로 홱 하니 돌아간 고개.

영혼이 빠져나간 것만 같은 표정으로 본능적으로 오른 볼을 부여잡은 조휘가 거친 욕설을 내뱉었다.

"이, 이런 미친 씨발! 지금 이게 뭐 하는 짓…… 으아아악!"

볼에서 그야말로 엄청난 격통이 물밀듯이 밀려왔다.

벌건 대낮에 생판 처음 보는 여자에게 따귀를 처맞다니 이 무슨 개 같은 경우가!

천변혈후의 엄숙한 얼굴.

"사근을 깨우는 가장 빠른 방법은 격통(激痛)과 극통(極痛)."

조휘가 앉은 채로 온몸을 부르르 떨었다.

"뭐, 뭐라고?"

조휘가 소스라치게 놀라며 토끼 눈을 뜨자.

"사람에 따라 다르지만 최소 일천 번쯤은 처맞아야 사근이 깨어나기 시작해. 혹 좀 더 빨리 사근을 인식하게 될 수도 있어. 반드시 그때의 감각을 기억하고 인지해야 돼."

"이, 일천 번?"

천변혈후가 양손에 침을 퉤퉤 뱉더니 이내 슥슥 비볐다.

"이왕 시작한 거 빨리 끝내자구."

소로 변을 지나는 사람들의 호기심 어린 시선이 일제히 조휘에게 향했다.

자고로 구경 중에 제일은 싸움 구경.

심지어 남녀 간의 사랑싸움(?)은 가장 흥미로운 법이다.

사람이 지극히 황당한 일을 겪으면 순간적으로 사고가 마비된다.

얼얼한 한쪽 볼을 매만지며 나라 잃은 표정을 하고 있는 조휘의 행색은 흡사 실연을 당한 풍류공자.

천변혈후가 이를 꽉 깨물며 이번엔 왼손을 치켜들자 조휘가 기겁하며 이성을 차렸다.

"자, 잠깐! 생각할 시간을 좀 달라고!"

"칼 뽑았을 때 상대를 찔러야지. 시간을 끌면 끌수록 더 고통스러워."

'칼을 뽑았으면 무라도 잘라야지.'가 아니었던가?

꼭 비유를 해도 어휴…….

명불허전 사파 년이다.

어쨌든 의념과 내공을 풀고 맨몸으로 천변혈후의 따귀를 맞는 것은 보통의 일이 아니었다.

게다가 손속은 또 얼마나 매운지 그야말로 눈물이 쏙 빠질 지경.

한 대를 맞은 것만으로도 볼이 터져 나갈 것만 같은데 무려 천 대라니 미친!

"후…… 일단 좀 한적한 곳으로 가지. 보는 눈이 너무 많다."

"알았어."

그렇게 경공을 일으켜 울창하게 우거진 숲속에 도착한 조휘가 숨을 헐떡이고 있는 천변혈후를 애처로운 얼굴로 응시했다.

"다른 방법은 없어? 꼭 그렇게 귀싸대기를 처맞아야만 사근을 깨울 수 있는 건가?"

"응 없어. 아? 한 가지 방법이 있긴 하네."

조휘의 얼굴이 금세 화색으로 물들었다.

"다른 방법이 있다? 정말이냐?"

"조화면천변의 비급에 따르면, 남만에 서식하는 전설의 영물인 만년인면독주(萬年人面毒蛛)의 독을 얼굴에 바르면 가능하다고 해. 그 정도 독이라면 인간의 피근을 활성화하고 자극하는 데 엄청난 도움이 되거든. 아, 물론 해독약도 함께 상비해야 하겠지만."

"그냥 처맞으라는 거군."

암담한 얼굴로 고개를 푹 숙이고 마는 조휘.

굳이 사천당가의 독물도감(毒物圖鑑)을 빌려 읽지 않아도 알 수 있었다.

'만년'이라는 단어만 들어도 얼마나 희소한 영물인지를 곧바로 파악할 수 있는 것이다.

그런 만년에 하나 나올까 말까 한 영물의 독이라면 사천당가조차 신줏단지 모시듯 연구하려들 터.

설사 만년인면독주를 확보한다고 해도 해약을 개발하는 데는 당가로서도 엄청난 시일이 걸릴 것이 분명했다.

자신에게 그런 시간적 여유는 없었다.

지금 이 순간에도 빌어먹을 비공일맥 놈들이 조가대상회를 향해 마수를 뻗어 오고 있는 상황.

아니, 그들의 암계는 이미 시작되었을지도 모른다.

하는 수 없이 조휘는 이를 으득 깨물며 눈을 감았다.

"야, 그냥 시작해."

다시 예의 침을 퉤퉤 손에 뱉더니 천변혈후가 후 하고 한숨을 내쉬었다.

"사랑해서 때리는 거야."

"흰소리하지 말고 시작해라."

고요한 산상(山上)에 찰진 타격음이 메아리치기 시작했다.

짜아아아악!

52 章.

52 章.

짜아아악!

여긴 어디인가.

짜아아악!

나는 누구인가.

짜아아악!

나는 왜 처맞고 있는가.

짜아아악!

이런 씨발!

"그마앙! 그마아아아망!"

터질 듯이 부풀어 오른, 그야말로 푸르뎅뎅해진 양 볼을 앙

다물며 조휘가 벌떡 일어나자.

“이런 썅! 또 공염불로 만들려고 그래? 한번 시작했으면 내리 천 대를 쉼 없이 맞아야 한다니까?”

“시팡, 이거시 사라미 하알지시여?”

조휘는 도저히 더 맞을 수가 없었다.

맞는다는 것이 묘한 게, 그 극한의 격통도 어느 순간부터 적응이 되어 참을 만했던 것.

하지만 박살 나는 멘탈만큼은 도저히 부여잡을 수가 없었다.

이건 마치, 그래 짐승이 되는 것 같다.

매에 길들여지는 짐승!

오백 몇 대였던가.

어느 순간부터 그녀가 때리기 좋게 고개를 비트는 자신을 발견하며 조휘는 그야말로 전신에 소름이 와르르 돋아났다.

아아, 이런 게 맞는다는 거였나.

한데 그때.

“어? 내 어구리 에이래?”

푸들푸들푸들.

갑자기 얼굴에 일어난 엄청난 경련들!

천변혈후가 비명 지르듯 소리쳤다.

“결국 해내 버렸어! 집중해 당장! 지금 그 감각을 반드시 기억하라고!”

“아, 아라따!”

"아까 내가 한 말 모두 기억하지? 처음은 뇌호혈(腦戶穴)이야! 뇌호혈을 시작으로 백회혈(百會穴), 태양혈(太陽穴)을 차례대로 원을 그린다고 생각해! 끌어올릴 수 있는 모든 내공을 끌어올려!"

뇌호혈과 백회혈, 태양혈은 모두 사람의 머리에 위치한 혈도로서, 섣불리 자극을 했다간 그대로 이승을 하직하는 주요 사혈(死穴)이었다.

특히나 임맥과 독맥이 만나는 백회혈은 가장 중요한 혈자리로, 이를 정복하는 과정이 실로 죽음과 삶을 오고 간다 하여 따로 생사현관(生死玄關)이라 불리기도 했다.

한데 이 위험한 혈도들에 전 내공을 불어놓고 원형을 그리며 가속하라니?

자칫하다가는 생명을 잃거나 백치가 될 수 있는 위험천만하고 무모한 행동이 아닐 수 없었다.

"의심하지 마! 날 믿어!"

"크으으……!"

조휘가 가득 이를 문 채로 그녀의 말대로 운기행공을 시작하자 영계의 존자들마저 우려하고 나섰다.

-저저……!

-허어! 무모한지로고!

검신이 그런 소란을 일거에 저지했다.

-녀석에게 내기의 역류가 일어나면 곧바로 이 내가 현신할

것이오.

그러자 마신이 반감을 드러냈다.

-그대의 영력은 그야말로 경각에 달려 있소. 현신은 내가 하겠소이다.

연신 내공을 가속하던 조휘는 그제야 자신감을 얻었다.

존자 어른들이 존재하는 이상 자신에게 주화입마 따위는 있을 수가 없는 것!

"가속이 계속되면 그 관성 때문에 내공이 외부로 흩어지려 할 거야! 때는 바로 그때! 내력이 빠져나가면서 지금 날뛰고 있는 모든 사근들을 감각적으로 파악할 수 있어! 기억해! 기회는 딱 한 번뿐이야!"

우우우우웅!

그렇게 벌 떼가 날아가는 소리가 조휘의 머릿속에 가득 울려 퍼질 무렵.

그녀가 말한 현상이 곧바로 찾아들었다.

가속하던 내공이 얼굴의 모든 모공으로 배출될 것만 같은 느낌이 한없이 일어난다.

따끔따끔!

엄청난 격통으로 따끔거리던 조휘의 얼굴, 그 무수한 사근들이 막강한 압력에 의해 더욱 터질 듯이 부풀어 오르자.

"으아아아아!"

조휘가 비명을 지르며 한계에 다다랐다.

싸아아아아아-

내력이 모공 밖으로 흩어지며 모든 고통이 말끔히 사라진다.

허나 그런 청량한 쾌감의 와중에 기이한 감각들이 열꽃처럼 피어났다.

과거에는 전혀 인식할 수 없었던 사근들, 신경으로 통제되지 않았던 그런 기묘한 감각들이, 흩어지는 내기와 함께 마치 세류(細流)처럼 춤추고 있었다.

조휘는 더욱 입을 악다물었다.

천변혈후의 당부대로 단 하나의 감각도 놓치지 않겠다는 듯, 온 정신을 집중해 사근들을 음미하고 있는 것이다.

그런 폭풍과도 같은 시간이 두 시진쯤 흘렀을까.

드디어 조휘가 반개했던 눈을 천천히 떴다.

"호오……."

한껏 불그스레해진 얼굴, 그런 조휘를 바라보며 천변혈후가 고개를 절레절레 저었다.

"미친, 진짜로 홍면개화를 단숨에 이뤄 낼 줄이야."

지난날 조화면천변의 제일 단계인 홍면개화(紅面開花)를 이루기 위해서 자신이 바쳤던 대가, 그 엄청난 노력과 시간들을 생각하니 문득 허탈함이 밀려온 것이다.

과연 천하에 소검신이라 불릴 만한 자.

과감하면서도 정밀한 내기의 운용과 때를 놓치지 않는 천부적인 감각, 또한 극한의 인내력까지!

그 모든 것이 놀라운 사내였다.

양 볼에 피가 주르륵 흘러 붓기가 빠지자 그제야 조휘는 본래의 발음으로 돌아왔다.

"놀랍군. 얼굴에 그야말로 무수한 통로들이 새롭게 생긴 느낌이다. 이 내기의 통로들이 사근을 통제하는 새로운 감각인 거냐?"

과연 인간의 얼굴에 팔천 개가 넘는 사근이 존재한다는 그녀의 말은 허언이 아니었다.

천변혈후가 화사하게 웃었다.

"응. 하지만 아직 제대로 되진 않을걸? 처음에는 제멋대로일 거야."

그녀의 말에 조휘는, 내력을 미세하게 운용해 새롭게 생긴 통로 하나에 조심스레 흘려보냈다.

꿈틀.

"음?"

분명 턱선 쪽으로 흘려보낸 것 같은데 이마 쪽이 꿈틀거렸다.

그 이후도 마찬가지.

눈썹 부근의 사근을 통제하려 하면 입가가 씰룩였고, 눈꺼풀을 떨게 하려다 귓불이 파르르 떨렸다.

조휘가 인상을 찌푸렸다.

"제멋대로군."

수많은 시행착오 끝에 모든 사근의 감각들을 자신의 의지대로 통제한다는 것은 결코 만만치 않은 과정이 될 터였다.

단순하게 생각해 봐도 수천 개의 감각들을 빠짐없이 암기해야만 가능할 텐데 벌써부터 머리가 지끈거리며 아파 오는 것이다.

조휘는 새삼스레 천변혈후가 대단해보였다.

보통 머리가 좋은 년이 아닌 것이다.

"지금 당신이 이룬 건 첫 단계인 홍면개화. 이제 막 사근의 감각들을 통제하기 시작한 상황이야. 그 후로도 세 단계의 경지가 더 남아 있지."

"총 네 단계란 말인가."

"응. 나도 아직 마지막 단계는 이루지 못했어."

"마지막 단계?"

"삼보면천변(一步面千變). 세 걸음에 일천의 변화를 일으킬 수 있을 때 진정한 조화면천변의 완성이라 할 수 있지."

"미친."

누가 이런 엄청난 무공을 창안했는지는 몰라도 실로 미친 놈이 아닐 수 없었다.

역체변용술에 있어서만큼은 가히 종사에 이른 자이리라.

이어 조휘는 천변혈후에게 다음 단계의 연성법을 두 시진에 걸쳐 모두 전수받았다.

"정말 고맙다."

조휘가 묵묵히 품 안의 전표 다발을 꺼내며 그녀에게 내밀자.

천변혈후가 두 눈을 동그랗게 뜨며 놀라는 눈치였다.

한눈에 봐도 금화 천 냥보다 훨씬 많은 금액이었던 것.

그가 가지고 있던 전표를 하나도 남기지 않고 모두 꺼내 든 것이다.

"와, 이게 대체 얼마야?"

"대충 금화로 이만 냥쯤 될 거다."

천변혈후의 입이 쩍 하고 벌어졌다.

작은 현(縣) 하나를 사고도 남을 엄청난 돈을 현물로 가지고 다니는 놈이 실제로 존재할 줄이야!

하기야 조가대상회의 회장이란 자다.

안휘와 강서를 송두리째 거머쥔 대상(大商)인 그에게 있어서 이 정도 금화는 돈도 아니리라.

그렇게 조휘가 처음에 합의한 금액의 스무 배에 달하는 금화를 내어놓자 천변혈후의 얼굴에는 더욱 흡족한 미소가 만발했다.

조화면천변의 진정한 가치를 그가 알아주고 있는 것이다.

그렇다면 이쪽에서도 그런 사내의 호탕함을 알아봐 줘야지!

"필요 없어."

천변혈후가 자신이 건넨 전표를 스윽 하고 밀어내자 조휘는 깜짝 놀라는 눈치였다.

"이만 냥인데? 그것도 금화로?"

"다른 걸로 받고 싶은데."

"다른 것?"

갑자기 천변혈후가 저고리를 풀었다.

"여기서 어때? 난 야외 취향인데."

"또 시작이냐?"

조휘가 소름 돋은 얼굴로 벌떡 일어나며, 이어 망설임 없이 의념을 구동했다.

~~우우우우웅~~

"하! 허공섭물?"

조휘의 전면에 두둥실 떠오른 철검을 응시하며 경악하고 있는 천변혈후.

곧 그녀가 미약한 의념으로 조휘의 철검을 훑더니 더욱 어처구니가 없다는 표정을 했다.

"아니네. 미쳤네. 허공섭물이 아니라 검령(劍靈)이네. 와! 그럼 소검신의 어검비행이 진짜였어? 말하기 좋아하는 자들이 꾸며 낸 헛소린 줄 알았는데?"

그러거나 말거나, 조휘가 가볍게 도약해 철검 위로 올라섰다.

"난 분명 대가로 재물을 약속했다. 자꾸 이상한 요구만 늘어놓으면 재미없을 줄 알아. 그리고……."

입술을 삐죽이는 천변혈후.

"또 뭐?"

"나 곧 유부남이야. 괜히 혼삿길 막지 말라고."

천변혈후가 피식 웃었다.

"방패로 막는다고 몸이 안 꿰뚫려?"

"어휴 미친년, 비유 보소."

조휘가 상체를 숙이며 어검비행을 하려 하자 천변혈후가 뾰족한 목소리로 비명을 질렀다.

"야! 소검신! 넌 사부의 이름도 한 번 안 물어보냐!"

조휘가 흘깃 그녀를 쳐다본다.

"이름이 뭔데?"

"백화린(白花璘). 그게 내 이름이야."

거 이름은 예쁘네.

쏴아아아아아아-

조휘가 말없이 어검비행으로 나아가자 숲속에서 백화린의 뾰족한 음성이 메아리치듯 울려 퍼졌다.

-조가대상회에서 봐!

◆ ◈ ◆

개봉(開封).

성도인 정주(鄭州)와 더불어 하남성(河南省)을 대표하는 양대 도시라 할 수 있는 곳으로서, 그야말로 온갖 행색의 상인들로 들끓는 대표적인 하남의 상업 도시였다.

더불어 정파의 구대문파를 논할 때 항상 함께 거론되는 일방(一幇), 즉 개방(丐幇)의 하남 총타가 있는 것으로 더욱 유명했다.

하지만 대부분의 사람들은 그 유명한 개방의 하남 총타의 위치를 알지 못했다.

대게 정보를 다루는 집단의 특성이 그렇듯, 개방 역시 접선책을 보호하기 위해 은밀하게 방도들을 운용하고 있기 때문이다.

하여 거지 떼가 모여 구걸하고 있는 곳이라면 어디든 개방의 하남 총타라는 우스갯소리마저 돌 정도.

사실 그런 풍문은 틀린 것도 아닌 것이, 개방도들은 특별히 장소에 얽매이지 않은 삶을 살아왔기 때문이다.

'이것들이 아직도 코빼기도 보이지 않아?'

장신구 상인이 깔아 놓은 좌판의 근처에서 진득한 눈빛을 발하고 있는 젊은 거지 사내의 이름은 등조걸.

등조걸은 개방의 이름 높은 의혈단(義血團)에 소속된 거지로서, 개방의 후기지수라 할 수 있는 신개(新丐)들 중 가장 두각을 나타내는 이결제자였다.

'내가 장소를 잘못 알고 있나?'

등조걸은 연신 의아한 눈으로 사방을 두리번거리고 있었지만 아무리 살펴봐도 약속한 장소임이 틀림없었다.

이틀 뒤면 달포 동안 신개들이 모은 정보를 취합하여 의혈단주 어르신께 보고해야 하건만 그런 신개들이 한 놈도 나타나지 않는 것이다.

시간도 확실하고 장소도 정확한데 신개들이 나타나지 않는다?

더구나 각지에 흩어져 정보를 모으던 놈들이 한둘 빠진 것도 아니고 한꺼번에 전부?

당연히 등조걸은 지극히 당황할 수밖에 없었다.

개방의 그 어떤 행동 강령에도 이런 상황을 대처할 수 있는 방법을 배우지 못했기 때문.

그도 그럴 것이 육십 명에 달하는 의협단의 개목(丐目:개방의 정보원)들이 동시에 나타나지 않을 확률?

그것은 도저히 일어날 수 없는, 아니 일어나선 안 되는 상황이었다.

한데 그때, 등조걸의 두 눈이 동그랗게 떠졌다.

어스름한 골목 어귀 부근의 한 포목점에서 의협단의 신개들이 우르르 몰려나오고 있었기 때문.

이에 등조걸이 그들에게 화급히 달려갔다.

"장산! 왜 다들 여기에서 나오나?"

장산 역시 등조걸을 바라보며 두 눈을 휘둥그레 뜨고 있었다.

"뭐, 뭐야? 조걸이가 둘?"

"그 무슨 황당한 소리냐?"

"바, 방금 네가 포목점 안에서 신개들의 밀지를 모두 거둬 가지……."

순간, 장산의 안색이 싯누렇게 변했다.

"헉! 설마!"

"일개들은 모두 흩어져서 흉수를 찾는다! 장산 넌 잠시 남아!"

의혈단 역사상 최악의 상황이 벌어졌다. 의혈단이 달포 동안 모은 모든 정보들을 통으로 털린 것이다!

마치 영혼이 빠져나간 것만 같은 얼굴을 하고 있는 장산에게로 등조걸의 신경질적인 음성이 날아들었다.

"도대체 무슨 일이 벌어진 것이냐! 나와 용모가 똑같았다고?"

"트, 틀림없이 너였다. 게다가 의혈단의 접선 방법과 심지어 음어까지 모두 알고 있었다고!"

"우리의 음어(陰語)까지?"

상황이 이 지경에 이르자 오히려 장산은 등조걸을 의심하고 나섰다.

"호, 혹시 네, 네놈이!"

"빌어먹을!"

등조걸이 신경질적으로 앞섬을 열어재꼈다.

그의 가슴께에 인두로 지진 듯한 저 자국은 틀림없는 후개(後丐)의 상징!

장산은 등조걸이 방주의 후계자라는 사실을 아는 몇 안 되는 사람들 중 하나였다.

"시간이 없다. 놈의 용모파기……! 아 맞다 이런 제길! 목소리는? 목소리는 어땠나?"

"그야말로 너와 똑같았다. 몸짓이나 버릇까지 완벽히 너였어."

"와……."

등조걸은 말문이 막혀 버렸다.

이름 높은 의협단 신개들을 단숨에 속여 버린 고절한 변장술은 일단 제쳐 두더라도, 어떻게 자신의 목소리와 습관까지 흉내를 낼 수 있단 말인가?

그 말은 누군가가 자신의 정체를 미리 눈치채고 오랜 시간 동안 관찰해 왔다는 뜻.

한데 아무리 생각해 봐도 지금까지 누군가에게 미행당한다는 느낌은 결코 받지 못했다.

그때 등조걸의 얼굴이 핼쑥하게 변했다.

"서, 설마!"

얼마 전 이름 모를 한 사내와 의기투합하여 함께 진탕 술을 마신 적이 있었다.

그는 말을 얼마나 기똥차게 하는지 그야말로 혼이 나가 버릴 정도의 화술을 지닌 젊은 사내였다.

'보자…… 그놈의 이름이 조영훈이라 했나?'

중원인의 이름치고는 특이해서 그 취중에서도 확실히 기억이 났다.

등조걸이 별안간 괴성을 질렀다.

"조영훈이라는 자를 찾아라! 호리호리한 체구에 큰 키! 흰 피부에 계집처럼 곱상하게 잘생긴 놈이다!"

"아, 알았다!"

한데 그때 그의 귓가로 한 줄기 전음이 날아들었다.

<친구야 안녕? 밀지 찾고 싶지?>

등조걸이 미친 듯이 주변을 두리번거렸다.

"개자식! 어디냐! 비겁하게 숨어 있지 말고 나와라!"

<다 태워 버리기 전에 내색하지 말고 내가 정한 장소로 와라. 장소는…….>

등조걸이 이를 꽈득 깨물며 온몸을 부르르 떨다 결국 발길을 옮겼다.

◆ ◈ ◆

등조걸이 찾아간 곳은 비룡객잔의 어느 한 침소였다.

과연 자신의 예상은 한 치도 틀림이 없었다.

분명 얼마 전 자신과 죽어라 화주를 들이마셨던 그놈이다.

등조걸이 그 희멀건 면상을 바라보다 씹어뱉듯 말했다.

"조영훈 너 이 새끼!"

조영훈, 아니 조휘가 화사하게 웃으며 그의 앞섶을 가리켰다.

"인두 자국은 또 몰랐네? 좋은 정보 감사."

등조걸이 온몸을 부들부들 떨다 오히려 애처로운 표정을 했다.

"도대체 전생에 너에게 무슨 짓을 했길래 내게 이러는 것이냐? 제발 그 밀지들을 돌려 다오."

등조걸은 보통의 거지가 아닌 후개(後丐)다.

저 조영훈이라는 놈의 교활한 심계와 재지가 보통이 아니라는 것을 곧바로 알아차린 것이다.

게다가 틀림없이 무공을 익힌 놈이 분명한테 자신의 눈에 읽히지 않는 것이 가장 큰 문제였다.

그 말인즉 상대가 적어도 화경 이상의 강자라는 뜻.

"당연히 돌려 드려야지. 아니면 의혈단주께서 타구봉으로 매타작을 하실 텐데."

등조걸이 더욱 뜨악한 얼굴을 했다.

"아니, 사부님의 정체마저 알고 있단 말이냐?"

타구봉(打狗棒)은 개방 방주의 신물.

의혈단주가 개방 방주 구천기(具天紀)의 위장 위계라는 것을 상대가 정확히 알고 있는 것이다.

"훗, 그 정도가 무슨 거창한 비밀이라고. 대충 정보상 몇 곳 돌아보니 딱 답이 나오던데."

"뭐, 뭐라고?"

"딱 보면 모르나? 의혈단의 명성이 아무리 대단하다고 하나, 개방의 서른여섯 개에 달하는 단(團)의 하나에 불과한데, 왜 개봉의 모든 정보들이 의혈단으로 모이는 거지?"

"……."

"정보 집단을 자처하는 개방에서 모든 정보를 쥐고 있는 자…… 그는 가장 높은 권력자일 확률이 높지. 적어도 그가 일개 단주(團主)가 아닌 것만은 확실했어. 아, 또 하나 유추한 것이 있는데 혹시 개방의 하남 총타란 특정 장소를 말하는 것이 아니라 의혈단주 그 위계 자체를 뜻하는 거냐? 맞지? 의혈단주가 하남 총타인 거지?"

순간 등조걸은 등줄기에서 소름이 좌르르 일어났다.

과연 자신의 눈은 틀림없었다.

지닌 심계와 재지가 가히 탈인간급!

"도, 도대체 내게서 원하는 게 무엇이냐?"

등조걸의 두 눈에 떠오른 것은 지극한 두려움이었다.

상대는 후기지수인 자신으로서는 감히 상상도 할 수 없는 수완과 심계를 일신에 지닌 자.

더욱이 그 무공조차 가늠할 수 없으매, 두려움이 치미는 것은 어쩌면 당연한 일이었다.

"뭐 그렇게 대단한 일은 아니고."

"무, 무슨?"

조휘가 씨익 웃었다.

"접선책(接線責)."

"개방의 거지 어르신들을 뵙고 싶은 것이냐?"

후개인 자신에게 접선을 강요한다면 필시 개방의 대장로들이나 방주와의 만남을 요구하고 있는 것이었다.

"아니. 거지는 너 하나로 충분해. 후개의 행동거지를 공부하고 몸에 익히는 것만으로도 며칠 동안 머리에서 쥐가 났다고."

"그럼 어디와 접선을?"

"만금상단."

"마, 만금상단?"

순간 조휘의 얼굴이 무섭게 굳었다.

"최소 위계는 행수(行首). 포섭하기 쉬운 자로. 내부에 비리와 부정을 저지른 자면 더욱 좋다. 한없이 은밀하게. 시간은 사흘 이내."

무려 만금상단의 행수를 포섭하시겠다?

국가 간의 무역까지 중계하는 초거대 상단이다.

그런 만금상단의 행수급 인물이라면 사실상 지방 현령 정도의 위세를 누리는 엄청난 자.

그런 자를 도대체 무슨 수로 포섭할 수 있단 말인가?

"너네 거지들, 만금상단을 샅샅이 꿰고 있잖아? 만금상단을 드나드는 물품의 출납 기록과 재고까지 파악하고 있는 것으로 아는데? 도대체 개방이 왜 그런 정보까지 모으고 있는 건지 알 수는 없지만, 적어도 비리와 가장 가까운 행수 정도는 파악하고 있을 거 아냐?"

등조걸의 얼굴이 더욱 핼쑥해졌다.

도대체 이놈의 정체가 뭐길래 개방의 일거수일투족을 이리도 샅샅이 꿰고 있단 말인가?

"내, 내 선에서는 감당할 수 없는 일이다."

조휘가 의문스런 눈을 했다.

"후개님인데?"

등조걸이 나직이 고개를 가로저었다.

"사부님께서 나를 제자로 거두긴 했지만 나는 아직 공식적인 후개가 아니다. 정보를 관할하는 위치에 있지 않다."

"흐음."

조휘의 얼굴이 침중해졌다.

하기야 이놈의 행동반경을 살펴보니 정보를 취합하고 보고하기만 할 뿐, 정보를 활용하는 위치에 있는 자는 아니었다.

하지만 조휘는 후개라면 뭔가 다를 줄 알았다.

다른 비밀스런 직책을 갖고 있다든지, 혹은 비밀 임무를 수행하고 있다든지 하는.

"제길, 아무런 쓸모도 없는 놈이었나."

순간 등조걸은 뭔가 속에서 욱하고 치밀어 올랐다. 자존심이 상한 것이다.

"차라리 사부님과 담판을 지어라. 그것은 내가 도와줄 수 있다."

그제야 조휘의 표정이 다시 흥미롭게 변했다.

"호오, 개방 방주를 직접 소개해 주겠다?"

개방 방주 구천기, 즉 취선개(醉仙丐)는 황제보다도 보기 힘들다는 강호의 걸출한 신비인.

그런 신비스러운 존재를 직접 만나게 해 주겠다고 하니, 그제야 등조걸을 점찍기를 잘했다는 생각이 드는 조휘였다.

"흐음."

하지만 그가 도중에 딴마음을 먹을 수 있었기에 조휘가 다시 밀지들을 품속에 넣었다.

"날 못 믿겠다는 뜻이냐?"

"날 거지 소굴로 끌고 들어갈 것이 뻔하잖아? 개방의 방도가 무려 십만이라는데 나로선 대비를 할 수밖에. 쪽수에 장사 없다."

등조걸이 울상을 지었다.

"하지만 그게 없으면 내가 먼저 사부님께 죽는다."

조휘가 고개를 갸웃했다.

"대체로 별호에 선(仙) 자가 들어가신 분들은 착하시던데."

"왜 앞에 붙은 취(醉)는 생각지도 않는 거냐."

"아?"

술만 취하면 미친 신선이 된다는 건가.

'으음…….'

등조걸이 밀지를 건네받고 잠적하면 답이 없었다.

이미 그와 한 차례 술자리를 가져 본 조휘로서는 등조걸이 어떤 성향의 인물인지 속속들이 파악하고 있었다.

그는 쉽게 허리를 숙이는 자가 아니다.

자신의 품속에 있는 신개들의 밀지만 아니었다면 이렇게 굽실거릴 인물이 아닌 것이다.

뭔가 믿음직한 구석이 하나라도 생기면 모르겠는데 지금으로서는 그를 도무지 믿을 수 없었다.

그렇다고 조화면천변을 활용해 그로 위장해서 방주를 만난다고 해도 본래의 목적을 드러낼 수 없으니 말짱 꽝이었다.

그때, 별안간 조휘의 머릿속에서 조강 어르신의 음성이 들려왔다.

-허어, 내가 잘못 본 것인가? 내 아직 네놈의 시야에 적응이 되지 않아서 그러니 저자의 귓불을 다시 살펴보거라.

'귓불요?'

조휘가 안력을 돋우어 등조걸의 귓불을 자세히 보니, 과연 자세히 살피지 않으면 알아볼 수 없을 정도로 미약한 점(點)이 북두칠성의 모양으로 찍혀져 있었다.

검천전능지체를 일신에 새기고 절대경에 이른 조휘의 안력으로도 겨우 보일 정도이니 다른 이들은 거의 알아보지 못한다고 봐도 무방했다.

-허허허허…… 이런 묘한 일이…….

이어 조강 어르신의 말을 전해 들은 조휘가 잠시 놀란 얼굴을 하다가 환하게 웃었다.

"이 새끼 이거 알고 보니 왕건이네?"

"와, 왕건이?"

조휘의 얼굴이 금방 음흉해졌다.

"야 이 씨, 귓불에 떡하니 일곱 무지개(七虹)의 또 다른 상징인 북두칠성을 새긴 채 활보하고 다니면서 비공일맥을 부인하고 싶은 거냐? 와 씨! 후개가 비공일맥의 암상이라니 이 새끼들 이거 완전 막 나가는구만!"

등조걸의 입이 쩍 하고 벌어졌다.

순간, 등조걸이 조휘를 향해 벼락같이 출수했다.

그의 손바닥이 쏟아 낸 힘은 천하제일장(天下第一掌)의 명성을 구가하고 있는 항룡십팔장(亢龍十八掌).

개방은, 이 열여덟 초식에 달하는 하나의 장법만으로도 천하에 엄청난 명성을 구가하고 있었다.

그 위력은 가히 명불허전!

제일 초인 항룡유회(亢龍有悔)부터 제오 초 비룡재천(飛龍在天)까지 이어지는 그 연환장법의 위력은, 그 압력만으로도 조휘의 침소를 일거에 터뜨리기에 충분했다.

콰콰콰콰콰쾅!

엄청난 굉음과 함께 객잔의 주요 기둥이 미친 듯이 흔들거리며 지붕 전체가 터져 나갔다.

조휘는 등조걸이 처음부터 자신을 노렸던 것이 아니라 객잔의 천장을 노렸다는 것을 곧바로 깨달았다.

순간, 등조걸의 신형이 허공으로 솟구친다.

개방이 자랑하는 보법 취팔선보(醉八仙步)에 이은 절정의 질풍운룡행(疾風雲龍行)이었다.

-허어! 경지의 고저를 떠나 실로 대단한 개방무공의 이해도다! 마치 걸룡제(乞龍帝)의 젊은 시절을 보는 것만 같구나!

검신 어른께서는 한 사람의 무인을 평가할 때 그 무공의 경지보다도, 오히려 기질과 재능과 같은 떡잎을 더 대단하게 쳐주는 경우가 많았다.

그런 면에서 검신 어른의 이만한 감탄성은, 남궁장호와 청운소 이후 거의 처음 있는 일이었다.

무려 그의 신위를 걸룡제에 비유하다니!

걸룡제는 개방의 유구한 역사에서도 전설적인 인물로, 그 경지가 개방의 개파조사와도 동일시되는 그야말로 전설 그 자체였다.

개방무공은 항룡십팔장만 하더라도 평생을 연마한들 그 완성을 장담할 수 없을 정도로 극악한 난이도를 자랑하는 무공이었다.

더욱이 그와 비슷한 난이도의 취팔선보와 질풍운룡행조차도 능숙하다.

자신이 아직 진정한 후개가 되지 못했다는 등조걸의 말은 필시 새빨간 거짓말인 터!

저 정도라면 후개의 후보들 중에서도 군계일학(群鷄一鶴)

임이 틀림없었다.

질풍처럼 나아가 이미 저만치 점(點)이 되어 버린 등조걸을 응시하며 조휘는 피식 웃고 말았다.

"감히 내 앞에서 토껴?"

저 정도 거리라면 어검비행을 시전할 필요도 없었다.

콰앙!

조휘가 강대한 일보를 내딛자 객잔의 바닥에 커다란 구덩이가 생겨났다.

검신의 전설적인 독문보법인 검천전능보(劍天全能步)가 또다시 강호에 현신한 것이다.

"어헉!"

이미 관도를 벗어나 풀숲으로 몸을 던지던 등조걸이 기혈이 역류한 듯 얼굴이 시퍼렇게 변했다.

'아니, 이 무슨……!'

바위 위에 올라 오연히 뒷짐을 진 채 자신을 내려다보고 있는 조휘를 그는 이해할 수 없다는 눈으로 쳐다보고 있었다.

개방의 질풍운룡행은 중원의 삼대 경공술이라는 명성에 빛나는 천하의 경공절기.

그런 질풍운룡행을 일보(一步)에 따라잡을 수 있는 경공이 과연 이 세상에 존재할 수 있는 건가?

"왕건아, 어디 가냐."

희멀건 얼굴로 싱긋 웃고 있는 조휘를 바라보며 등조걸이 이를 가득 깨물었다.

"그대 역시 비공의 암상(暗商)이 분명하지 않소! 대관절 내게 이러는 이유가 무엇이오!"

천하가 아무리 너르다 하나 비공(秘公)의 이름을 아는 자는 극소수.

더욱이 천하에 비밀스런 일곱 무지개(七虹)를 언급하는 것으로도 모자라 그 표식까지 알아보는 자라면 무조건 비공일맥의 암상이라고 봐야 했다.

같은 비공의 암상이라면 설사 서로를 알아볼지라도 모르는 척하는 것이 불문율(不文律).

한데 왜 이렇게 자신을 핍박한단 말인가?

조휘는 오히려 이 상황이 재미있다는 듯 더욱 싱그러운 미소를 얼굴에 그렸다.

"호오, 암행수가 아닌 암상이시다? 쫄병은 아니었네?"

비공일맥 내에서 암상(暗商)의 칭호로 불리는 자는 그야말로 극소수.

후개라는 그의 위장 신분은 실로 대단한 것이기에 어찌 보면 당연한 것일지도 몰랐다.

"당신이 칠홍(七虹) 중 어디에 속하는지는 모르겠소만, 부디 금도를 어기진 마시오."

조휘의 눈빛이 진득해졌다.

비공일맥의 암상들이 이처럼 중원 천하 곳곳에 잠입하여

위장 신분으로 활동하고 있다면 일이 좀, 아니 많이 심각했기 때문이다.

더욱이 그런 비공일맥이 고대 현대인, 즉 신좌와 관련되어 있는 것으로 짐작되었기에 사태의 심각성이 더욱 크다 할 수 있었다.

"너는 칠홍 중 어느 가문에 속해 있지?"

그런 조휘의 질문에 등조걸이 금세 황당한 눈을 했다.

"미치셨소? 율법을 어길 참이오?"

같은 임무로 엮이지 않은 이상 비공일맥의 암상끼리 서로의 신상을 캐묻는 것은 절대 금지.

그것이 바로 비공일맥의 제일 율법이었다.

"어이가 없네. 후개라는 놈이 비공일맥의 암상이라면 정파의 육대신룡 중 누가 암상이라 해도 이상할 것이 없다는 소리잖아? 설마 혹시?"

순간 조휘는 남궁장호를 떠올려 보다 자책하듯 실소를 머금었다.

성정상 그 양반은 결코 그럴 수 있는 위인이 아니었다.

"어이 암상, 지금부터 내가 묻는 말에 고분고분 대답하지 않으면 정말 재미없을 줄 알아."

"그, 그게 무슨……."

마치 취조라도 하겠다는 양 두 소매를 걷어 올리는 조휘를 바라보며 등조걸이 본능적으로 뒷걸음질을 쳤다.

"첫 번째 질문. 네놈의 비명(秘名:암호명)은?"

미친!

비공일맥의 암상더러 고유의 비명을 밝히라니 이 무슨 어처구니없는 경우가?

"그걸 말할 수 있을 거라 생각하시오?"

순간, 조휘의 두 눈이 눈부신 백안으로 화했다.

천하절대검령(天下絕大劍靈).

상대의 모든 물리학적 동력을 분쇄하는 절대의 검령이 현신한 것이다.

철퍼덕-

순식간에 쓰러져 손가락 하나 까닥하지 못할 지경에 이르자 등조걸의 얼굴에는 황당함을 넘어 경악이 드러나 있었다.

움직일 수 있는 것은 오직 눈알과 성대뿐.

"아, 아니 이게 무슨……! 헉!"

허공에 두둥실 떠오른 조휘의 철검이 어느덧 그의 눈앞에 드리워져 있었다.

철검이 조준하고 있는 곳은 자신의 뇌호혈.

일 촌(一寸:약3cm)의 깊이만 허락해도 죽음에 이를 수밖에 없는 치명적인 사혈이었다.

"다, 당신은 도, 도대체 누구요?"

그의 두 눈에서 타오르고 있는 저 눈부신 백화(白火).

그것은 틀림없는 무혼(武魂)의 상징, 절대경을 의미했다.

상대가 자신을 능가하는 경지의 고수라고는 어렴풋이 인지해 왔으나 설마하니 절대경이라고는 꿈에도 생각지 못했다. 그도 그럴 것이 그 연배가 자신과 비슷했기 때문이다.

한데 자신이 아는 한 비공일맥 내에서 절대경을 이룩한 암상은 존재하지 않았다.

"다시 묻겠다. 네놈의 비명은?"

등조걸이 피가 나도록 입술을 깨물며 눈을 질끈 감았다.

"차라리 죽이시오."

"호오."

과연 비공일맥의 암상이라 이건가.

이번에 조휘는 장심(掌心)에 의념을 모아 그의 단전에 드리웠다.

도도하고 강맹한 기운이 선명하게 느껴졌다.

개방이 자랑하는 천하의 절륜한 신공, 항룡순천신공(亢龍順天神功)이 틀림없었다.

"단전부터 부숴 주지."

"아, 안 돼!"

등조걸의 반응에 조휘의 얼굴에서 음흉한 미소가 피어났다.

목숨을 초개와 같이 여기던 자가 무인의 전부라 할 수 있는 단전이 전폐될 위기에 처하자 간절한 얼굴을 하고 있는 것이다.

그런 이율배반적인 행동으로 미뤄 보아 그는 암상이기 이전에 천생 무인이 확실했다.

"목숨보다 더한 무공에 대한 갈망이라…… 암상답지 않군. 혹시 너는 비공일맥에 포섭된 외부인인가?"

"……."

그의 두 눈에 순간적으로 스쳐 지나간 독기(毒氣)를 조휘는 놓치지 않았다.

"갑자기 그런 열등감을 표출하면 어떡하나? 과연 전통의 칠비(七秘) 출신 가문은 아니라는 거군. 그러면 처음부터 키워진 놈은 아니라는 말인데……."

조휘의 엄청난 관찰력과 심계에 당황해하는 등조걸에게로 다시 조휘의 무심한 음성이 날아들었다.

"그럼 돈이겠군. 엄청난 자질과 재능을 지닌 확실한 후개의 후보는 도대체 그 값이 얼마지?"

순간 등조걸의 두 눈에 악독한 빛이 어렸다.

"그깟 돈이 아니오!"

"호오."

흔한 격장지계에 곧바로 반응하는 강골(强骨)을 지닌 놈이다.

그런 야성(野性)은 무인에 가까운 것이지 절대로 상인의 그것이 아니었다.

"그럼 그들이 뭘 약속한 것이지?"

등조걸이 핏발 선 눈으로 노호성을 터뜨렸다.

"당신이 진정 암상이라면 그들이 회유하는 방식을 모를 리가 없지 않소!"

"회유하는 방식?"

"그들이 달포마다 건네주는 우벽환(藕碧丸)이 없이는 내 어머니의 목숨을 유지할 수 없단 말이오!"

"음……."

그의 어머니에게 몹쓸 병환이 있었단 말인가.

상대에게 가장 간절한 것을 쥐여 주며 포섭하는 것은 고전적인 방식이나 가장 강력한 회유책이기도 했다.

"우벽환이라…… 무슨 약이지?"

조휘의 질문에 등조걸의 얼굴이 금세 회한으로 물들었다.

"심통(心痛:심장병)을 가라앉히는 묘약이오."

"으음……."

미간을 찌푸린 채 잠시 고민하던 조휘가 다시 등조걸을 응시했다.

"당신 어머니의 심통 치료를 이 내가 해결해 준다면? 그대의 협력을 기대할 수 있겠습니까?"

어느새 정중한 예의를 다하는 조휘의 모습에 등조걸의 얼굴에 더욱 당황의 빛이 어렸다.

"그 어떤 의원도 어머니의 심통은 치료가 불가하다 하였소. 그저 약으로 연명하는 것만이 최선이란 말이오."

"그 의원이 생사의문(生死醫門)의 약선(藥仙)이었습니까?"

"그, 그 무슨……?"

등조걸을 응시하는 조휘의 눈빛이 더욱 진중해졌다.

"약선의 치료와 처방을 받게 해 드리죠. 물론 비용은 제가 모두 부담하고요."

약선이라면 칠무좌에 버금가는 명성을 떨치고 있는 강호의 절세기인.

그런 그의 치료를 받는다는 것은 단순히 돈을 지불한다고 해서 되는 일이 아니었다.

그를 한 번 만나는 것만으로도 강호인들은 기적처럼 여겼다.

하늘의 인연이 닿지 않으면 한 번 보기도 소원한 약선을 이 자가 어떻게 알고 있단 말인가?

"당신이 어떻게 약선을?"

"아아, 오랜 거래처라서."

생사의문이 생산하는 칠십 종의 단약들을 조가대상회가 시장에 독점으로 공급한 지도 벌써 오년이 흘렀다.

약선의 생사의문은 조가대상회와 이미 깊은 유대 관계를 맺고 있는 것이다.

"믿을 수 없소! 대관절 당신이 누구기에 약선과 같은 천하의 기인과……!"

"소검신(小劍神)."

"뭐, 뭐라고?"

조휘가 빙그레 웃었다.

"조가대상회의 소검신, 그게 접니다."

조가대상회의 소검신은 개방의 모든 정보 자산이 주목하고 있는 강호풍운의 핵 그 자체였다.

"그, 그게 사실이오?"

"뭐 따로 증명할 방법은 없지만. 아, 이거면 되겠죠?"

탓!

아직도 두둥실거리고 있는 철검 위로 조휘가 가볍게 올라타자.

"허!"

검을 탄다는 것은 검수가 검령을 이뤘다는 의미.

당금의 천하에 그런 어검비행을 구사할 수 있는 것으로 드러난 이는 조가대상회의 소검신이 유일했다.

그러고 보니 방(幇)에서 나누어 주던 소검신의 용모파기와 그 모습이 흡사하다.

"정말 당신이 그 소검신이란 말이오?"

이십 대 중반의 젊은 나이로 팔무좌로 언급되는 당대의 신성(新星)이다.

그의 명성은 후개의 이름으로도 덮을 수 없는 엄청난 것이었다.

자신과 비교조차 할 수 없는 까마득한 경지!

그렇게 등조걸의 얼굴에는 무인의 순수한 존경심이 가득 드러나 있었다.

"속고만 사셨나. 생사의문은 우리 조가대상회의 오랜 거래

처입니다. 아무리 약선님이라고 해도 소검신의 청을 거절하진 못할 겁니다. 자, 이제 거래할 마음이 생긴 겁니까?"

허나 등조걸은 호의의 이면에는 반드시 대가가 따른다는 것을 경험으로 알고 있었다.

"내가 무엇을 협조할 수 있겠소? 비공일맥이라면 당신이 나보다 더욱 많이 파악하고 있는 것 같소만……."

조휘가 씨익 웃었다.

"당신의 인생 육 개월을 내게 파시죠. 물론 비공일맥이 당신에게 하사한 비명(秘名)과 하달한 임무, 접선책들을 모두 제게 알려 주셔야겠죠?"

그런 조휘의 음성이 이어지는 도중에 그의 얼굴에 미세한 파도가 물결치다 이내 꾸물꾸물하더니 금방 다른 얼굴을 만들어 냈다.

"허억!"

보는 앞에서 자신의 얼굴로 변한 조휘를 바라보며 등조걸은 마치 귀신을 본 사람처럼 혼백이 달아난 표정을 하고 있었다.

'내가 저렇게 못생겼었나……'

금세 음울해진 등조걸의 어깨 위로 조휘의 팔이 걸쳐졌다.

"자 이제 다 말해 봐요. 전부. 우리 왕건님."

〈8권에 계속〉

2020년 12월 17일
1,2권 동시출간 예정!
※출판 일정에 따라 출간일은 변경될 수 있습니다.
회귀로
영웅독점
수없이 이어져 온 인간과 나찰 간의 전쟁.
그 안에서 홀로 살아남은 건
가장 재능 없다 여겨졌던 둔재, 이서하뿐.
'처음부터 다시 해 보자.'
이제껏 도망만 쳐 왔으나, 이제는 다르다.
복수의 돌로 다시 시작하는 인생.
안타깝게 스러져 간 영웅들.
대적을 도륙시킬 희대의 보구들.
그 모든 것을 선점해 역사를 바꾸리라.
2 회귀로 영웅독점
1 회귀로 영웅독점